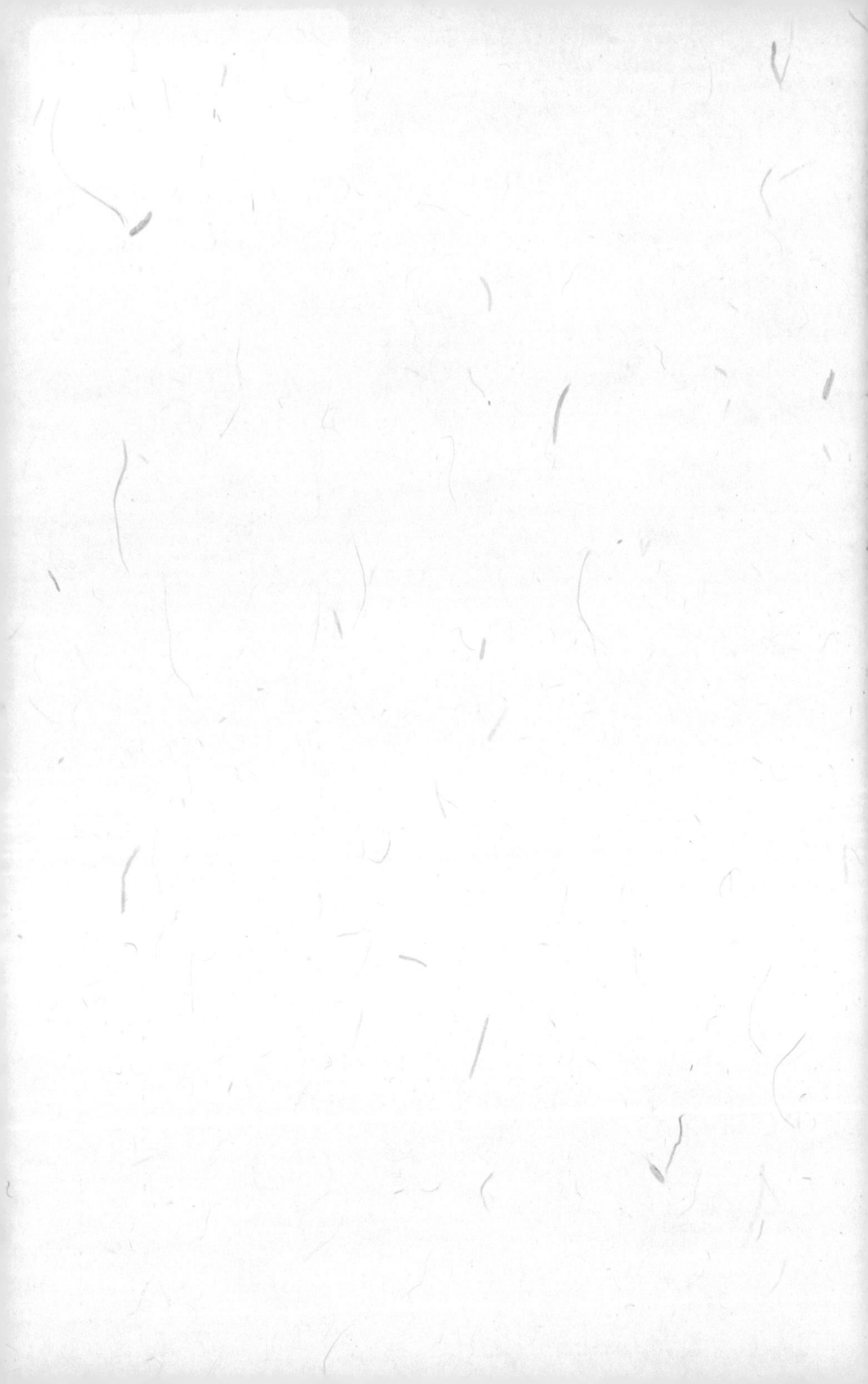

新常态　写作　计划

主　编　　　余　丛

策　划　　　杜小陆

编　委　　　朵　渔
　　　　　　江　雪
　　　　　　育　邦
　　　　　　李以亮
　　　　　　宇　向
　　　　　　刘　波
　　　　　　吕布布

喜聞

01

余 丛 主编

暨南大学出版社

中国·广州

图书在版编目(CIP)数据

喜闻 / 余丛主编.—广州:暨南大学出版社,2015.7
ISBN 978-7-5668-1518-7

Ⅰ.①喜… Ⅱ.①余… Ⅲ.①中国文学—当代文学—作品综合集 Ⅳ.①I217.1

中国版本图书馆 CIP 数据核字(2015)第 150315 号

出版发行:暨南大学出版社

地	址:中国广州暨南大学
电	话:总编室(8620)85221601
	营销部(8620)85225284 85228291 85228292(邮购)
传	真:(8620)85221583(办公室) 85223774(营销部)
邮	编:510630
网	址:http://www.jnupress.com http://press.jnu.edu.cn

策划编辑:杜小陆
责任编辑:马昭雯
责任校对:陈丽娟
排　　版:中山市人口手文化传播有限公司
印　　刷:佛山市浩文彩色印刷有限公司

开	本:850mm×1168mm 1/32
印	张:9.75
字	数:245 千
版	次:2015 年 7 月第 1 版
印	次:2015 年 7 月第 1 次

定　　价:32.80 元

卷首语

余 丛

1

我们以此为开端，而"指定一个开端，通常也就包含了指定一个继之而起的意图"（爱德华·W.萨义德）。或许，"喜闻"即为开端，乐见才是意图。

"同声相应，同气相求"，在此，我们寻求一种互为知音的精神交流。

2

顾随认为，一切伟大的诗篇，与其说是写出来的，毋宁说是活出来的。文如其人，真正的写作是"世法"与"文法"一脉相承。

文学之于现实的意义，不是为了获得歧义，而是更准确地表达。这样的表达直指内心，而准确性则是对语言唯一的和最后的要求。

把文学与一种介入的态度结合起来，也许就是我们所理解的新常态写作。

3

文学必须屈从于伟大幻觉的召唤，写作的边界即是身为心役。

尊重偏见，崇尚独立，拒绝迎合。除此以外，还有什么样的写作，可以让我们信赖，可以让我们抽离于影响的焦虑？

文学是失败者的事业，但物有独至，小道可观。我们以此为勉，更是向志趣相投者的一种呼应。

4

太初有言，神创造万有的方式是"言说"。语言的存在，必须对抗谎言和暴力的渗透，在非人道时代，"沉默"也是语言的生命形态。

我们以为，撇开语言的能量，文学必须借助于道德生活以及对善的依附，才能最终抵达理性之真理。

我们渴望的文学是———一把卡夫卡式的冰镐，砍碎我们内心的冰海。

5

《喜闻》的肺充满着对呼吸自由的渴求。写作是一次深度呼吸，是对窒息和压迫的反动与突破。

正如出版家热罗姆·兰东从贝克特身上所发现的优秀品质："高贵和谦逊，睿智和善良达到了如此高的程度。"这是我们对写作者的期许。

2015 年 4 月 1 日，愚人节

目 录

随 笔

诗 歌

评 论

翻 译

开　卷

只要大地上还有一个囚徒……

——关于曼德尔施塔姆，一种信仰诗学

朵　渔

　　"亲爱的科尔涅依·伊凡诺维奇，我必须向你提出一个最严重的要求：你能借我一点钱吗？你知道我别无选择，而我的妻子又找不到工作……"这是曼德尔施塔姆 1937 年年初在流放地沃罗涅日写给科·伊·丘科夫斯基的信。信中没谈别的，除了自己的窘况，就只有那句声嘶力竭而又苦苦哀求的话在纸上低回：你能借我一点钱吗？你能借我一点钱吗……

　　曼德尔施塔姆一直都是个穷人，"我很早就爱上了贫穷和孤独，/ 我是个贫穷的艺术家"。他对金钱其实没什么概念，他只是想简单活下去，但仅仅活下去也是艰难的。从 20 世纪 20 年代起，他发表作品就变得困难起来，原因无非是"不符合时代要求""缺乏现实意义"。他曾找到老朋友、《探照灯》主编布哈林，希望能发表点作品，布无奈地对他说："我无法刊登您的诗。您拿些译稿来吧……"后来，曼的妻子娜杰日达曾找到当时的文学显贵谢尔巴科夫（苏军上将，1934 年起任苏联作协负责人），谢问她，曼最近在写什么？"在写卡马……"娜杰日达还没说完，谢的脸上便有了笑容："写一个游击队员？"当娜杰日达解释说写的是卡马河时，那笑容便立刻消失了。"干吗要写一条河呢？"这让他感觉诧异，也许他一直在等待曼德尔施塔姆的歌功颂德之作。

曼德尔施塔姆不是没考虑过转型，他也经历过一个"价值重估"的时期。他背负着旧时代的沉重遗产，并以革命的名义努力调整自己，试图连接起"两个世纪的脊椎"，以适应"新体制"的要求。尤其是在20世纪20年代初，当阿克梅派作为"落后于时代"的典型被批判时，他也有些惊慌失措了。"与所有人相对，与所处时代相对，这可不是一件轻而易举的事情。"（娜杰日达）在震惊于自己"形单影只"的同时，他甚至试图切断与老朋友阿赫玛托娃的联系，以便追随集体的脚步。事实上他从来不曾做过政治上的真正的反对派，但他的气质和音调实在不符合"合唱队"（布罗茨基语）的要求，无论怎么努力，天生高贵的"嗓音"都让时代觉得刺耳；另一方面，当他试图与时代谈判时，却发现"时代对投降者的要价高得离谱"。在由激进主义逐渐走向恐怖主义的20世纪20年代，他不得不停笔数年，直到20世纪20年代后期，才重新找回了自己，在一种充满恐惧与重压的孤立状态中，勇敢地承担起一个独立诗人的使命。这副重担被他背负到生命的终点，即便是在苦难深重的流放途中，他也没有卸下来过。1937年，曼曾被迫在沃罗涅日做过一场关于阿克梅主义的报告，"以供批判"。在谈到阿赫玛托娃与古米廖夫时，他坦然相承："我与生者和死者都保持着联系。"

起初，曼德尔施塔姆还能做些翻译工作，勉强糊口。到流放地后，他连翻译的工作也不能做了。在失去所有的生存门路后，他开始四处求情，得到的答复无一例外都是"请示上级"，然后石沉大海。哈耶克说："在专制社会，不是不劳者不得食，而是不服从者不得食。"体制内多的是顺从的谋食者，一旦被体制视为异己，谋生的艰难立刻显现。在当时，个体生存的所有渠道差不多都被体制收回了，每条路都被堵得死死的。有一段时间，个人还可以在自家的院子里养头母牛过活，在走投无路时，曼德尔施塔姆也曾想养头母牛，但转念一想，母牛需要吃干草，而草料需上级批准，只好作罢；也可以偷偷地帮别人做衣服或打字谋生，但要冒极大的风险；最后一条道就是乞讨了，就像曼给朋友们四处写"乞讨信"一般。如果连乞讨也不能奏效时，唯一能做的事情就只有"在克里姆林宫的城墙下哭泣"（阿赫玛托娃《安魂曲》）。

从 20 世纪 20 年代后期至"二战"前的十几年，是苏联历史上最为黑暗和恐怖的时期。阿赫玛托娃就是在这一时期"被夺走了一切生活"，并因此获得了"哀泣的缪斯"的称谓。这也是曼德尔施塔姆苦难深重的十几年，"精神加速度"的十几年——被体制踢出来，遭遇跟踪、审查和流放，最终丧命于远东的劳改营转运站。历数曼所遭遇的苦难似无必要，我们所能够想象到的一切——恐惧、恓惶、无奈、绝望、屈辱……凡此种种，加诸他身上都不为过。布罗茨基认为，曼德尔施塔姆不被体制接受的原因是他"精神自治的程度"太高，"我并不认为若俄国选择了一条不同的历史道路，他的命运便会有什么不同。他的世界是高度自治的，难以被兼并"，主要体现在他"语言上的优越感以及由此而产生的心理上的优越感"，这使他与主流和大众逐渐拉开了距离。曼也的确是骄傲的，他曾在《第四篇散文》中说："在俄国，只有我一人借助声音工作，而周围全都是些涂鸦。"曼的骄傲足以使他招来一切打击，而在专制国家，"精神上的优越总要在肉体的层次上遭到抵抗"，其结果便是，"其声音愈清晰，便愈显得不和谐，没有合唱队喜欢这声音，美学上的孤立需要肉体的容积。当一个人创建了自己的世界，也便成了一个异体，将对抗袭向他的各种法则：万有引力、压迫、抵制和消灭"（布罗茨基《文明的孩子》）。

曼德尔施塔姆继承的是阿克梅派的诗学遗产，这其中不仅有整个俄国 19 世纪的诗学积淀，更有"对世界文化的眷念"（曼德尔施塔姆语）。曼德尔施塔姆的诗学趣味迥异于时代，他对当时流行的现实主义、象征主义甚至未来主义等诗歌流派不屑一顾。"对一个诗人是真理的东西，对所有诗人都是真理，组建什么样的流派都毫无意义，发明自己的诗学也毫无意义。"曼德尔施塔姆的"诗歌真理"是什么呢？他感兴趣的是"词语"，而非"时代""政治""现实"等主题。诗歌是"以不死的词语那燃烧的盐"组成的，是"将一个现象提升到它的十次幂"，而不是一个简单的现实主题。是"词语"本身，而非转化为"意象"，"意象"依然是现象级的，"词语"才是本质的，是一种"内在的意象"，它意味着敞开，揭示着存在，而存在才是诗人最大的骄傲。因此他才会说"写点无意象的诗吧"，"爱事物的存在更甚于爱事物本身，爱你自己的存在更甚于爱你自己"（曼德尔施塔姆《阿克梅之晨》），"谁能像牧师高举圣餐那样把词语高高举向时间，谁就会成为第二个约书亚"（曼德尔施塔姆《词与文化》）。他也不认为"文学在进步"。"根本不存在当代诗歌比过去诗歌'高水平'这回事，"他说，"文学中的进步论代表着学术愚昧的最粗鄙、最可恶的形式。文学形式在改变，一套形式让位给另一套。然而，每次改变、每次获得，都伴随着丧失。"（曼德尔施塔姆《词的本质》）比如，现在再也写不出杰尔查文或莱蒙托夫那种风格的颂诗了，因此，诗歌的进程更像是一种不间断的、不可逆转的失去，"失去的秘密多得像创新"。如汉斯·昆对当代艺术的质疑，"仿佛一切都得一再痉挛般地从零开始，仿佛每次改造都是一次伟大的更新"。这也让我联想到我们的"先锋崇拜"，似乎凡是先锋的就是对的、好的。先锋不是一拥而上，先锋是小道，是少数人的寂寞事业。更为关键的，不要为先锋提前戴上桂冠，先锋面临的最大可能其实是失败，先锋为我们积累了尸体和经验。

据娜杰日达回忆，在 20 世纪 30 年代，曼德尔施塔姆已不再关注 20 世纪的诗歌，他曾跟妻子娜杰日达说："你知道吗，如果有过一个黄金世纪，那就是 19 世纪。"他的书架上存放的只有安年斯基、古米廖夫、阿赫玛托娃，和俄国 19 世纪的诗歌，以及一大批拉丁语诗人，如奥维德、贺拉斯、提布鲁斯、卡图鲁斯……他本来就不是一个博闻强记的阅读者，而是一个口味刁钻的、一根筋的、刺猬式的阅读者。"完全没必要拥有很多书，一生只读一本书的读者才是最优秀的读者。"他曾对娜杰日达说。那本书是什么？是《圣经》吗？曼德尔施塔姆说："也许。"当然，也可以是但丁的《神曲》。他总是随身带着《神曲》，即便是去劳改营的路上。他可以背诵不少《神曲》里的片段。这样一位趣味卓越的诗人，与时代的冲突几乎难以避免，"个人的美学经验愈丰富，他的趣味愈坚定，他的道德选择就愈准确，他也就愈自由——尽管有可能他愈不幸"（布罗茨基《诺奖受奖演说》）。趣味这东西最难骗人，政权只需嗅一下味道，便知道是不是"自己人"。作协的领导法捷耶夫有一次对娜杰日达说："要知道，帕斯捷尔纳克也是外人，可是他离我们毕竟稍近一些，还可以和他共事……帕斯捷尔纳克让我们感觉更轻松一些，他那里有大自然。"法捷耶夫无论如何算是个行家里手，他知道帕斯捷尔纳克的作品中有与革命文艺相融的东西，至少不会产生冲突。而曼德尔施塔姆则完全没有这些。他的诗里有希腊，有但丁，有俄国 19 世纪的黄金时代，就是没有普罗大众的革命文艺。

曼德尔施塔姆与"大众""时代"的偏离不仅仅缘于他的艺术趣味，更因为他孤绝的艺术信念——他对可作为交谈者的"时代"的听众，尤其是"同辈中的朋友"充满了恐惧和不信任。他不认为诗歌有什么具体的交谈对象，取悦于时代的读者，对未来做出某种预言或在道德上做出训诫，那是文学家干的事情。文学家离不开具体的交谈者，文学家的书桌前永远坐满了听众，而诗人只与潜在的交谈者相关，他不必知道那个人是谁，也不必发出任何道德训诫，他所怀抱的仅仅是"一种想用自己的语言让人吃惊、想用那预言的新颖与意外让人倾倒的愿望"。因此，诗人"没有必要高于自己的时代，优于自己的社会"。比如他所喜欢的那个弗朗索瓦·维庸，"就远远低于十五世纪文化的中等道德的精神水准"。诗人更应该关心的是"距离"，因为讨好时代的大众无异于与邻居的泛泛而谈，简直就是"无休止地、令人厌恶地在自己的心灵上钻孔"。真正的诗歌永远是朝向一个未来的、未知的接受者，"自信的诗人不可以怀疑这样的接收者的存在"（曼德尔施塔姆《论交谈者》）。曼德尔施塔姆在本质上是一个孤独的天才，他不善于处理日常生活中的琐碎细节，不会与平庸的邻居打成一片，对人际关系和日常世界束手无策，因他过于关注本质性问题。在俄罗斯的知识分子传统中，"民粹主义"一直颇有市场。如别尔嘉耶夫所言，很多卓越的俄罗斯人都"没有源于高山的激情"，面对黑暗、广阔如大海般的人群，他们害怕孤独，害怕被抛弃，会天然地投入这个集体的旋涡之中去寻找温暖和认同感。在这一点上，连"深不可测"的陀思妥耶夫斯基也未能幸免，这也是他在本质上不同于欧洲天才尼采的地方。曼德尔施塔姆无疑是沿着陀思妥耶夫斯基所铺设的那条复杂的、精细的形而上学之路走过来的，但他没有陀氏的民粹梦想。要知道，曼在写作《论交谈者》一文时才 22 岁，也就是在他写作刚起步的时候，就确立了自己孤绝万仞的写作路向，这一路向注定充满了孤独与艰辛。

我冻得直哆嗦——
我想缄口无言！
但黄金在天空舞蹈，
命令我歌唱。

（荀红军　译）

这首诗写于 1912 年，曼德尔施塔姆刚刚 21 岁。他几乎甫一开口，就显示了自己独特的嗓音——尖利的、高亢的、美声的，或如布罗茨基所说的，"有些像金丝雀的颤音"。他的歌唱完全旁若无人，因为是一种天上的声音在"命令"他歌唱。天上有什么？有黄金在舞蹈！这黄金是他的希腊，是基督教的上帝。曼早期的诗作大多是指向这两个具有黄金质地的主题的——一个在高处，一个在远方。因此，接下来他才会说"去痛苦吧，惊惶的歌手，/ 去爱吧，去回忆，去哭泣"，面对无限的高处与远方，一个诗人所能做的就只有这些了。唯有痛苦，才是一个天才的必修课；唯有爱，才可能得到救赎。但作为一个"惊惶的歌手"，曼德尔施塔姆依然是幸福的，因为他尚有一个希腊可供哭泣，他尚有一个上帝可供吁求。

你的形象令人痛苦且模糊不清

你的形象令人痛苦且模糊不清，
我无法在雾中辨认。
"上帝"——我失口说道，
我自己本来不想说。

上帝的名字像一只大鸟
从我胸中飞出。
浓雾在前面翻滚，
空鸟笼子在后面。

（荀红军　译）

当一个抒情诗人拥有了自己的吁求对象，他的脆弱也是坚强的，他的哭泣也是幸福的。因为那至高无上者可以拯救你的灵，可以赦免你的罪，可以抚慰你的苦难，可以收留你的泪水。如果没有一个希腊，我们的回忆至多是苦涩的，而如果没有这样一位至高无上者，想想看，你所有的呼喊都将是人间最绝望的呼号，无以蒙恩，无以抚慰，你的呼喊又有什么意义？正因为有了这样一位上帝的形象——即便因一时的浓雾而让人难以辨清，但"空鸟笼子"意味着那只大鸟的永恒存在——曼的诗歌便具有了承纳一切苦难的基础。

苦难，几乎就是俄罗斯人的精神底色。别尔嘉耶夫在论述陀思妥耶夫斯基时说，俄罗斯人的灵魂深处有一种陶醉于死亡的启示录般的悲剧境界，"它很少珍视什么，很少持久地眷恋于什么"，它不像欧洲人那样与文化和宗教产生稳固的联系，并受制于传统和习俗，俄罗斯人的灵魂"向所有的远方敞开，它很容易挣脱一切根基，在自发力量的风暴中飞驰而去，到达无限的远方。它迷恋在俄罗斯大地无边的旷野上流浪。形式的缺失，约束的无力，使得俄罗斯人没有真正的自我保存的本能，他轻易地就毁灭自我，燃烧自我，消失在旷野"（别尔嘉耶夫《陀思妥耶夫斯基的世界观》）。这段话用来评述曼德尔施塔姆也大差不差。曼就是一位高贵的、多血质的、时刻处于精神亢奋中的、毫无遮掩的抒情诗人，他的心灵是无盔甲的，吁求是赤裸裸的，当然才华也是赤裸裸的。这种"高速度的、暴露精神、有时甚至暴露秘密"的诗，使曼时常陷入一种自杀式的、完全无法自保的危险境地。"像那只鸟一样，他成了他的祖国慷慨地向他投掷各种石块的目标"（布罗茨基《文明的孩子》）。如果说在 20 世纪 30 年代之前，曼德尔施塔姆尚可沉醉于对古希腊的回忆之中，尚可向模糊的上帝吁求，进入沃罗涅日时期后，他的声调一下子变了。紧张，急促，惊悸，随时会尖叫，而赤裸裸的恐怖也成为唯一的主题。

放开我，交出我，沃罗涅日

放开我，交出我，沃罗涅日：

你将丢掉我，或者错过我，

你将失去我，或者归还我，

沃罗涅日是胡闹，沃罗涅日是乌鸦，是匕首……

（汪剑钊　译）

　　这是曼德尔施塔姆刚进入沃罗涅日时写的一首诗，急促，错乱，任性，不像是呼救，更像是一种赤裸裸的自毁般的叫嚣。像是从希腊众神中走过来的一位尊贵客人，沃罗涅日，我命令你，"放开我，交出我"！因为，"沃罗涅日是胡闹，沃罗涅日是乌鸦，是匕首……"但有谁听？在这里，只有"一片鸭绒似的白雪茫茫"，只有"冷酷的阉人四处分发毒药"，只有一个苦难的旷野可供面对，"哦，这是一个多么滞缓、气短的旷野"！在这种极端的苦难中，在这种嘴唇的嚅动都可能被剥夺的时刻，诗人何为？陷入沉默和虚无是简单的，但那不是伟大的天才所为。"你们夺去了我的海我的飞跃和天空"，但"你们无法夺去我双唇间的咕哝"。曼德尔施塔姆写道，"只要大地上还有一个囚徒"，诗人就不会停下手中的笔，就不会停止"嘴唇的嚅动"。

像是阴柔的银子在燃烧

与氧化物和合金斗争，

——这银制品的安静，犁铧的

铁尖，诗人的声音。

（王家新　译）

王家新从英文转译的这首小诗，与汪剑钊译自俄语的版本差别极大，如后面两句，汪译为"而安静的劳动给铁制的犁铧 / 和歌手的嗓音镀上一层白银"，两相比较，几乎就是毫不相干的两首诗。也许汪译更接近原诗的节奏，而王译在经过英语的梳理后，逻辑上更可解。我们永远无法期待能呈现一个完美的汉语的曼德尔施塔姆，因为曼只能是属于俄语的。但俄语里的曼德尔施塔姆可以通过一种变形记的方式，给当代汉语诗歌以启迪。比如对苦难的书写，不是叫嚣，更非沉默，而是"像是阴柔的银子在燃烧"，这种斗争既有"银制品的安静"，也有"犁铧的铁尖"，这才是真正的"诗人的声音"。曼德尔施塔姆对苦难的书写之所以没有走调，没有陷入非诗的、直白的怨艾中，一方面缘于上文所说的"个人趣味"的保障，趣味一旦形成，向下的路径就被堵死了；另一方面，他在个人风格上有一种对苦难的压缩和加速装置，这也和他对"词语"本身的强调有关。也就是说，无论如何，他都不会仅仅停留在苦难的现象上，而是通过诗句的"压缩"或"加速"，将苦难转变到"存在"和"本质"的高度。他很少写具体的现实苦难，但他的每一行诗句都包含着浓缩的苦难，是苦难的"十次幂"。如："让密谋者们在雪中穿梭如羊群 / 让易碎的雪冠嘎吱作响 / 冬天对某些人是难闻的烟和夜宿处的苦艾 / 对另一些人是胜利的伤口的粗暴的盐。"（黄灿然译）曼德尔施塔姆对诗行的推进更多的是依靠"声音"和"节奏"，而非一个个意象。"是内在的意象赋予诗以生命。"曼德尔施塔姆说。那"内在的意象"是什么？是"鸣响"的声音，"没有一个字出现，但诗已经发出鸣响。鸣响的是内在的意象，触摸到它的是诗人的听觉"（曼德尔施塔姆《词与文化》），曼德尔施塔姆也是在这一意义上肯定他的大师但丁的，"但丁是一位诗歌乐器的大师；他不是意象的制造商，他是变形和混合的战略家"（《曼德尔施塔姆《关于但丁的谈话》》）。在这首诗里，"密谋者""某些人""另一些人"

是现象的而非具体的；"易碎""雪冠""苦艾""粗暴的盐"并非具体的意象，而是安插在诗句中的一个个"变形"或"混合"的加速装置，将诗句推进到一种"精神加速度"的高度。他也偶有具体的、有所指的讽喻之作，但基本上都是浓缩的、抽去了具体背景的，如下面这首小诗：

> 曾经，我的国家跟我说话，
>
> 溺爱我，轻轻训斥我，不读我；
>
> 但当我长大，成为目击者，
>
> 它立即注意我，立即像一块镜片
>
> 使我着火，用海军部大楼的闪光。

（黄灿然　译）

短短五行小诗，浓缩了曼德尔施塔姆与国家的全部争吵。"曾经，我的国家跟我说话"，的确有那么一个时期，国家以为他尚可改造，甚至"溺爱"过他，但极为短暂，继而就开始"轻轻训斥"。在被国家"轻轻训斥"的时候，曼德尔施塔姆也曾试图做出改变，但没有成功，于是陷入长长的沉默。训斥不成，国家开始"不读我"。不读，也就是放置一边，以便于遗忘。很多体制异端的消失，并非肉体上被消灭，而是"被遗忘"。不让他发表作品，不出版他的书，不让他的话传播出去，一两代人之间，对他的记忆可能就消失不见了。布罗茨基在他的诺奖演说中曾说："……在这些罪过中，最深重的不是对作者的迫害，不是书刊检查组织等等，不是书籍的葬身火堆，有着更为深重的罪过——这就是鄙视书，不读书。由于这一罪过，一个人将终生受到惩罚；如果这一罪过是由整个民族犯下的话——这一民族就要受到自己历史的惩罚。"俄罗斯对它的诗人的遗忘方式，也曾被我们效仿。在国家开始有意将他"遗忘"的时候，曼德尔施塔姆也真切地感受到了这种不寒而栗的"萧条"，谈到俄国 19 世纪的诗人时，他曾有感而发："这些由各式各样的黏土做成的诗人多么不同凡响！他们全都是俄国诗人，不仅是昨天或今天的，而是永远的。这样的诗人是上帝赋予我们的。一个民族无法选择他的诗人，正如一个孩子无法选择他的父母。一个无法给其诗人荣誉的民族就只配……不，它什么也不配！"（曼德尔施塔姆《萧条》）这不是诗人的骄傲，而是诗歌本身的确具有这种力量，配得上这个光荣。诗集无法出版尚可忍受，因为还可以抄在笔记本上，还可以存放在记忆深处。如果写出的诗歌没有一个读者，就仿佛无人对饮的独醉、无人共舞的欢场，其寂寞凄凉最难消受。"我跟在他们后面叹息，/ 对着某一个结冰的木筐叫嚷：/ 我只要一个读者！一个谋士！一个医生！/ 站在交谈多刺的楼梯上！"（汪剑钊译）在沃罗涅日时期，曼德尔施塔姆已经完全被体制冰冻了，不仅没有一个读者，甚至都没有敢和他面对面讲话的人，整个社会陷入"耳语"时代。有时在半夜写完一首诗，他会跑去隔壁的印刷厂，为自己的新作寻找听众。上夜班的排字工人们很高兴见到他，年轻人已习惯于用《文学报》上的口吻来评判他，而年长的工人们则会让那些年轻人闭嘴。"在困难时期，年老的工人们默默听完曼的诗，然后与曼东拉西扯地聊上几分钟，他们中的一位则趁机跑去商店，最后，他们会把一袋食物交到曼手上。他们工资很低，他们的生活大约原本就捉襟见肘，可是他们却认为'不能眼见一位同志遭难……在这种时候……'"（娜杰日达《回忆录》）每每读到曼夫人这段不动声色的回忆，总让我情绪难以自抑。一个迫害与流放它的诗人的国度是丑陋的，而在这丑陋之中，总还存在着最基本的善，纵然很微弱、很隐秘，但已足够让在艰难中的诗人喘口气。娜杰日达说，诗歌在俄罗斯一直扮演着一种特殊的角色，"诗歌唤醒人们，塑造他们的意识。知识分子阶层的生成，如今就伴随着对诗歌的空前热爱。这就是我们价值体系的黄金储备"。曼亦深知诗歌的力量所在，诗人有时是脆弱的，但诗歌却是顽强的、倔强的，就像彼得堡的石缝里钻出来的青草，有时还具有某种权力——虽然这权力可能就来自诗歌本身的后坐力，从而将诗人误伤。曼德尔施塔姆就是因为写了一首讽刺"克里姆林宫的山民"斯大林的诗而惨遭流放。这简直就是曼为自己选择的死亡方式——他利用了那些独裁者们对诗歌"过分的、近乎迷信的爱好"。他时常说："还有什么可抱怨的呢？只有在我们这里才有人爱诗，爱到因为诗而杀人。要知道，在其他任何地方都不会因为诗而杀人的……"诗歌的这种"权力"太让人苦涩了，它可以强大到让政权害怕，也可以反弹回来取消诗人自身。"但当我长大，成为目击者，/它立即注意我，立即像一块镜片/使我着火，用海军部大楼的闪光。"说的就是诗歌的这种反弹力，海军部大楼曾是苏联秘密警察的总部所在地。

曼德尔施塔姆在谈到他一生的导师但丁时说："但丁是一个穷人，但丁是一个内在的平民知识分子，是一个罗马古老家族的后代。谦恭有礼绝不是他的特点，倒是恰恰有点相反。谁如果没注意到在整部《神曲》中但丁不懂得如何待人处事，不懂得如何行动，不懂得说话，不懂得鞠躬，那他就真的有眼无珠了。……内心的焦虑、痛苦、烦人的笨拙一直陪伴着这个缺乏自信的男人的每一个脚步……而他实际上的同代人薄伽丘，却在同一个社会制度里如鱼得水，浸溺其中，嬉戏其中。"（曼德尔施塔姆《关于但丁的谈话》）曼的这段话多少有点夫子自况，他就是那样一个在体制里完全混不下去的人，一方面在精神上是那样清高、高傲，另一方面在性格上又是那样笨拙、焦虑、纯真。"我对世界还有一丁点儿惊奇，/惊奇于孩子和冰雪，/笑容绝不做作，恰似道路/也不像仆人那样顺从。"（汪剑钊译）即便在流放地的苦难中，在求生无门的惶恐中，曼的内心依然是纯净的，向善的。"眼前咯吱作响的冰雪，纯洁如新鲜的面包"。幸运的是，在苦难的人生中，但丁有他的贝雅特丽齐，曼德尔施塔姆有他的娜杰日达（俄语"希望"的意思），正是这些"永恒的女性"，引领他们上升。

> 人世凄凉。一切是空虚和平庸。
>
> 唯有女人和花朵给我们安慰。
>
> 可是，你把两种奇迹合而为一：
>
> 你是女人！你是玫瑰！
>
> （汪剑钊　译）

太深情了！这首小诗写于 20 世纪 20 年代，是曼德尔施塔姆发自肺腑的赞语，而娜杰日达，这位伟大的女性，像十二月党人的女人们那样，完全当得起这赞誉。她不仅在肉体上保护了曼，尽量延长了他的生命，更在精神上支持了他，提升了他。如果没有娜杰日达，很难说还会有一个真实的曼德尔施塔姆，至少是不完整的。正是她，这位诗人的遗孀，"在地球六分之一的表面上东躲西藏，紧握着一只翻炒他诗歌的长柄锅，在深夜背诵下这些诗歌，以防它们被手持搜查证的复仇女神抄走"（布罗茨基《文明的孩子》）。

在苦难中直接书写苦难，或在专制的国度里主动承担起一个诗人的良知，在很多诗人看来会有一种滑向"非诗"的危险。在这些人眼里，似乎只有"纯诗"才是安全的。这就把"诗"看得太小了，无非是针尖上的那点真理而已。把边界缩小，无疑是最为安全的。但诗的边界很大，如果诗的胃口不够大，诗人的消化能力不够强，诗歌也许早已成为艺术化石了。汉语古典诗歌曾承担起"巫""史"与"宗教"的功能，西方诗歌也曾与宗教密不可分，浪漫主义诗人们曾希望以艺术替代宗教，甚至到 19 世纪时，诗人在思想和信仰领域依然具有一定的引领作用。"雨果在法国，惠特曼在美国都是人们的典范。这是一个严格意义上的前卫形象，即他们走在前面，这个形象与人们的觉醒、进步、解放以及能力的复苏密切相关"（阿兰·巴丢《世纪》）。但自文艺复兴以来，一个总的趋势是，艺术越来越强调其自身独立的合法性，康德的"判断力批判"也使艺术自律获得了某种哲学解释的根基。诗人成了"失落的思想的残余物"，仅仅保留了"有限的行为"，那就是——语言的守门人。康德有一个悖论式说法：无目的之合目的性才是美。也就是说，艺术本身不具有目的和用处，它不关涉利害，不具有用性，它"拥有一些它自身中就得以表明的东西"（汉斯·昆《艺术与意义问题》）。但目的与意义是两回事，"无目的"并非"无意义"，艺术的自律与艺术向各种可能性的敞开之间并非完全对立的，而是处于一种辩证的张力关系中。试图用一首诗去推翻一个政权自是走火入魔之举，但在一个充满危机与苦难的情境中，如果"作为精致的地震仪"的诗人竟毫无反应，那也过于奇怪了。"艺术有社会的牵缠，每一件艺术品实际上都是对社会、公共关系的作为与回应。"作为宗教学家的汉斯·昆，面对意义不断丧失的当代艺术，依然强调以意义来对抗虚无，以"基本的信赖"对抗"基本的不信赖"。"归根到底，艺术品被创造出来的目的就在于发生、发现。"他说。"艺术是游戏，但不只是游戏"，应当将艺术的意义问题放在一个总体的语境中去观察，"所谓总体语境，我指的是：艺术与生命的意义"，而不是从纯艺术的或艺术与政治的关系出发。

曼德尔施塔姆的例子告诉我们，伟大的诗歌不仅仅是"语言的守门人"，它可以承受一切苦难。即便最痛苦的嚎叫，也不会让人觉得刺耳，也没有打破艺术的自律。诗人唯一要记取的，是尼采的警告：当我们看深渊太久，深渊也会深情地回望我们。不要被你强大的对手扼住喉咙，不要被苦难的深渊吞噬掉。有苦难就会有恶，但恶是无法避免的，具有自我意志的人的精神深处，总有一个善与恶的交锋之所，那是上帝与魔鬼相遇的地方。正如别尔嘉耶夫所言，恶是自由的孩子，恶是人具有内在深度的标志，它和善一样，是与个性、自由和人的自我意志相连的。恶并不可怕，因为与恶相连的还有罪与罚，"在人性的最深处，罚注定等待着人"。由恶所带来的苦难同样不可怕，在基督信仰中，苦难正是一条赎罪之路，人在苦难之中焚烧罪恶，净化和提升自己，"这符合人最高的尊严，符合他上帝的儿子的身份，只有通过苦难人才可以上升"，因此说"苦难也是深度的标志"（别尔嘉耶夫）。无论如何，恶是"自由人的命运"，如果无视恶，不承认人身上善与恶的分裂，就是一种伪善，会将人引向"圣贤""神人""超人"的歧途，最终导致专制、虚无和毁灭，导致一种更大的恶。这一切的关键是，人需走在通往上帝的路上，走在"神人"的路上，走在真理的路上，由恶所带来的痛苦才会把人引向赎罪。上帝存在，是因为恶存在，恶是上帝存在的证明，如果世界是绝对的善，就不需要一个上帝。如果上帝消隐了，善与恶的最终审判者消失了，一切都是允许的了，那人就不具有绝对意义了，因为没有人对恶负责了。

你不曾死去

你不曾死去。你仍是独自一人，
只要讨饭的女友和你在一起，
平原的伟大，迷雾、寒冷
和暴风雪都会让你感到愉悦。

豪奢的贫穷，强大的匮乏，
你安详、平静地生活——
那些日日夜夜无比美好，
而悦耳的劳动多么纯洁。

作为他影子的人多么不幸，
被犬吠惊吓，被风扭曲，
半死不活的人多么可怜，
他向影子去乞求施舍。

（汪剑钊　译）

首先需要搞清楚的是，这首小诗里的"你"是谁？从前两节看，我将"你"读作诗人的第二人称。诗人抽身出来旁观自己的命运，迷雾、寒冷、暴风雪，甚至贫穷和匮乏都没有将"你"击溃，"你"依然是愉悦、美好和纯洁的，因为有"讨饭的女友"和你在一起，你依然日日夜夜从事着那"悦耳的劳动"——写作。这尘世的一切美好已足以应付一切灾难，给人以希望。这是曼德尔施塔姆的伟大之处，他没有被灾难击倒，没有被深渊吸附。在这方面，他是伟大的前辈陀思妥耶夫斯基的门徒。陀思妥耶夫斯基曾深入到"罪与罚"的人类精神的最底层，并"引领我们穿越黑暗"。别尔嘉耶夫曾说，陀氏的伟大就在这里，"他的最后一个词语不是黑暗。他的创作给我们留下的印象完全不是阴郁的，没有出路的悲观主义，在他那里，黑暗本身携带着光明，基督之光将战胜世界，照亮所有的黑暗"（《陀思妥耶夫斯基的世界观》）。陀思妥耶夫斯基战胜黑暗最终依靠的是"基督之光"，事实上曼德尔施塔姆亦是如此。第三节的"他"是谁？是第二人称的变调？还是另有所指？而"影子"

又是谁的影子？王家新的译本将第三节译作：

> 而那个活在阴影中的人很不幸，
>
> 被狗吠惊吓，被大风收割。
>
> 这死揪住一块破布的人多可怜，
>
> 他在向影子乞求。
>
> （王家新 译）

这里面只有一个"他"，在逻辑上似乎更可解，"他"就是"你"的变调。而"影子"只能是上帝的影子，就是那个"你的形象令人痛苦且模糊不清"的上帝，而不可能是别的。曼德尔施塔姆也曾希望得到"尘世的影子"的怜悯，从沃罗涅日回来后，居无定所、一无所有的曼夫妇，曾四处找人借钱度日，但大部分人都拒绝了他们。当走投无路时，曼甚至想到了帕乌斯托夫斯基，写《金蔷薇》的那位老人。虽然他们不认识，但他想试试。"他会给的。"他对娜杰日达说。但最终他没有借成。"那你们为什么没来呢？"帕乌斯托夫斯基后来有一次问娜杰日达。"没来得及，因为曼被捕了。"在文学圈里，还流传着曼借钱不还的传言。娜杰日达非常愤怒："曼在莽撞的青年时代的确有可能欠债不还，而在斯大林时期发生的一切，则不能叫作'借钱'，那是赤裸裸的乞讨，是国家使他陷入乞讨的境地……"

在众神隐遁、"上帝死了"而尘世间又苦难遍地、道路以目的时代，曼德尔施塔姆依然紧紧抓住了上帝的衣角。除此之外，他别无可求。一个当代诗人还需要"上帝"的救赎吗？也许无神论者无法理解"上帝"在信仰者心中的位置，当你遇到巨大的困境时，你会发现你没有一个求告的对象，无告的人生才是最大的悲剧。如果没有上帝，就无法解决善与恶的问题，无法解决生与死的问题。而如果没有永生，没有"不死"，人就不值得活。诗歌最终必然会触及这些终极问题。但不是说要重新回到一种宗教诗学，回到一种田园牧歌般的宗教情调里去，而是，在面对深渊般的苦难，面对挤迫我们的荒诞、虚无和无意义时，诗人必须对世界（世俗的和属灵的世界）抱持一种基本的信赖，建立一种敞开的、具有内在超越性的、面向人类幸福图景的信仰诗学。这不仅仅挽救了人，也挽救了诗。诗与宗教纠缠了千年，诚如汉斯·昆所言，"诗与宗教是同一的，这也是寄希望于一个新的未来的主题——在一个能够产生诗的时代里，伟大的神学和伟大的美学在诗中以示范性的方式重新结合在一起"（《诗与宗教》）。曼德尔施塔姆以他黄金般的诗歌质地，为我们树立了这一典范。

仿佛一块石头从天外陨落

仿佛一块石头从天外陨落，

一行诗，身世不明，被贬黜到此地。

无所哀求，这造物也不可改变。

它只能是这个样子。无人可以评判。

（王家新　译）

1940 年年初，娜杰日达·曼德尔施塔姆接到一份通知，让她去邮局领取一个退回的包裹。"收件人已经死亡。"邮局里的姑娘对她说。何时死的，死在了哪里，一切都成了谜。那一天，报纸上刊登了一份长长的作家名单，首届斯大林奖金开始颁发。作家们聚在法捷耶夫的家里为国家的恩赐而干杯。听到曼死亡的消息，法捷耶夫当时还洒下了几滴醉醺醮的眼泪。"我们毁了怎样一个诗人啊!"他说。"我只是不明白,他们中间有谁能真正地意识到什么叫毁了一个人。"娜杰日达回忆起来依然悲愤难平,"要知道,他们大多属于重估价值体系、为'新生活'而奋斗的一代人。正是他们为那个强大个性、那个专制者铺平了道路,使他得以独断专行……"然而多少年过去了,那些风光一时的成功者早已被人遗忘,那大地上的苦难囚徒、神秘的失踪者,却像一块天外陨石,重新陨落人间。诗歌的伟大就在于,"合唱队"可以取消一个诗人的声音,但那天才的声音终会被一些隐秘的耳朵和心灵铭记下来;政权可以取消一个诗人的肉体,但那一行行看似孱弱无力的诗句,终会"仿佛一块石头从天外陨落"。一行诗,可以身世不明,可以被贬黜、被流放,但它坚硬倔强,无所哀求,不可改变。"它只能是这个样子。无人可以评判。"只有上帝可以评判,只有时间可以裁决。一块诗歌的陨石,终将超越多少闪光一时的玻璃。

长着马脸的阿拉伯人
——帕斯捷尔纳克的怕和爱

朵 渔

1939 年夏天，女作家莉季娅去佩列捷尔金诺作家村，探听自己丈夫的消息。她的丈夫布隆什泰因，列宁格勒大学的物理学教授，早在 1938年 2 月就被秘密杀害了。但莉季娅并不知情，因为她被通知说，她的丈夫被判"十年徒刑且不准通信"。她还以为他尚在人世，于是像那些一夜之间突然失去了丈夫、儿子的女人一样，徒劳地扑向一个个窗口、监狱、衙门、流放地，四处打探亲人的消息。

车子驶进作家村，突然迷了路。莉季娅在一处别墅的篱笆后面发现了一个人——此人光着上身，皮肤被晒成了棕色，正顶着炎炎烈日在一块干燥的荒坡上除草。莉季娅停下来问路，那人好奇地打量着她，详细地告诉她该怎么走，随后又大声问："您是莉季娅·丘科夫斯卡娅吧？""是的。"莉季娅表示了感谢，转身离去。车子驶过公路，她才恍然大悟："他就是帕斯捷尔纳克！原生态的、天生的尤物！"

位于莫斯科郊外的佩列捷尔金诺，曾是伟大的斯拉夫派尤里·萨马林的庄园的一部分，被改造后分配给受组织认可的作家们。帕斯捷尔纳克一直渴望得到一处用于安心写作的住所，他得到了。旁边住的是他的邻居法捷耶夫。在此之前，他一直住在作家协会分配给他的一套位于特维尔街心花园 7 号的两居室公寓里。作为被党接受的"同路人"，帕斯捷尔纳克曾一度被布哈林树立为文艺界的标兵。但随着 1929 年布哈林的失势，帕斯捷尔纳克也被马雅可夫斯基取而代之。1931 年写完《第二次诞生》后，帕斯捷尔纳克开始陷入长长的沉默。"《第二次诞生》结束了抒情诗的第一阶段。显然，道路未能走得更远……长期和痛苦的间歇来到了，他确实未能写下一行诗。我是目击者。我早就耳闻他惊惶的呼喊：'我这是怎么了?'"阿赫玛托娃回忆说。直到 1944 年，他才写出了后来被他视为羞耻之作的《在早班列车上》。在 20 世纪 30 年代之前，帕斯捷尔纳克的诗歌创作都堪称活跃。早期的《生活——我的姐妹》，让他作为一个"白银时代"的抒情诗人的遗产被新时代顺利接受。完成于 1925—1930 年间的几部叙事长诗（《1905 年》《施米特中尉》《斯佩克托尔斯基》），使他与新时代迅速接轨，无论是创作风格还是主题，都呈现出无害化特征。《第二次诞生》（1930—1931）是他试图回归早期风格的一种尝试，从中能读出他自由的心性和舒畅的呼吸。但随着 20 世纪 30 年代"大恐怖"之幕的开启，帕斯捷尔纳克突然不知道该如何写作了。"空气中好像有点什么"，用阿赫玛托娃的话说，但到底是什么，谁也说不清。肯定不仅仅是恐怖，因为恐怖的空气早已存在。

　　沉默与失声也出现在阿赫玛托娃和曼德尔施塔姆身上，只不过，他们的沉默期都出现得比帕斯捷尔纳克早。曼德尔施塔姆在 20 世纪 20 年代中期就停止了写诗，直到 30 年代在流放地沃罗涅日才重新爆发。阿赫玛托娃一直是时断时续的，从未连贯过，似乎一点风吹草动就能将她打断。曼德尔施塔姆的妻子娜杰日达曾在其回忆录中分析过这种"不约而同地中断"的现象，虽然与各自的命运、偶然的际遇有关，但仍有一个共同的原因存在，那就是，他们每个人都不得不重新确立自己在新世界中的位置。如果无法确立自己在世界中的位置，一个诗人也就失去了发声的根基。三人中，曼德尔施塔姆的自我确立过程进行得最为激烈，"与时代的关系成为他生活和诗歌的主要推动力，而就其性格而言，奥·曼却难以捋顺这些关系，他反而会使一切矛盾激化，让每个问题变得十分尖锐"（娜杰日达语）。曼德尔施塔姆是一个敏感、尖锐、多血质、毫无遮掩的抒情诗人，他的眼里只有诗歌，而且是唯一的诗歌，除此之外，他一概无视。而阿赫玛托娃不仅继承了阿克梅派的沉重遗产，还有她与新时代格格不入、诡奇多变的个人生活，这让她始终处于一种风雨飘摇的生存状态中。娜杰日达说，象征派诗人伊万诺夫的圈子和高尔基的圈子都对阿克梅派抱有敌意，"阿克梅派的某些特质在两大文学阵营均激起了愤恨"。阿克梅派诞生于旧帝国的首都彼得堡，纯粹，高傲（"阿克梅"源于希腊文，即"最高级""顶峰"之意），充满了世界主义和"为艺术而艺术"的唯美哲学，"是对世界文化的眷念"（曼德尔施塔姆语），对传统的象征派手法充满鄙夷。因此，后来遭到列夫派和象征派的遗老遗少们的集体围攻也是顺理成章的事情。曼德尔施塔姆曾经说过，布尔什维克只关心象征派手把手交给他们的那些人。这其中就包括帕斯捷尔纳克。帕斯捷尔纳克属于新帝国的首都莫斯科，与彼得堡若即若离。在艺术品位上，他是列夫·托尔斯泰的忠实拥趸和斯克里亚宾的崇拜者，诗歌则继承了丘特切夫以前的诗歌传统，以及里尔克和勃洛克的象征主义。他对阿克梅派若即若离。虽然阿克梅派的女人们爱着他，但他除了赞赏过茨维塔耶娃的天才之外，未曾赞赏过其他人。阿赫玛托娃甚至怀疑帕斯捷尔纳克在 1940 年以前是否读过她的诗作。

娜杰日达认为，帕斯捷尔纳克和曼德尔施塔姆在某些方面简直就是"截然相反的两个人"。比如，帕斯捷尔纳克渴望稳定的生活，舒适的住宅，"一张可供思想者伏案写作的书桌"。而曼德尔施塔姆则是一位精神上的浪游者，大地上的游牧者，"甚至连莫斯科住宅的四壁也难以圈住他"。有一次，曼德尔施塔姆在莫斯科富尔曼诺夫胡同终于得到了一处住宅，帕斯捷尔纳克去看望他们，临告别时说："瞧，如今房子也有了，可以写诗了。"曼德尔施塔姆听后非常生气："你听到他说什么了吗？"他不认为外在的这些因素可以妨碍一个诗人的写作，他也不需要书桌，他从来都是边走动边打腹稿，然后再坐下来用打字机记录。"即便在全民皆遭奴役的年代，曼德尔施塔姆也未必会出面捍卫作家拥有一张书桌的特殊权利。"娜杰日达说，他甚至诅咒自己的这套房子，他认为这样的"奖赏"不应该属于他，而应该属于那些听话的、为此而争破了头的歌功颂德者。而帕斯捷尔纳克则是一位典型的"别墅客"，"一个家庭型的、独特的、莫斯科的现象"（娜杰日达语），为了得到这些，他不得不靠近文学界，以便借道文学界而走向文学；曼德尔施塔姆从来都与文学界无关，他也不关心这个。早在1927年，娜杰日达就曾对帕斯捷尔纳克说过："您要小心，他们要收养您……"而"文学界"对待两人的态度当然也是迥异的，他们对待帕斯捷尔纳克要宽容得多，甚至做好了稍稍妥协的准备。"要知道，帕斯捷尔纳克也是外人，"作协的领导法捷耶夫有一次对娜杰日达说，"可是他离我们毕竟稍近一些，还可以和他共事……帕斯捷尔纳克让我们感觉更轻松一些，他那里有大自然。"法捷耶夫无论如何算是个行家里手，他知道帕斯捷尔纳克的作品中有与革命文艺相融的东西，至少不会产生冲突，如诗里的大自然元素、戏剧性的日常场景等。而曼德尔施塔姆则完全没有这些，他的诗里有希腊，有但丁，有俄国19世纪（他曾跟妻子娜杰日达说："你知道吗，如果有过一个黄金世纪，那就是19世纪。"），就是没有普罗大众的革命文艺。他与新政权的关系就像打在阿·托尔斯泰脸上的那记耳光，赤裸裸的冲突，他没有属于自己的"安全保护证"。1928年，在回答一份"苏联作家与十月"的调查问卷时，曼德尔施塔姆说，"我感到受惠于这场革命，但我把才能献给它，只是它至今还不需要"，"作家应成为一个怎样的作家这个问题，我是完全不懂的：回答这个问题无异于发明一个作家，即是说，替他写他的作品"。帕斯捷尔纳克对新政权则没有完全丧失信心，他的内心始终有个神秘莫测的叶夫格拉夫（《日瓦戈医生》里那位神秘、善良、身居高位、随时提供"庇护"的弟弟形象）。"帕斯捷尔纳克心知肚明，在30年代初的当权者中谁握有此等权力。"娜杰日达说，"这种寄希望于国家及其奇迹的心理与曼德尔施塔姆格格不入。他很早便清楚地意识到这个新型国家将给人们带来什么，他并不指望国家的庇护。"

无论如何，帕斯捷尔纳克有一点是始终未变的，那就是他对待朋友们的态度。无论是大恐怖时期还是相对轻松的时期，该挺身而出的时刻，帕斯捷尔纳克基本上都站出来了。当然，你不能要求一个天性谨慎的人在任何时刻都是英勇无比的，丝毫没有胆怯过，那不真实。1934年4月的一个凌晨，秘密警察闯进了曼德尔施塔姆的家，把他带走了。原因可能是曼德尔施塔姆打了当时的红人阿·托尔斯泰一耳光，也可能是因为他写了一首讽刺斯大林的诗。理由当然可以随便找，因为很容易找到适用刑法第五十八条的口袋罪名——"反革命活动罪"。阿赫玛托娃当时正住在曼德尔施塔姆家，她是个离不开朋友的人，一凑够路费就跑到莫斯科去。在20世纪30年代，阿赫玛托娃与曼德尔施塔姆的友情非常热乎，在莫斯科她一般都住在曼家的小厨房里。但这非关爱情，曼说阿娃是一个营造"友谊而不是爱情"的天才。曼德尔施塔姆被捕后，娜杰日达找到了布哈林，布哈林问她，曼为什么被捕？不会就因为一记耳光吧？"他没写过什么过火的东西吧"？娜杰日达撒了个谎，说没有。布哈林似乎也没什么办法。他那时已岌岌可危，不测的命运正等待着他。阿赫玛托娃找到帕斯捷尔纳克，帕斯捷尔纳克也开始为曼德尔施塔姆的事情奔走。他重新找到了布哈林，布哈林为此给斯大林写了一封信，信中附带说了一句：帕斯捷尔纳克为此专门找过他。随后的某一天，帕斯捷尔纳克接到了一个来自克里姆林宫的电话。关于这通电话，流传着多个版本，但亲历者只有一个，那就是帕斯捷尔纳克。1945年，以赛亚·伯林曾到佩列捷尔金诺拜访帕斯捷尔纳克，下面是他凭记忆复述的帕斯捷尔纳克对他讲述的经过：

　　根据他的描述，他和妻儿在莫斯科的公寓，电话响时没有旁人，一个声音告诉他说是克里姆林宫来电，斯大林同志想同他谈谈。他认为这是一个无聊的恶作剧，就把听筒放下了。电话再次响起，里面的声音多少使他相信这电话是真的。斯大林就问他，是否正在同鲍里斯·帕斯捷尔纳克通话。帕斯捷尔纳克说正是。斯大林问，当曼德尔施塔姆朗诵一首关于他斯大林的政治讽刺诗时，他是否在场。帕斯捷尔纳克回答说，他认为他在场与否根本不重要，但很高兴斯大林能和他通话，说他知道这迟早会发生，说他们必须面谈，谈具有无比重要性的事。斯大林又问曼德尔施塔姆是否是个天才。帕斯捷尔纳克回答说，他们是风格迥异的诗人，他尊重曼德尔施塔姆的诗，但并不觉得亲近，然而，不管怎么样，这无关紧要。

　　……不管怎么样，斯大林再一次问他，当曼德尔施塔姆朗读那首讽刺诗时他是否在场。帕斯捷尔纳克再一次回答，最重要的是他必须和斯大林见面，越快越好，一切都决定于此，他们必须谈谈终极问题，关于生和死。"如果我是曼德尔施塔姆的朋友，我应该懂得如何更好地为他辩护。"斯大林说，然后就挂了电话。帕斯捷尔纳克试着打回去，但不奇怪，未能接通。这件事很明显一直折磨着他。至少在另外两个场合他又对我重复了这个故事。他也告诉其他的来访者，但很明显用了不同的方式。

娜杰日达听到的版本与此稍有出入，但大体差不多。她并没有觉得帕斯捷尔纳克因胆怯或没有直接承认曼德尔施塔姆是个天才或大师而失去了一次拯救他的机会。是个天才又能如何？一个连自己的战友和朋友都能心平气和地一个个送进坟墓的人，会对一个诗人网开一面吗？哲学家阿兰·巴丢则将斯大林的这种做派解读为"一种从领导上对艺术家的专制式疼爱的戏剧化后果"（阿兰·巴丢《世纪》）。曼德尔施塔姆也没有丝毫埋怨帕斯捷尔纳克的意思。"干吗要难为帕斯捷尔纳克呢？我自己能有法子，他与这件事毫不相干。"曼德尔施塔姆说，"他说得完全正确，问题不在于大师不大师……"他们只是觉得帕斯捷尔纳克将打电话的事情传遍莫斯科"有些好笑而已"，表明帕斯捷尔纳克有"某种自恋情结和自我中心主义"。撰写回忆录时，娜杰日达对此早已释怀："如果一个旁人介入奔走，这便不是常规而是例外，这位旁人将为此付出应有的代价。奥·曼的案子当然更不值得介入，因为他竟敢在诗中冒犯那位威严之极的人物。因此，我非常珍重帕斯捷尔纳克在1934年不怕被牵连的举动，他和安娜·安德烈耶夫娜一起来我们家，询问他该去找什么人……"

1935年，阿赫玛托娃的丈夫普宁和儿子列夫·古米廖夫同时被捕入狱，帕斯捷尔纳克再次为朋友站了出来。1935年11月1日，他异常大胆地给斯大林写了一封信："有一次您责备我对同志的命运漠不关心。除阿赫玛托娃的生命对我们和我们的文化的价值之外，她对于我还弥足珍贵，作为个人我了解她的所有方方面面，打我的文学机缘一开始，我就是她正派、艰难和毫无怨言的生活的见证人。"帕斯捷尔纳克在信中说："我请求您，约瑟夫·萨维里昂诺维奇，帮助阿赫玛托娃，释放她的丈夫和儿子，阿赫玛托娃对于我是他们的诚实的有力的证据。"帕斯捷尔纳克的这封求情信最终起了作用，斯大林在信上批示："雅戈达同志：把普宁和古米廖夫从拘禁中释放，并通报执行。"

　　类似的事情还有过几次。1937年，有人拿着一份"苏联作家赞同判处图哈切夫斯基、亚基尔等军界人物的请愿书"，让帕斯捷尔纳克在上面签字，帕拒绝了。当时的作协领导斯塔夫斯基专程跑到作家村，对帕斯捷尔纳克大发雷霆，还百般威胁。帕说，如果你不能心平气和地和我讲话，我没有必要听你的训斥，我可以回家。随后，他给斯大林写了一封信，信中说："我是一个在深受托尔斯泰信念的家庭里成长起来的人，……您可以支配我的生命，但我认为自己没有权利决定其他人的生死问题。"然后他就在家里静静地等着被捕，很奇怪，没人来逮捕他。娜杰日达说，生活在专政恐怖之中的人们，时时都会体会到个人的孤立无援，并继而劝慰自己："我的声音难道能制止枪杀吗？……这不取决于我……谁会听我的话呢？"当我们中间的优秀人物也对赤手空拳冲向歌利亚的大卫无动于衷时，真正的悲剧就发生了。"我们全都在息事宁人，我们沉默不语，希望被杀害的不是我们自己，而是邻居。我们甚至不知道在我们中间谁是凶手，不知道有谁能仅凭沉默而获救。"1946年8月，阿赫玛托娃遭到了日丹诺夫的恶毒谩骂，"阿赫玛托娃……不完全是修女，不完全是荡妇，更确切地说，是混合着淫秽和祷告的荡妇与修女"，继而被开除出作协。帕斯捷尔纳克是作协会员，但他拒绝出席批判阿赫玛托娃的会议，即便冒着被开除出作协的风险，他仍然去探望阿赫玛托娃，并给正处于困境中的阿娃送去一千卢布。因此，无论帕斯捷尔纳克曾经做过什么不堪的选择，无论他们之间有过多少过节（比如帕斯捷尔纳克在其《安全保护证》一书中，仅仅在一些段落里赞扬过阿娃诗作的朴素和现实感，却用大量篇幅去叙述茨维塔耶娃的天才），无论阿赫玛托娃对帕斯捷尔纳克的女人们如何不满,她对帕斯捷尔纳克的爱一直没有改变过,并一直承认他是个天才。1960年,在帕斯捷尔纳克生命的最后岁月,阿赫玛托娃不顾自己疾病缠身,赶去佩列捷尔金诺探望他。5月30日,当得知帕斯捷尔纳克的死讯后,平素难得流泪的阿赫玛托娃,那一刻难过得泪流满面。

1937年夏天,被流放沃罗涅日的曼德尔施塔姆被允许短暂回到莫斯科。居无定所的曼德尔施塔姆夫妇四处借居,寄人篱下,滋味并不好受。"在莫斯科,只有一户人家的门是向那些被逐者敞开的。……只有在什克洛夫斯基家里,我们才觉得自己活得像人。这家人知道该如何对待在劫难逃的人。厨房里会讨论一些问题,如在哪里过夜,怎样去听音乐会,到哪里弄钱等等。"他们也曾到过帕斯捷尔纳克位于佩列捷尔金诺的别墅,帕斯捷尔纳克把他们迎到楼上,下去做妻子的工作。上来时,他满面愁容,他的妻子不愿意见他们。他不好意思地把他们送到车站,在月台上谈了很久,错过了一趟又一趟列车。无论如何,他是个好人,哪怕不够勇敢。娜杰日达后来再没去过帕斯捷尔纳克的家,但帕斯捷尔纳克有时会顺道看望一下娜杰日达。"他是唯一一位在获悉奥·曼的死讯后赶来看我的人。"娜杰日达回忆说。

无论如何,在那样一个时代,谁也无权要求别人做英雄。对朋友求全责备,你就永远找不到朋友。相信"安全保护证"的帕斯捷尔纳克早早就开始尝试适应新时代的要求,但他对于别人指责他向当局妥协极为敏感,甚至有些歇斯底里。1956年,以赛亚·伯林第二次去探望帕斯捷尔纳克,刚一见面,帕斯捷尔纳克就脸色铁青地说:"我知道你在想什么。""我在想什么?""你在想——我知道你心里这么想——我为'他们'办过事。"伯林只有苦笑不已。帕斯捷尔纳克是否真有所谓的"安全保护证"?至少他从未被捕过,而他的名字曾出现在几个案件的名单里。

爱伦堡在他的回忆录中说："当我想到我的朋友和熟人的命运时，斯大林为什么没有动那个我行我素的帕斯捷尔纳克，却处死了百依百顺地执行交给他的一切任务的科利佐夫，我看不出有任何逻辑。"帕斯捷尔纳克跟斯大林的关系的确颇耐人寻味。有一种传说（帕斯捷尔纳克曾向波波娃讲述过），说汇报有关逮捕帕斯捷尔纳克的证明材料时，斯大林说了一句："不要动这个住在天上的人……"（伊文斯卡娅《时代的囚徒》）加林娜·涅高兹（帕斯捷尔纳克第二任妻子季娜伊达的儿媳）曾在《透过往日的波折》一文中讲过一件轶事：斯大林自己写了几首诗，说是朋友写的，要帕斯捷尔纳克给评价下。帕斯捷尔纳克看后告诉斯大林："诗写得不好，让你的朋友最好去干点别的，对他更合适的事情。"斯大林沉默了一会儿说："谢谢你的坦率，我就这样转达。"一个专制多疑而又残暴的政治狂人，会在一个诗人面前突然变得如此谦逊宽容？以赛亚·伯林说帕斯捷尔纳克不关心政治："他是一个孤独的、纯真的、有主见并能全身心投入的人。他的正直和清白据说甚至感动过最铁石心肠和愤世嫉俗的官员，而他之所以能活下来，当然一直是靠着他们的恩赐。"也许这位"住在天上的人"的正直和清白才是他的"安全保护证"？

无论如何，在"白银时代"那一代诗人里，只有帕斯捷尔纳克还活得好好的，这是客观事实。如阿赫玛托娃所讲的，"一切都出版了，如果不在这儿——便在国外出……总之有钱……如果你拿他与别的人的遭遇去比较：曼德尔施塔姆……茨维塔耶娃——无论你挑谁，帕斯捷尔纳克的遭遇都不错"。面对老朋友们遭受的苦难，甚至突然的消失，帕斯捷尔纳克感受到的是惊惧、羞赧，并为此而苛刻地检讨自己。比如，他对自己战后发表的《在早班列车上》就感到脸红不已，生怕别人认为他在"向主流看齐"。当阿赫玛托娃从战时疏散地塔什干回列宁格勒，路过莫斯科时，想与他见一面，前两天他都让人捎信说卧病不起，直到第三天才鼓起勇气出现在阿赫玛托娃面前。他第一件事就问阿赫玛托娃是否读过他的《在早班列车上》。阿赫玛托娃看他的表情如此痛苦，虽然已读过，却故意说还没读。帕斯捷尔纳克顿时如释重负，两人相谈甚欢。事实上，帕斯捷尔纳克没必要为《在早班列车上》脸红，那些诗作大多写于战时，有点"主流"的市民味道也无可厚非。谁又有权利指责那种在恐惧与绝望中做出的妥协呢？要知道，在沃罗涅日的时候，濒临绝境的曼德尔施塔姆也曾试图调整方向以求自救。他强迫自己写作了《颂诗》，甚至不惜摧毁自己的精神。但他"悔悟"得有些迟了，绞索已套到了脖子上。阿赫玛托娃则是在绞索套到她儿子的脖子上时开始写"颂诗"的。"许多人如今都建议我别提此诗，好让人觉得从未有过这件事。可我不会这样做，因为这样一来真相便不完整了：双重生活是我们时代的一个绝对事实，任何人都难以逃避。"娜杰日达说，"有谁能因为此类诗作而谴责他们呢?!"

如果帕斯捷尔纳克仅仅是这些诗的作者——3卷本汉译《帕斯捷尔纳克诗全集》，上海译文出版社2014年4月版——我真的不知道该如何评价他的文学成就。怎么说呢，无论他曾得到过多么高的评价（如以赛亚·伯林就曾说他是"'白银时代'的最后一位也是其中最伟大的一位代表""在世界上任何地方都很难再想出一位在天赋、活力、无可动摇的正直品性、道德勇气和坚定不移方面可与之相比的人"），但就译成汉语的这些作品而言，实在有些乏味和平庸。无论是在想象力、创造力、道德魅力还是阅读快感上，它们都无法真正吸引我，也无法启发我。我硬着头皮读完了这些译作，对一个诗人而言，这是可悲的。我们暂且将这可怕的落差归结于翻译的问题，但如果没有后来的《日瓦戈医生》，帕斯捷尔纳克的形象是多么单调而晦暗。《日瓦戈医生》被帕斯捷尔纳克视为精神自传："当我写作《日瓦戈医生》时，我感到对同时代人欠着一笔巨债。写这部小说正是我为了还债所做的努力。我想把过去记录下来，通过这部小说，赞颂那时的俄罗斯美好和敏感的东西。"它的伟大之处并非在于它的批判性或者它提供了多少道德教诲，而在于它超阶级的丰富性、复杂的人性。在这一点上，它稍稍偏离了果戈理、陀思妥耶夫斯基、托尔斯泰乃至屠格涅夫的说教传统，而更接近于契诃夫这样的伟大先辈。阿赫玛托娃曾对伯林说，她无法理解帕斯捷尔纳克为什么会推重契诃夫，因为契诃夫的世界是灰暗的，从未闪耀过阳光，悲惨的人物深陷其中，无依无靠，让人看不到希望。帕斯捷尔纳克说："你见到她的时候告诉她，所有的俄国作家都在对读者进行说教，连屠格涅夫都告诫我们说时间是一剂良药，是一种可以治愈伤痛的药物；契诃夫却没有这么做。他是一位纯粹的艺术家——完全融入艺术——他就是我们的福楼拜。"帕斯捷尔纳克试图建立诗人与帝国间新的关系准则——既非依附的，也非决裂的，而是经由艺术的丰富性来判定是非善恶。这与布罗茨基在《我们称之为"流亡"的状态》一文中所说的异曲同工："既然我们无以寄托对美好世界的希望，既然其他道路全行不通，那么让我们相信，文学是社会具有的唯一的道德保险；它是戕害同类原则的矫正剂；它为抵挡高压政策提供了最有力的理论；内容丰富多样的人生是文学的全部内容，也是它存在的目的。"

《日瓦戈医生》的出现是一个必然，是帕斯捷尔纳克最后的救赎和自我完成。这部被他称作"一代人的精神史诗"的杰作标志着他与"帝国"最终决裂，独自步入了自我的精神领域。这也是帕斯捷尔纳克的天赋和秉性所在，他完全信赖自己的天赋，并由着自己的秉性去行事，但绝不陷入极端盲目和狂热之境。在这一方面，马雅可夫斯基就有些"自取灭亡"的味道，他信由自己步入并不熟悉的领域，他参与的程度太深了，以致无法控制自我。"我感觉到'我'对于我来说是渺小的，/有个人执拗地要从我体内挣脱出来。/喂？是谁呀？是妈妈吗？/妈妈！您的儿子病得很重。/妈妈！他心中起了大火。/请告诉姐妹们——柳达和奥莉娅，/他已经走投无路。"唉，多么天才的诗人啊，可惜无法将自我体内的大火扑灭。而另一位后来吞枪自杀的作家——法捷耶夫，则是因为自我分裂太厉害，依附太多，无法整合自我，以致信仰破灭，精神崩溃。帕斯捷尔纳克曾说过："法捷耶夫个人对我很好，但如果有人让他把我大卸八块，他也会认认真真地完成这个任务，而且还会理直气壮地汇报执行的情况。"法捷耶夫只有在喝醉的情况下才会偶吐真言，"他的心像潜水艇一般，分成许多互不渗透的隔离舱。只有烧酒能搅乱一切，能打开所有的舱壁……"法捷耶夫很喜欢帕斯捷尔纳克的诗，甚至能大段地背诵。但在作协做报告批评某些作家"脱离生活"时，他也提到了帕斯捷尔纳克。报告之后，法捷耶夫与爱伦堡在街头相遇，非要拉上他到咖啡馆去坐一坐。他要了一瓶白兰地，边喝边说："您想听听真正的诗吗？"然后就开始背诵帕斯捷尔纳克的诗，边背边说："是不是好诗？是不是好诗？"

1955 年—1956 年冬，帕斯捷尔纳克最终完成了《日瓦戈医生》，前后耗时八年。1957 年 11 月，《日瓦戈医生》的意大利文译本在米兰率先问世。此后不到一年时间里，陆续被翻译成十五种文字在世界各地出版，唯独不能在苏联出版。1958 年 10 月，帕斯捷尔纳克被授予诺贝尔文学奖，以表彰他在"当代抒情诗创作和继承发扬俄罗斯伟大叙事文学传统方面所取得的主要成就"。帕斯捷尔纳克起初表示接受，并欣然致谢："我非常感谢，我感到激动、光荣、惶恐和羞愧。"但压力接踵而至，苏联作家协会（布尔加科夫称之为"职业杀手协会"）宣布开除他的会籍，甚至威胁开除他的国籍。压力下，帕斯捷尔纳克再次致电瑞典皇家学院："鉴于我所从属的社会对这种荣誉的用意所做的解释，我必须拒绝这份已经决定授予我的、不应得的奖金。请勿因我自愿拒绝而不快。"这符合帕斯捷尔纳克一贯的做事风格。他不只是惧怕压力，而是不想被利用——被任何一方利用。另外，如伯林所说，他是一个真正的爱国者，他不能接受被驱逐的命运。

1960 年 5 月 30 日，帕斯捷尔纳克去世，死于肺癌。临终前，他跟家人道别："好了，结束了，我们该告别了。"他的葬礼在作家村举行，特务密布，灵柩被放在一张桌子上抬到墓地。没有人致悼词，没有官方人物出席。悄悄出现在基辅火车站的手写讣告告诉人们，伟大的俄罗斯诗人鲍里斯·帕斯捷尔纳克去世了，葬礼将在 6 月 2 日下午举行。讣告贴上被撕掉，撕掉后再贴。大学生们朗诵他的诗作，一直朗诵到天黑。人群中有人轻声说："俄罗斯最后一个伟大的诗人去世了。""不，还剩下一个，"另一个声音说，"安娜·阿赫玛托娃。"

1945 年秋天，战争刚刚过去，阳光温暖而又明媚，作为外交官的以赛亚·伯林秘密拜访了两位尚在世的俄罗斯大诗人——帕斯捷尔纳克和阿赫玛托娃。帕斯捷尔纳克在他别墅里屋一张粗陋的木桌旁接待了伯林。"他说起话来慢条斯理，声音低沉而又单调，始终保持同一声调，介于蜂鸣和风笛低音管发出的声音……每个元音都被他拉得老长，就像在柴可夫斯基歌剧中凄婉哀怨的咏叹调里听到的一样。"至于长相，伯林说，他的脸庞黝黑、忧郁，表情丰富，带有鲜明的民族特征，"看起来像一个长着马脸的阿拉伯人"。最后这句形象的比喻，来自玛丽娜·茨维塔耶娃——帕斯捷尔纳克曾经最喜欢也最为推崇的女诗人。

危险的中年

朵　渔

危险的中年

感觉侍奉自己越来越困难
梦中的父亲在我身上渐渐复活
有时候管不住自己的沉沦
更多时候管不住自己的骄傲
依靠爱情，保持对这个世界的
新鲜感，革命在将我鞭策成非人
前程像一辆自行车，骑在我身上
如果没有另一个我对自己严加斥责
不知会干出多少出格的事来
尽量保持黎明前的风度
假意的客人在为我点烟
一个坏人总自称是我的朋友
我也拿他没办法……多么堂皇的

虚无，悄悄来到一个人的中年
"啊，我的上帝，我上无
片瓦，雨水直扑我的眼睛。" *

* 引自里尔克《马尔特手记》。

日常之欢

三月过后，挨过严冬的麻雀们
又开始在窗外的杏树上叽叽喳喳
我有时对它们的喧闹心存感激
感激它们为我演示一种日常之欢
新树叶好，菜青虫好，尾羽蓬松的
母麻雀好！洒在窗台上的谷粒
闪烁着无名的善。天啊，我这是怎么啦
我时常听到风刮过屋顶时像列阵的步兵
洒满阳光的床单下暗藏着铁器……

床头灯：致加缪

在旅馆的床上。我曾以为它是我们
可以依赖的某物，最终会接纳我们
但是没有。无论在空虚中升起的烟雾
汗水、泪水和精液，都没有被收容
那一晚我们在一家旅馆的床上，本想

演绎一场华丽的欢爱，但是我们搞砸了
你不停地要，我不停地给，你的空虚之处
正是我的满溢之地，我们都以为插入之后
一种希望就会重新升起，但是没有。
你的眼睛在黑暗中越睁越大，最终成为
一条黑暗的通道，我像在一片虚无的海上
独自漂浮的老渔夫，失败来得如此迅速
来不及收拾残局……你礼貌地送我下楼
我挥挥手，你在我身后打开了床头灯。

稀　薄

自由，以及自由所允诺的东西，在将生命
腾空，如一只死鸟翅膀下夹带的风

宁静，又非内心的宁静。一个虚无的小人
一直在耳边叫喊，宁静拥有自己的长舌妇

一朵野花，从没要求过阳光雨露，它也开了
一只蜘蛛，守着一张尺蠖之网，也就是一生

我渐渐爱上了这反射着大海的闪光的一碗
稀粥，稀薄也是一种教育啊，它让我知足

自由在冒险中。爱在丰饶里。人生在稀薄中。

一种真实的喜悦，类似于在梦中痛哭。

厌弃：致里尔克

你爱过她，并且还爱着她
但这婆娘一直在惹你生气
你睡过她，并且从她身上
睡出了一片海，几乎还是个
少女，但厌弃感从不曾离去
爱是上帝从孤独中伸出的
一根稻草，只有薄情的天才
才能将这根稻草抓在手里
就像抓住闪电的尾巴
只有冷血的柔情，才能离开
这些天使和尤物，婆娘和少女
她来了，像一头鹿在等待猎手
鹿眼里满是清纯和无辜
一个声音却在催促你离去
像大雪远赴群峰之巅——
你走后，闪电刚刚消逝于田野
黑暗如雨水一样被摊平了

致友人

不要去寻求读者。抛弃他们。

不要渴望理解。理解是死亡之一种。

写下的，不要让第二个人知晓，除非死者。

听到赞美声，赶紧捂上耳朵。

不要为荣誉写作，它们不配。

不要为监狱写作，监狱已人满为患。

当你听到揶揄和嘲弄，那就对了

你的冒犯得到了报应。

诗会飞，但不在天上

诗会游，但不在水里

诗会哭，是上帝赐给它泪水

诗会笑，是神灵赐给它嘴巴

为晾衣绳上的水滴写作吧

为 G 弦上的颤抖和满盈

为小女孩的眼睛写作吧

为温柔的地衣和婆婆丁

假如你曾留下了一些什么

那必定留在了死者的心里。

在期待中

——里尔克在慕佐

塞尚在他生命的最后
三十年，一头扎进工作里
他清楚，任何一点俗世的羁绊
都可能毁掉一个天才的一生
他甚至没有出席母亲的葬礼
以免失去一个工作日

而瓦雷里却有毅力将一段
长达二十五年的沉默插入
他最初的荣誉和最后的成就
之间，这期间，他研究数学
做庸碌的公务员，以便练就
一种静息般的克制

就这样，我也来到这里
在期待中领受孤寂的教益
神恩不降，孤寂便没价值
天使不来，记忆中的情人
也没有意义，和那些同样
不具意义的玫瑰在一起……

仍然爱：致卡夫卡

你们爱着这个天才，并希望
将他从黑夜的写字台边拉开
而这个人已经死了
死在了他独自经营的洞穴里
可你们仍然爱着他
仍然这个词真好
如荷尔德林所言
这样爱过的人，其道路
必然通向诸神。

树活着

一棵树，那么简朴而安静地活着
也生根，也结果，也与四季同调
但那种无欲无求的淡定，就像是
另一种活。人做不到，鸟也做不到
幸运的树可活几千年，而不幸的树
倒也没有什么不幸的感觉。

轨　道

窗外下着雨，人行道上的女孩
头发湿漉漉的，不时侧过身来

在男孩的脸颊上轻轻吻一下
男孩背着包，双臂环抱，伸手
在女孩的屁股上捏一把
隔着玻璃的哈气，看不清外面
但有一种青春的快意洋溢其间
还有某种似曾相识的失落的残余
一些美好的东西并不一定拥有
一些美好的人也只是短暂相遇
唯有自身的罪过会跟随一生
自身的罪，以及一些难言的隐衷
隐秘如房间里不绝如缕的钟表声
嘀嗒，嘀嗒，嘀嗒，像一列火车
静静地数着轨道上的枕木。

致毛子

一些人体内有杨柳，另一些有
刺槐，有石化的骨殖，不必强求

约伯说，我看到恶人发旺，他们的
孩子欢然奔路，享尽高寿而亡

将雷埋在诗里，不如在她唇上种花
伸手不见五指的时代，五指仍在
让美丽的少女去解放全人类吧

让沉醉的酒鬼去虚度光辉岁月

当少女们变成婊子的那一刻
我也正从少年变成一个恶棍

收敛自身的光，爱不及物的爱
在我们自己身上，克服这个时代*

★尼采语句。

收　获

为了一朵花，我杀死了虫子
在某种意义上，我是不仁的
但那朵花赞美了我

为了一个小贩，我谴责了那税吏
在某种意义上，我纯属多管闲事
但那小贩喜悦了我

不砍掉这棵树，我们就没有炉火
不割掉这片麦，我们就没有食物
不杀掉这头羊，我们就没有祭祀

凡喜悦和赞美皆是一种施予

死亡和罪过才是真实的收获。

只有在众人沉睡时

只有在众人沉睡时，夜鸟才会归林
只有在众人沉睡时，河流才哗哗流淌
只有在众人沉睡时，大地才轻轻翻身
只有在众人沉睡时，巨兽才开始打鼾

此刻，北方的大城熄灭了全城的灯火
全部的喧嚣汇成了夜虫的合鸣
雾霭虽未散尽，星空就要乍现
那上古的国在这一刻突然降临

这世界怎么啦

是谁将羊群赶到白云上吃草
是谁将马群赶到大海上饮水
失去土地的农夫在屋顶上栽种土豆
权柄在握的官吏在鼠洞里隐藏金钱

行乞者啊，不要去富人的门前乞讨
冤屈者啊，不要到法院的门口喊冤

世界，请安静一下，听听

这只狂躁的蝉有什么冤情
它从早晨一直叫到了晚上

人是怎么回事

一条蚕，吃饱了，吐丝将自己
裹起来，等待着化蛹，蝶变

一棵树，开花，结实，然后死去
但它留下了种子、根，生命继续

但人是怎么回事？从出生到入死
生命像一支箭矢，射进微茫里。

清　白

他在世上像棵不生根的树
他在人群里像半个隐身人
他也走路，但主要是漂浮
他活着，仿佛已逝去多年
但他的诗却越来越清澈了
像他早衰的头颅
在灯光下泛着清白的光晕。

我们曾坐在河边的酒吧闲聊

聊一个人的死被全世界纪念
聊侍奉自己的中年多么困难
不断升起的烟雾制造着话题
没有话题的时候就望望窗外
黑暗的运河在窗下日夜不息
沉默的拖轮像条大鱼一闪而过。

善　哉

那攀上高枝的蝉
将旧壳留在枝干上，这很有趣
仿佛它们不曾是一个人，对吧，这很有趣
到底是新生还是死亡？也许只是一次轮回
一个旧我被清空了，死亡徒有其表。
人生其实就生在这死里，并相信这是善的。

老夫妻

一对儿老夫妻，互相不搭理
沿着河边溜来溜去
得有多少年的厮磨
才能造就那样的若即若离。

那就是爱

细雨中，小区窗户的灯光渐次亮起
当他拖着疲惫的身子回到家里
在她无休止的责备声中
享用他的晚餐
并不知道
那就是爱。

一个人来过之后又走了

一个人来过之后又走了
他来得偶然，走得突然
而某种必然性又蕴含其中
总之，谁能说得清呢
当他来到我家，端起
那只杯子喝茶，搬来
那把椅子坐下，某种形象
已固定在世界中——
他不在了，但杯子还在
张着虚无怀抱的椅子还在
以及那个人形的空洞。

自我体制化，才是最可怕的

——朵渔访谈

汪小玲

汪小玲：今年是你的散文丰收年，从年初起一口气出了《原乡的诗神》《我的呼愁》《生活在细节中》《说多了就是传奇》四本书，这四本书的创作缘起分别是什么？

朵渔：其实算不上丰收，我七八年没有出过书了，春种秋收，也就是很自然的收成。我写散文随笔好多是应付约稿，大多可换算成柴米油盐。但也有一部分是自己有目的地去写的，比如与诗歌有关的那些文字。我的这些非诗的文字大概可分为几类：诗论随笔、文史随笔、读书札记以及和故乡有关的文字。这四本书是应不同出版社的要求整理而成的，内容上各有偏重，但基本没出这个范围。这四本书的内容自我教育的成分更多一些，如果有读者喜欢，那是意外之喜。

汪小玲：《我的呼愁》出自你对童年和故乡的凝视，你的出生地是山东乡村，现在不少人渴望回到乡村去生活，也有人说这是"伪田园主义"，你怎么看？

朵渔：《我的呼愁》基本上是与童年和故乡有关的文字，是我用情最多、自我的影子最明显的集子。对故乡的感情，我用了帕慕克的"呼愁"这个词，这是一个充满了惆怅、缠绵、纠结、忧伤的词。我离开家乡二十多年了，虽然每年都会回去，但越来越觉得不适应。渴望乡村生活大概是因为厌倦了都市的喧嚣与劳碌吧，但乡村并非你梦想的田园。现在乡村的年轻人都渴望着到城里去，乡村已经被污染、被抛弃了。你回到乡村，但乡村没有一分土地是属于你的，缺乏最基本的公共设施，也没有干净的河流和井水了。重回乡村之梦我也一直在做，但回去不是为了享受，而是为了建设它、回馈它。

汪小玲：60后、70后的童年生活大多是贫穷的，你也不例外，有想过贫穷对自身的伤害或者成就吗？太多人耻于与贫穷为伍。

朵渔：我对故乡的感情是很深的，虽然曾经很贫穷，但故乡给了我金钱难以买到的财富。故乡赐给你大地，赐给你星空，赐给你大自然和人间亲情，这都是乡村最珍贵的赏赐。但与贫穷为伍的确让人气短，贫穷能让人丧失最基本的做人尊严。贫穷会阻碍一个人的视野，会影响一个人对世界、对人生的看法。我写过一篇《吃过见过》的短文，里面引用杨联陞先生《侈靡论》中讲的一个"倒吃甘蔗"的故事。故事引自《世说新语》"排调"篇："顾长康啖甘蔗，先食尾。问所以，云：'渐至佳境。'"顾长康即东晋时期名画家顾恺之，文章说顾恺之吃甘蔗的时候，通常由尾部向中间嚼起，对于他这么做的道理，人们总是大惑不解，而他却说"渐入佳境"。杨先生将其解读为一个用来贬斥奢侈与浮华心理的个人事件，"提高一个人的生活水准是很容易的，而降低则甚痛苦，所谓由俭入奢易，由奢入俭难——因此倒吃甘蔗是较为人偏爱的，尤其是人的一生如果就只能够吃这么一根甘蔗的话"。我从这则小故事中没看出与节俭和奢靡有何关系，倒联想到一个人的出身问题。大凡出身贫寒，童年时衣食匮乏者，长大后吃好东西时常会战战兢兢，倍加珍惜。吃苹果先从青的一面吃起，吃饭把肉留在碗底。一个人的出身对其一生的影响是巨大的。《史记·高祖本纪》说刘邦其母"尝息大泽之陂，梦与神遇……已而有身，遂产高祖"。而项羽就差远了，"少时，学书不成，却学剑，又不成"，看来本非"真命天子"。这当然都是"祛魅"前的春秋笔法。出身代表一个人的成长背景，尤其在我们这个城乡二元结构的国家，出身的影响更加明显。贫穷不可怕，只是不要让贫穷影响一个人的心智和情感。

汪小玲：《生活在细节中》书名直接用了书中一篇文章的标题，写诺奖得主赫塔·米勒的，而此书封面上另有一行小字："这始终关乎爱情，没有人知道"，这是书中另一篇文章的标题，写雷蒙德·卡佛的诗酒人生的，为什么要把这句话也放在封面上呢，曾想用它做书名吗？

朵渔：书名是我起的，我喜欢这个说法：生活在"细节"中，而不是在"主义""阶级""革命""奋斗""前程"等这些虚幻的"大词"里。"这始终关乎爱情，没有人知道"是编辑加的，我觉得很好，因为它提示了这本书的另一个向度。

汪小玲：《说多了就是传奇》讲述了百年中国知识分子的坎坷命运，学者陈徒手评论说"充分显现了作者把握历史脉动的能力和志向"，你以前还写过《史间道》，是什么时候开始对历史写作产生兴趣的？研究历史对自身有何影响？

朵渔：陈先生在帮我卖书呢，实在过誉了。我的研究还是很业余的，即便有此志向，也无此能力。我对历史感兴趣，是将读史作为自我启蒙的一个手段。文史研究和写作，我持续了大概十多年了。研究历史可以改变你的时空观念，可以将你的目光拉远。很多诗人没有现实感，其实是因为缺乏历史感。

汪小玲：这几年兴起"民国热"，关于民国知识分子的书、纪录片、电影都出了不少，《说多了就是传奇》也写到不少民国大先生，你怎么看这股"民国热"？

朵渔："民国热"，是因为民国有一些我们现实匮乏的东西，而在全球化时代，那些东西又具有某种普适性。某些珍贵的东西曾经在不远的过去存在过，如今却被我们弄丢了、抛弃了，那种伤感和惋惜是最难让人释怀的。"民国热"，也是启蒙的另一种途径，是借他人酒杯，浇自己块垒。当然民国也有民国的问题，但大都被我们有选择地过滤掉了。

汪小玲：《生活在细节中》《说多了就是传奇》这两本书写了不少特立独行的文化人，如外国的加缪、布罗茨基、辛波丝卡，中国的梁启超、蔡元培、胡适等，感觉这些文章首先是写给你自己看的，你把他们当成了精神上的导师或说朋友，是这样吗？自由写作多年，有时你会觉得孤独吗？

朵渔：的确，我写到的人物，大都是我所追慕的大师，或心灵上的朋友。我写他们，不仅仅是仰慕他们的学问、精神和成就，更主要的是他们的生活方式，他们的人生足迹。学问之事尚有门径，而日常修行是最难的。读他们的书，追慕他们的生活，我觉得与我心心相印的朋友越来越多。孤独感完全是自己的心态，与你有多少朋友没有关系。日常生活里，我的朋友不多，但彼此会心。即便待在家里，我也时常能感觉到满书架的喧嚣。但孤独感是我最珍视的一种感觉，只有在那种无限的孤独里，才能沉入一个人的心底，做出最自由、最出神的表达。

汪小玲：十年前你辞职了，之后一直在家写作，这是一种对体制的反抗吧？但事实上我们没有办法完全离开体制啊，有人会觉得这种反抗是徒劳的，你的看法呢？

朵渔：不是反抗体制，是选择一种生活方式。你说得对，体制无所不在，我们无往而不在罗网之中。我现在是无视它，它既不是对立面，也不是生存背景。我选择一种自认为自由的、有价值的生活方式，不奉陪了。从肉体的意义讲，人生苦短，但在精神和信仰上，人可以将自己的生命无限拉长。体制不仅仅是一种外在的制度形式，更是一种被规约的心灵机制和生存模式。心灵不自由，自我体制化，这才是最可怕的。你不必去反抗它，当你选择了一种符合自我心性的自由生活时，你已经成了它的敌人。

汪小玲：学者余世存和你一样是自由写作者，他认为写作者如果离开了体制，靠市场生存理所应当，你考虑过这个问题吗？

朵渔：世存老师说得对，他是一个热忱的理想主义者，知其不可为而为之。但我很清楚我没有市场，当我认清这一点后，我就不再费心去考虑了。现在的市场是一个肤浅的市场，任何深刻的东西都很难卖上好价钱。不是说我自己深刻，而是做不到那种肤浅。

汪小玲：前段时间有位诗人以古诗词获鲁迅文学奖诗歌奖并引起争议。诗人王小妮曾说："中国古典诗词离我们越来越远，产生它的那种特有的节奏、心态、词汇，包括支撑它的山川地貌全都变了。它的魂儿断了。在深圳这个巨大的城市搅拌机里，谁能写出古诗来，那算做作到家了。"你认同她的观点吗？

朵渔：我同意小妮老师的观点。一种艺术形式过去了就是过去了，只能把它放进博物馆里，靠人工呼吸是救不活的。写古诗不仅在深圳是做作的，在终南山也是做作的。但新的艺术形式总可以从那些旧的艺术中吸取营养，于是那旧的也在另一种形式中复活了。我最近读《诗经》，发现无论是节奏、心态还是词汇，都与我最近的写作有一种新的契合。当然我也不承认"文学在进步"。曼德尔施塔姆在他的随笔《词的本质》中说："根本不存在当代诗歌比过去诗歌'高水平'这回事，文学中的进步论代表着学术愚昧的最粗鄙、最可恶的形式。文学形式在改变，一套形式让位给另一套。然而，每次改变、每次获得，都伴随着丧失。"比如，现在再也写不出杰尔查文或莱蒙托夫那种风格的颂诗了，因此，诗歌的进程更像是一种不间断的、不可逆转的失去，"失去的秘密多得像创新"。

汪小玲：2008年汶川地震后你写下了《今夜，写诗是轻浮的……》，这首诗被广为传诵，这是诗人用诗歌介入当下生活的一个例子。诗歌介入当下生活似乎很难做到既有力量又有诗意，这方面有什么心得可以分享吗？

朵渔：我最近刚写了一篇关于曼德尔施塔姆的随笔，贴一段在这里：在苦难中直接书写苦难，或在专制的国度里主动承担起一个诗人的良知，在很多诗人看来会有一种滑向"非诗"的危险。在这些人眼里，似乎只有"纯诗"才是安全的。这就把"诗"看得太小了，无非是针尖上的那点真理而已。把边界缩小，无疑是最为安全的。但诗的边界很大，如果诗的胃口不够大，诗人的消化能力不够强，诗歌也许早已成为艺术化石了。汉语古典诗歌曾承担起"巫""史"与"宗教"的功能，西方诗歌也曾与宗教密不可分，诗人在思想和信仰领域一直具有一种引领作用。但自文艺复兴以来，一个总的趋势是，艺术越来越强调其自身独立的合法性，康德的"判断力批判"也使艺术自律获得了某种哲学解释的根基。诗人成了"失落的思想的残余物"，仅仅保留了"有限的行为"，那就是——语言的守门人。康德有一个悖论式说法：无目的之合目的性才是美。也就是说，艺术本身不具有目的和用处，它不关涉利害，不具有用性，它"拥有一些它自身中就得以表明的东西"（汉斯·昆《艺术与意义问题》）。但目的与意义是两回事，"无目的"并非"无意义"，艺术的自律与艺术向各种可能性的敞开之间并非完全对立的，而是处于一种辩证的张力关系中。试图用一首诗去推翻一个政权自是走火入魔之举，但在一个充满危机与苦难的情境中，如果"作为精致的地震仪"的诗人竟毫无反应，那也过于奇怪了。"艺术有社会的牵缠，每一件艺术品实际上都是对社会、公共关系的作为与回应。"作为宗教学家的汉斯·昆，面对意义不断丧失的当代艺术，依然强调以意义来对抗虚无，以"基本的信赖"对抗"基本的不信赖"。"归根到底，艺术品被创造出来的目的就在于发生、发现。"他说。"艺术是游戏，但不只是游戏"，应当将艺术的意义问题放在一个总体的语境中去观察，"所谓总体语境，我指的是：艺术与生命的意义"，而不是从纯艺术的或艺术与政治的关系出发。

汪小玲：去年你的诗集《最后的黑暗》出版了，收录了你 2009 至 2012 年的诗作，感觉比你早期的一些作品如《河流的终点》要急促许多，是有意为之？

朵渔：是的，因为过去那几年的呼吸也是急促的，诗歌的节奏也变得急促起来。我信奉"为人生的写作"，不必强做调整，写作会随人生的境遇自然变化。

汪小玲：你出生于 1973 年，刚过四十，"四十不惑"，你的状态是怎样的？

朵渔：孔夫子的确伟大，他准确预言了人生不同阶段的精神状况。比如，人到三十岁就要考虑"立"了，人到四十岁就要考虑"不惑"了。我现在依然充满了惑，但我的确开始思考"不惑"，思考生死、信仰等终极问题。而在三十岁的时候，这些问题还不曾是问题。我似乎抓住了一些什么，虽然并不清晰，但我知道那是方向，是高处。我因此感受到一种蒙恩的幸福感。

汪小玲：生老病死，人生常态，但中国人似乎不愿意谈老和死，你会常常想到这两个问题吗？惧怕衰老吗？

朵渔：是的，我常常想起这两个问题。生、死、爱、欲，曾是我诗歌写作的主题，现在我又加上了"信"。我不怕衰老，相反倒有些憧憬。我常常设想一种老年状态，我觉得那是一种功德圆满的状态吧。就像一颗挂在枝头的核桃，它会怀念它开花引蝶的岁月吗？无论如何，经历了岁月，结成了果子，最后落进土里，就是一种圆满吧。有时候会这样想想。

汪小玲：最近在读什么书？谈谈下一步写作计划。

朵渔：最近重读了荷尔德林和曼德尔施塔姆，还有《诗经》。写了一些随笔。我的写作没什么计划，尤其是诗歌，就是生活的内分泌。

汪小玲：今年年初，你获得了首届"诗建设"诗歌奖新锐奖，你在答奖辞中说："写诗这么些年，我相继践行过一种肉身的诗学，一种批判的诗学，一种羞耻的诗学。"这算对个人诗歌路程阶段性的总结吧，能展开详细谈谈吗？

朵渔：这本不该我来说，说自己太多就成了一种不可救药的自恋。肉身的诗学大概就是我的"下半身"时期吧，这种写作实践帮助我打开了肉身的参与；"批判的诗学"是对现实的关注，以及以史入诗的尝试，曾得到过一些认可，这让我心生警惕；"羞耻的诗学"是对儒家诗学的一种体认，是对传统的致敬。在这个过程中，生、死、爱、欲成为我不同阶段的诗歌主题。现在我考虑更多的是"信"，既是形而上的，也是对这个世界的肯定。

汪小玲：有人说你是阅读最多的诗人之一，能分享一下阅读门径吗？有人越读越通达，有人越读越迂腐，如何避免后者？

朵渔：我没有具体的工作，大部分时间都是用来阅读，貌似"阅读最多的之一"。事实上我的阅读很没有体系，与那种学院式的、建构完整的知识体系的阅读完全不同。我阅读是为了驱赶内心的黑暗，是为了擦亮眼睛以便看得更远，也是为了建构和夯实个人的诗学土层。对我来说，阅读没有什么门径可言，完全是跳跃式的、无限链接的、随灵感而来的。我不认为阅读会让人变迂腐，除非他本来就迂腐，而又没有通过足够通透的阅读让他化解掉。迂腐，说明读得还不够。

汪小玲：你怎么完成一首诗？现在完成一首诗和早期有何不同？

朵渔：每一首诗的产生都不太一样。早期往往比较随意，有点感觉就写，写好写差全凭天意。当然大部分写得很差。现在我会很耐心地等待一首诗的到来。我能感觉到它，但看不清面目，一个句子、一个声音、一种气味或色彩，也可能是随天气变化而来的一种情绪。我在笔记本上记下一个词、一句话、一个符号、一种暗示，然后调整身心，安静等待，它往往在你安静出神的一刻到来。这么说似乎有点拽，但事实就是这样。当然，最终到来的也许是很平庸的东西。就像一个梦，梦里很精彩，等你醒来才发现，稀松平常。有人说诗是改出来的，我的经验是，坏诗很难改成好诗，而好诗，根本不用改。

汪小玲：写诗多年，遇到过瓶颈期吗？如果有，是怎么渡过这个瓶颈期的？

朵渔：有过，大大小小的瓶颈都会遇到。有时两三个月写不出一句诗，感觉已被诗神抛弃，完全不会写诗了。有时对自己的写作会感到很虚妄，这种危机感常有。阅读或出游是渡过瓶颈期的有效方式。当然，瓶颈并非灾难，它是一种磨炼诗人身心的关口，渡过之后，海阔天空。

汪小玲：听说不少成名作家也会时常产生幻灭感，会突然觉得自己写的不过是堆垃圾，你会有这种时候吗？怎么消除这种幻灭感继续写下去？

朵渔：幻灭感是诗歌本身所带来的。诗本质上是无法被把握的、空灵的东西，而它自身又是非物质的、无价的，它既不可能成为你心灵空洞的填充物，也无法在世俗的意义上为你带来好处。幻灭感就如同瓶颈，克服一次，你的境界可能就提升一次。当然，如果幻灭感过于强烈，你可能就会放弃了。放弃了也没关系，你还可以去其他行当寻找价值感。真正伟大的诗人大都是强力诗人，会通过自己的强力意志来克服它。当然，我也不太信任那种自信满满、完全没有幻灭感的诗人，我认为他们并没有真的理解诗。

汪小玲：一位医学博士曾问我："古诗有格律，我们很容易就可以指认诗与非诗，而现代诗我们如何指认呢？有些诗感觉不过是一堆分行的文字而已……"你会怎样回答这个问题？

朵渔：现代汉语诗歌，其文体合法性的基础，其现代性的获得，更多是通过"横的移植"，是向西方学习的结果。用古体诗的标准来指认现代诗，肯定会让人迷惘。现代汉语诗歌完全是一个新的东西，靠背诵《唐诗三百首》那点诗学教养，是无法真正体认现代诗的。当然，"有些诗感觉不过是一堆分行的文字而已"，它可能就是一堆分行的文字，你的感觉没有错。就像有格律的古诗并不都是"诗"，它也可能是一堆很差的东西，非诗。提高一个人的诗学修养，目的并非用来区分诗与非诗，而是让他可以从诗歌当中汲取更多的营养和快乐。不懂也没关系，快餐里也有养分。

汪小玲：不少诗歌活动中，"唱诗"已成为诗歌普及的一种新方式，俞心樵的诗作《要死就一定要死在你手里》被改编成歌曲，并在电视节目《中国好歌曲》中演唱而为众人所知。你怎么看"唱诗"？如果有人要将你的诗作改编成歌曲，你会同意吗？

朵渔：在汉语诗歌传统里，歌和诗起初是同一的，朱自清先生就考证说，最初的诗都是合乐的，至少到春秋时止，诗和乐都还没有分家。无论是赋诗还是献诗，都是自己唱出来。《汉书·艺文志》："《书》曰，'诗言志，歌咏言'，故哀乐之心感而歌咏之声发。诵其言谓之诗，咏其声谓之歌。"诗和歌其实是一种东西的两种不同表达方式。虽然后来诗与歌各自独立，但诗因其平仄韵律，依然可以诵。词与曲很多是专为歌而作的。现代诗虽有其内在的节奏与韵律，但与歌已渐行渐远。"唱诗"偏重在"唱"，诗是次要的。我写过一篇小文，比较过诗歌与音乐的不同。音乐具有直接的感染力，再加上它丰富的表演元素，至少在舞台上，是诗歌难以比拟的。音乐直接作用于人的耳朵，具有一种直接击打人心的力量；而诗歌首先是一种文字，作用于人的眼睛。当诗歌被诗人以声音的方式呈现，它还需要听众由耳入心，将声音转化成文字，然后再转存到心灵的硬盘上。音乐不需要心灵的反刍，会使听众直接产生情感反应；而作用于人心灵的诗歌，则需要一个反刍的过程。所有娱乐化的东西都是直接作用于人的感官的东西，诗歌则潜藏在人的心灵里。音乐作为一种情感的直接作用，它也很容易消失；而存储于心灵硬盘里的诗句，却可以反复咀嚼，反复发酵。就像我们每每看到头顶的月亮，它已不仅仅是当下的月亮，它可能是唐朝的月亮（"床前明月光"），也可能是宋朝的月亮（"明月几时有"）。这就是音乐的即时性和诗歌的延后效用。

汪小玲：你偏爱自己的哪几首诗作？

朵渔：有时是这一首，有时是那一首，各有颜色，各有偏爱。当然，喜新厌旧是常态。

汪小玲：有人说作家就不该专事写作，而应以其他工作谋生，业余写作，这样的写作与生计无关，更纯粹。你怎么看这个观点？职业写作有什么不好之处？

朵渔：我们有很多体制内的职业写作者，领一份工资，埋头写自己的东西。当然大多是小说家，诗人很少。其实很多小说家靠写作也是可以养活自己的，不明白他们为何还要领那份名声不好的工资。仅仅靠写诗的确是很难养活自己了，但是，如果写得好，也不至于饿死。关键是，如果将写作作为一项志业，就无所谓职业不职业了，写作会成为生活本身，赚钱、谋生等倒成了业余。这种转圜是很自然的。里尔克就认为诗人与生活之间存在一种"古老的敌意"，他一生都在一心一意地追寻诗神的脚步，完全不事产业，也不经营爱情和家庭。荷尔德林也是如此，他曾在给母亲的一封信中说，"作诗是最清白无邪的事业"。荷尔德林的母亲是一个寡妇，多年来省吃俭用供孩子读书，就是希望荷尔德林能够尽快找个正经工作，娶妻生子，过正常人的工作。但荷尔德林已经决定献身于诗神，弃绝了尘俗的生活。他认为世俗生活和诗人生涯是相冲突的。他曾经对母亲说："有些人远比我更强大，他们尝试着既做一个伟大的商人或学者，同时又做一个诗人。但到最后他们总是为了一样而牺牲另一样，这绝不是好事……因为如果他在自己的职业上作牺牲，那他就是对别人不诚实；如果他在艺术上作牺牲，那他就亵渎了神赋予他的天生的任务。"但他又不想过分伤了母亲的心，因此就常会写信安慰她，跟她解释。"作诗是最清白无邪的事业"，这句话的意思是，作诗是一种自由的、沉湎于想象世界的朴素的游戏，它不需要对现实说话，不需要做出什么现实决断，因此作诗是完全无害的，在此意义上它也是无用的。表面上看是这样，一个诗人在现实面前往往显得天真、无力、不合时宜，这是诗人道路选择的问题，是跟生活讲和，还是弃绝常俗，选择一种更为绝对的生活。当然，这都是在"大师"的意义上言说的一种"绝对生活"，难免陈义过高。没有那份天才和决心，最好还是先安排好自己的生活。至于说哪种选择更纯粹，这关乎个人自由。

汪小玲：中国文坛关于鲁迅的各种争论一直没停过，他的几篇作品被请出语文教科书亦成为热点话题，你眼中的鲁迅是怎样的？

朵渔：一位觉醒者、批判者，冷眼观世却内心火热的大先生。强大，坚硬。老大帝国现代转型过程中必然会出现的普罗米修斯式的人物。经世致用的文学标杆。

汪小玲：除了写作、阅读，你最喜欢的事情是什么？

朵渔：看球，我是体育迷。以及在有限的园地里养花。

汪小玲：你读科幻小说吗？感觉科幻和诗歌有相似之处，可以把人带到高处，脱离沾满灰尘的世俗生活。

朵渔：不读。我觉得科幻只能将人带到虚幻的高处，那里面没有"信"，但有天真。有意思的是，住我下铺的大学同学就是一位出色的科幻作家。我们关系不错，但互相不读对方。

汪小玲：你好像很宅，不怎么喜欢出门，印象中诗人都特有激情，喜欢丰富多彩的生活，包括到处行走……该怎么理解这种宅？

朵渔：我不是宅，我是希望能够保持一种有规律的工作状态。经常外出总是一种中断，要想接续这种中断，会花很多时间。我不太喜欢丰富多彩，我觉得有一种色彩就可以了，但要沉下去，并且足够深入，然后才会有所得。丰富多彩在某种意义上就是浮皮潦草。

汪小玲：你理想中的爱情和爱人是怎样的？有人觉得琐碎的日常生活极有可能杀死爱情，你怎么看？

朵渔：爱情和诗在本质上很像，是一种本能的、又带有点神启的伟大的激情。有爱有欲有信，可以为之生亦可以为之死，所有构成一首好诗的元素都可以造就一段美好的爱情。爱情死于柴米油盐，就像诗与生活的古老敌意。爱情的生生死死再正常不过，不是死于琐碎，就是死于厌倦，因为人不是上帝。

汪小玲：儿子读你的诗吗？他说什么？太太是你的忠实读者吗？

朵渔：他不读，他是典型的理工男，我们不在一个频道上，但他尊重我的工作。我太太也不怎么读我的作品，但她总是给我最大的鼓励和支持，仿佛我是最棒的。

小　说

秋风祸事

陈崇正

1

很多事情都是后来才慢慢被涂抹了意义的。比如秋风里的这一场车祸，它由一条直线和一个弧形组成。直线是黑色轿车刹车在地上留下的痕迹，而弧线是一个女人被撞飞抛向空中画出来的，她结结实实地栽在地上。与此同时，我的妻子发出了一声尖叫：

"啊——"

显然，她正好目睹了整个车祸的经过。一个女人的死亡在她面前完整展开，她脸色发青，一只手紧紧抓住车门的把手。"不是我们撞飞的，是前面那辆，深呼吸……"我将汽车靠边停了下来，我试图教她用深呼吸的办法缓解内心的恐惧。但我发现她正盯着窗外的天桥上飞溅而下的水滴看。早上刚下过一阵雨，天空碧蓝，空气清新，街上的一切如此安静，但就是天桥上不断往下滴的水在源源不断动着。我意识到她可能会由这些水滴联想到刚才流淌的血，所以我发动汽车，开走了。

是的，你猜对了，这真是一场厄运。在我庆幸发生车祸的人不是我的时候，厄运的脚步飘忽不定地跟随在我左右。这种感觉像什么呢——小时候躲在被窝里，听着暴雨敲响屋顶瓦片的滴答声，听着狂风钻进门缝的呼呼声，听着深巷里猫叫春发出类似婴儿的令人毛骨悚然的叫声……风雨声总会停歇，母猫总会生小猫，所有虚拟的危险总会在睡梦中过去。但我的妻子站在我的面前，她的脸色如此苍白，她对我温暖一笑，说："生日快乐!"我却知道厄运似乎永不停歇。

"生日快乐!"我的妻子又说了一句，"生日快乐!"

她今天对我这么说，她第二天也对我这么说。第三天，我带着疲惫的身躯走进家门，我的妻子给了我一个热烈的拥抱，她用同样热烈的语气对我说："生日快乐!"

"你不高兴吗? 生日要高兴的! 来，笑一个!"

我拉动嘴角的肌肉，笑了一个。

2

厄运是会传染的。两名窑炉工人在拆窑的时候，被掉下来的砖块砸伤了腿。伤并不重，本来送医院处理一下也就完了，但他们的一阵抱怨导致厂里十几个工人都提出辞职。他们说："我们做了二十多年瓷器，烧骨瓷从来只用猪骨牛骨，用人的骨灰烧骨瓷是会倒霉的，自从殡仪馆的骨灰进了这个厂，我们打麻将就从来没有赢过。"其他工人纷纷附和，准备辞职不干，是我老爸亲自出马才平息了这场动乱。

我老爸闻讯赶来，他往大院里一站，啥话不说，就在那里对着那棵细叶榕抽烟。聚集在院子另一头闹情绪不干活的工人看到老东家出现了，气焰突然就矮了一截。我老爸抽了第三支烟，修坯工就进窑干活了，上釉工也低头进去做事了。厂子不大，二十来个人，这里头没有一个人不曾受过我老爸的恩惠，他们不叫他许厂长，都叫他老东家。

帮人家做纪念陶瓷是我接受这个小厂之后独创的新业务，应该说，刚刚有一些起色。现在墓地贵，骨灰盒也贵，骨灰撒到海里埋在树下都有点不管不顾的意味，但如果将骨灰做成一件骨瓷，还是有许多人愿意接受的。纪念骨瓷，可以做成各式各样的形状：死者生前喜欢猫，就做一只猫；喜欢狗，就做成狗；喜欢轮船飞机，就做成轮船飞机；如果出得起价钱，可以根据照片做成一座栩栩如生的塑像，音容宛在，瓷器长存。我的这个业务通过网络推广，用微博做了一点营销，无意间竟得到几个环保组织的响应，他们利用网络媒体进行宣传报道，一时间淘宝上的订单暴增。

"这本来是一件好事，"我老爸抚摸着我送他的新烟斗，语重心长地说，"但好事做得不好就会成坏事，甚至会变成祸事。"

我没敢告诉他，我的祸事已经发生了，我的妻子每天都在家里祝我生日快乐。

3

宫晓梅来找我借钱。在一家咖啡餐厅里，她坐在我对面，狼吞虎咽地吃完一份牛排。

"不好意思，这两天心情不好，都没有怎么吃东西……我本来想找阿敏借钱的，但这两天她的手机一直关机，只能找你借。几个月没上班了，手里确实没钱。前两个星期在一家酒吧喝醉了，妞没泡到，却被一个男的搞了，狗日的，下次见到他我抽死他！被他搞了，有了，你得借我钱去堕胎。"

她看着我。她谈论堕胎的口气就像是去街角买一组彩票。

"有烟吗？"

"没有。"

她鄙夷一笑："现在男人都不像男人……服务员，来一包烟，拿贵一点的……反正你付钱。"

服务员拿烟过来，我接过先要了一支。

"你不是说不抽?"她又是一个鄙夷的笑。

"反正我付钱的烟，不抽还不是男人了。"

"是男人也没用，我只对女人感兴趣，对你没兴趣。"停了一下，她笑着说，"不过你借给我的钱要是可以不还，跟你做什么都行，反正阿敏也不知道。"

我跟着笑了起来。她总是开这种神经质的玩笑，让我不禁认真看了一眼她那故意束起来的大胸部。如此起伏有致的身材皮囊，里头却装着个爷们，真是浪费。这么一想，我抽了一大口，咳了起来。

"最近身体不好?"

"我身体好得很。阿敏最近身体不太好。"

"怎么了?她的身体什么时候好过?在内衣厂的时候，她就经常闹情绪啊，有时候还会为了电视上的帅哥吃醋跟阿丹闹别扭，隔三岔五总爱生一下小病。"

"没什么，一点小问题，"话到嘴边，我还是犹豫了，没有将妻子发疯的事讲出来，"哦，对了，你刚提到内衣厂我就顺便问问，当时你们厂里失火，对吧?那时候阿敏没有什么异常吧?"

宫晓梅瞪大了眼睛："异常?什么才算异常?发生了火灾有什么是正常的吗?"

这一问倒把我问蒙了。

"我的意思是，当时那场大火没烧到她吧?好像烧死了一个人?"

"死的是阿丹，我们同宿舍的姐妹。阿敏命好，有我护着她，她怎么会被烧到，你看她如花似玉的……我说你们做那事就没开过灯吗?她身上什么地方有被烧到难道你不知道?"

"脚后跟……她说是鞋子着火了，我说怎么会是鞋子，一脚踩到火里，也应该是烧到裤子呀！我昨天还查了以前网上的报道，当时也是秋天，按理是穿了长裤的。死的那个，你们好像也都认识吧？阿敏还一直想让我帮她做骨瓷肖像，放家里有时候可以上香拜拜。"

"你查这个做什么？"宫晓梅语气突然严肃起来。

我一笑，停了半天都不知道找什么理由比较好："不就是想看看阿敏以前有多漂亮，一搜就无意搜到这些图片，没什么。"

"你兴趣倒是挺广泛的啊……我可告诉你啊，别乱把死人的什么陶瓷肖像放在家里，不吉利。她什么时候要你做纪念骨瓷？"

"我们刚在网络上认识那会儿，她刚知道我是做这一行的，就一直缠着我做这个……怎么？她没告诉你这个？她还说是你想这么做的。"

宫晓梅又点了一支烟："我从来不敢在她面前再提起阿丹，人总有做错的时候，不是吗？过去的就让它过去。"

4

薛医生要我叫他薛主任。他将名片递给我的时候重点强调他是薛主任，我有几次没改口，他好像就不太高兴。我将包厢里的服务员都叫出去，然后详细地将妻子的情况讲给他听。他不时打断我的话，了解一些他想知道的细节，比如月经周期及我们的性生活频率。他对九年前内衣厂的那场大火也非常感兴趣，反复盘问，并向我解释潜意识中的心理创伤以及诸如此类的专业术语。

"你说有一个有同性恋倾向的朋友跟你爱人比较要好，你爱人有没有这方面的倾向？"薛医生问得很小心翼翼，"别误会，我是说这种关系比较不同寻常，所以……"

"我也不是没有怀疑过，但后来觉得不是。我妻子认识她的时候，她还不知道自己是同性恋，据她说，是另外一个女孩子让她发现自己不喜欢男人。应该说，她跟我妻子以前是闺蜜，现在跟我是同志加兄弟，她特别穷的时候就会找我借钱，我也挺仗义，没有不帮的，她应该不会做什么对不起我的事情……再说，我妻子是喜欢男人的，每次跟我那啥她都很满足。"

"也不排除你爱人有双性恋的可能……不过这个只是猜测，不是最关键的，对了，你爱人怕见到火吗？"

"家里除了炒菜也没有什么火源……哦，她不会用打火机，有一次我生日，她都没法帮我点蜡烛，她害怕打火机。"

薛医生低头用笔记下我的话，像刑警录口供："工厂火灾烧死的那个女孩子，跟你妻子是朋友吗？你们认识以后，她有没有再向你提起这场火灾和火灾里死去的朋友？"

"不是，医生……哦不，主任，薛主任，我的意思是想问，看到一场车祸为什么会让她发疯？强烈刺激？引发什么联想？火灾那些事已经过去那么多年——你说，一个工厂那么多人都亲历火灾，只烧死了一个；那么多人会在车祸现场经过，为什么就偏偏是我妻子发疯？"

薛医生看着我："对啊，就这样发生了，那咱们现在是要讨论偶然性和必然性的哲学命题吗，许老板？生命就像一个谜，有些事情或者没有答案，但如果有答案，就一定需要梳理，而不是遮蔽和回避，对不？"

"那怎么办？"

"最好能让我去见见你的爱人，别说我是医生，就说是你的朋友。"

我点了点头。让患者与医生见面，这确实是必要步骤。但我很少在家待客，回想结婚的这几年，我的妻子除了宫晓梅以外很少有其他朋友；我工作、生活分得比较清楚，也很少请朋友到我家里去。

5

很多人住乡下，到城里工作；而我刚好相反。陶瓷厂在半步村，我们住城里，这说起来比较复杂。半步村其他的陶瓷厂，都搬到城郊交通便利的地方，但我老爸相信祖上那又老又破的砖窑能给我们带来什么风水上的庇护，结果却把一个近百工人的陶瓷厂变成了一个十几个人的小作坊，若不是我点子多，接手后不久便搭上火葬场的生意，这陶瓷厂怕是迟早要关门。另外一个原因是妻子阿敏在结婚的时候就有言在先，不喜欢和我的父母住在一起，希望我到城里买房，她反复强调不是不喜欢我父母，而是不想纠缠于村里的习俗，另外也是考虑到以后孩子的教育问题。

"你想，城里的教育一定比乡下好，所以还是住城里吧。我好不容易背井离乡到城市里来，在工厂里流汗，上夜校，自学考，为的就是能在咖啡馆安静地喝一杯咖啡，你能理解吗？"

我点点头。那时咖啡馆里正放着轻快的音乐："春天在哪里呀春天在哪里，春天在那青翠的山林里，这里有红花呀这里有绿草，还有那会唱歌的小黄鹂，嘀哩哩哩哩嘀哩哩嘀哩哩哩哩哩……"

"离离离，听到没有？要不住到城里来，终究是离离离——"

一首歌颂青山绿水乡村生活的儿歌居然被解读出离婚的先声，我不禁哑然失笑，然后只能四处借钱，在城里买房购车，才娶妻成家。我老爸笑着说，城里房价一涨，乡村里的这一点可怜的存款就哗啦啦流进城里去，半辈子都白忙活了，给你去买一个在空中的盒子，贵也就罢了，居然从一楼到三十楼，大门都一个朝向，祖宗讲了这么多年的风水，背山面水，到城里全都用不着。

说完我老爸非常豁达地笑出声来，哈哈哈，像空空的骨瓷花瓶触地发出的铿锵脆响。

6

哈哈哈。我推门进去，客厅里发出了一串笑声。

宫晓梅扯着嗓子喊："那老板一点都猜不到我要看菜单，慌慌张张，将每个菜的价钱反复改来改去，都没有跟总数对上，哈哈哈……许大老板回来了，我正在讲那次去海南的事情，遇到一家黑店，吃了几盘海鲜，老板漫天要价，我要查价格，他数学又不好，单价加来加去都没够上总数，哈哈……"

我没觉得这有什么好笑的。

"跟你这种笑点太高的人生活在一起真累，我都笑成这样了，你一点都没笑，你怎么也要配合一下，听说爱笑的男人才怕老婆，阿敏，你回头要好好治治这小子……"

我妻子坐在沙发上，她手里夹着一根烟，笑嘻嘻地看着宫晓梅。那空洞的笑容让我内心一紧，但宫晓梅似乎完全没有察觉——是不是她以前也是这么对我笑着，只是我熟视无睹浑然不觉——这样想过之后，我不禁打了一个寒战。

宫晓梅的手机响了，她很大声地接了电话，就兴冲冲地走掉了。"不打扰你们二人世界了，有空就好好造人，结婚都几年了，都没弄出什么成果，你就不觉得失败吗许老板？"走的时候她还不忘损我一句。

"哪像你，无心插阴都能成柳……"

"去你妹的！祝你全家都花柳！我走了，不用想我。"她笑嘻嘻地穿了鞋子出门去，嘭，门关上了，屋子里就只剩下我和妻子两个人。妻子不笑了，两眼空洞地望着我。

"老公，这世界怎么这么吵……"她哭了起来，肩膀抖动着，那么可怜。

她还能认得我。我心头一热，走过去，搂着她。

"我想静一静，别让什么人到我们家里来吵我，特别是宫晓梅，行不？"

"连晓梅你都不喜欢了？"

"我都叫她宫晓梅的，你就直接叫晓梅了？"

"她是爷们，你吃什么醋？"

"我怕她。"

"你怕什么？她又不会吃了你！"我故作轻松地微微一笑。

"我想什么她都知道，她就是会吃了我，啊——"她又发出一声尖叫。

7

薛医生打来电话，问什么时候到家里来看看，我说过几天再说，让她静一静。那天晚上我梦见很多佛头，一层层堆积着压过来，吓得我坐了起来。

妻子正看着我，她没有睡觉。

我跟她说我的梦。她说，关于佛头的梦，她也曾梦过。我突然想起，有多少夜晚，我睡着，她可能醒着。

我揭起窗帘，玻璃上有水珠滚落的痕迹。外面下雨了，高楼之上的雨，没有声音，没有瓦片也就不会有雨滴瓦片的声响。

哄她睡觉，听她慢慢发出磨牙的声音。

睡眠让一切安稳。

我睡不着，起身到书房，打开台灯。一束昏黄的灯光照在白纸上。忍不住觉得应该写点什么，我在纸上列出了年份，也写下车祸发生那天的日期。我再次回想那个瞬间：被撞飞的女人，停在那里的黑色奥迪汽车，天桥上往下滴的水……天桥离车祸发生的地点不到两三百米，为什么那个女人要冒险横穿马路呢？她翻过铁栏杆的时候在想什么？她在奔跑，她错误判断了自己的速度，她以为她可以比汽车快，或者说她以为汽车会比她更慢。于是，她迎来了一次致命的撞击——砰！她一定不相信自己会被车撞到，即使听到身体撞击发出的响声——砰！她应该也不相信自己会死在那里，不相信自己会腾空，不相信自己的脸会贴着粗糙的地面滑行……她穿着工作服，工厂的厂服，天蓝色，胸口上绣着一串数字……一家专门生产内衣的服装厂好像就在附近！

我上网翻查了那家烧毁的内衣厂的厂址，确实不远。但那家厂的厂房已经成废墟，工厂已经倒闭，能有什么关联呢？那女人是一早赶去上班，她大概是快迟到了。生命如谜，当谜底揭晓的时候，没有早一步，也没有迟一步，就刚刚好。

我在纸上画出一个弧形，也画出一条直线，然后是一个问号。

我不知道。

砰！我在脑海中虚拟了一声闷响，骨头与骨头的断裂，一种分离的声响——砰！

假设宫晓梅、被火烧死的女孩阿丹、我妻子阿敏都是同性恋——我在纸上画了一个三角形——两人同时爱上同一人，已知宫晓梅喜欢女人，假设我妻子也喜欢女人，她们喜欢的女人不小心被烧死了……这种假设让我冷汗直冒。

这种事情鬼知道，还是神知道？有答案吗？大概只有上帝知道。

8

我去找宫晓梅，让她帮我弄一本《圣经》，书店里买不到，但她总有办法。

第二天，她就将《圣经》递到我手上："哎哟，从良了？读《圣经》啦？"

我没应她，低头翻阅这本陌生的书。我想将之带回家，放在妻子阿敏能看到的地方。不只是《圣经》，所有能找到的佛经，我都带回家。

"人若怀里揣火，衣服岂能不烧呢？人若在火炭上走，脚岂能不烫呢？"我不禁念出声来，这个句子让我想起妻子阿敏被烧伤的脚后跟。

"这是劝告人们不要淫乱的句子啦，你这个老骚货就别假斯文，《圣经》无价，但你爷爷我确实太穷，你给我五百块买啤酒吧？"

我给她钱，并说："要不你到我厂里做点事吧，这样一直晃荡下去也不行。"

"不去，你厂里都是老男人，又没漂亮妹子。再说，你这种细针密缝的性格，我会受不了的，不小心被你搞得精神分裂就麻烦。"

9

城里又有一家工厂着火，刚好碰上下班高峰大塞车，消防队迟了半个小时才赶到，死了很多人。经过环保组织的协调，我接下了这单生意。加上淘宝网上的一些订单，工厂只能日夜赶工。

我招聘了几个工人，同时将我老爸请回来帮忙主持。我怕因为妻子治病的事分心，要是搞砸了一批货，就很难弥补，会影响信誉。牛骨好找，一个人的骨头就那么多，容不得闪失。

我和老爸提出应该把厂子搬到城郊，他这回没有直接反对，而是沉默不语。

"活人住到城里去，要花那么多钱买房；他们城里的死人要到乡下来安顿，钱也得流回来。城郊交通方便，我看中离殡仪馆不远的一块地，已经让人去问价格了。如果谈得拢，或许还能拿下殡仪馆骨灰盒的单子，别小看那么一个小盒子，那可是奢侈品。"

10

薛医生如约而来，他给了自己一个虚构的身份：医学院薛教授。他自称从西宠坐火车来东州，明天要赶飞机从东州到上海，所以顺道到我家里来坐坐。

"许辉兄弟，我看许太太这么消瘦，会不会是有甲亢？"薛教授出招了。

妻子给薛医生倒了一杯水，笑而不语，就回到房间，把门反锁。

一出事先编排好的戏突然少了主角，我们俩在客厅坐着，高声寒暄，低声才谈起病情，显得十分无聊。

我送医生出去，给足了报酬。

"你太太很漂亮，多花点时间陪陪她吧。"

我点点头："谢谢！"

"如果不行，只能强制治疗。"他有点失落，对我说了很多十分专业的话让自己显得不虚此行。他本来是想来唱戏的，结果却成了只有一句台词的群众演员。

"平时家里的剪刀、菜刀、打火机之类的东西要收好，有什么问题就打我电话。"

医生走了以后，我的妻子住到衣柜里去。她将大衣柜里的衣服都挪到角落里，然后抱着枕头就睡到里面去。

"外面又吵又脏，别以为我不知道你已经把我当疯子，别以为我不知道那个人是医生，我自学考读的就是心理学，什么甲亢？你们都是大甲虫，全部都给我滚！滚——"

她心安理得地在衣柜里睡了一个晚上。我十分担心第二天起床的时候，她会像小说里那样变成一只大甲虫。但她没有，她早早就起来给我煮早餐，边煎鸡蛋边唱歌："春天在哪里呀春天在哪里，春天在那青翠的山林里，这里有红花呀这里有绿草，还有那会唱歌的小黄鹂，嘀哩哩哩哩嘀哩哩嘀哩哩哩哩哩……"

"哩哩哩……"我捂着脸在床头坐了许久，听她唱歌，我想哭，却流不出眼泪。

"会过去的，像做梦一样。"我对自己说，并想起了那个堆满了佛头的离奇梦境。

11

我在酒店里开了一间房，打电话把宫晓梅叫过来，我跟她说要谈生意。

她来了，环顾四周："只有你一个？"

她猜到了我想干什么。

我把两万块钱放在桌子上："你说这个能跟你做几次？"

她看着我，想像以前那样笑，却笑不起来。她扬起手掌，给了我一巴掌。

啪！左脸火辣辣的。我指了指右脸："这边也打一下。"

啪！她真的又甩了一巴掌："你是禽兽！"

我心里突然一阵轻松——我必须宣泄，不然崩溃的是我。

啪！她冷不防又给了我一个耳光。她再次扬起手掌的时候，我一把抓住她的手，把她一扯，我和她就都倒在床上。她一个翻身骑到我身上，两只手将我的手按住，鼻子都快碰到我的鼻子。

我以为她想吻我。

但我脸上却有两滴暖热的雨，她的眼泪簌簌地落下来。她俯下身来，压住我，她的大乳房压在我的下巴上，她一手勾着我的脖子，一手撑在枕头上，就这样号啕大哭。

良久。她起身来，一手抓过床头的纸巾抹眼泪鼻涕，一手将桌子上的两万块取走了一万，放进她的包里。

"我哭完了。禽兽，你想干什么就干吧……能给我一点酒吗？"

12

宫晓梅说，她也梦见过很多佛头。

她不觉得恐怖，她觉得很美。那么多眼睛，都低眉顺眼。

"你爱不爱阿敏？"

她低着头，一边问我，一边给她的脚趾甲涂上墨绿色的指甲油。

13

人若怀里揣火，衣服岂能不烧呢？纸包不住火，也包不住祸事。

中秋转眼就到了。我好几天没有上班，我老爸提着我老妈做的月饼到城里来看我和妻子。老头子一手提着月饼，一手拿着烟斗，浓密的八字胡像鸡冠一样透出雄性的气息。他一声招呼都不打就到了门口，我眯着眼睛在门上的猫眼中看到他君临天下的得意神色。

"生活要规律一点，你看你都成什么样了，这么憔悴！"他一进门见我蓬头垢面，就开始呵斥我，"这么安静，阿敏不在？"

我点头又摇头，他便说："不在就好，别笑话我进门就找厕所，一早出门，公车站又没得方便。"

"客卫坏了，你到主卫上吧。"

"啥？"老爸没听懂。

"哦，有一个卫生间冲水不行，你到我们房间那个厕所去上吧。"

"能上就成。"

他按我指的方向进了主人房，就在这时，我就听到老爸一声尖叫："阿敏，你干什么！"

妻子阿敏从衣柜中冲出来，手持一把菜刀，架在我老爸的脖子上。

"就知道你们都想害我！就知道你们都想密谋来害我！"

我老爸一直退着，退到墙角，他脚一软就跪了下去，裤裆湿了一大片。

妻子阿敏张开嘴巴朝他咆哮："啊——啊啊——"

老头子整个吓呆了，烟斗掉到地上。

咆哮声音结束之后，妻子像一个消耗完电池的手机，自动关机，躺倒在地上，昏死了过去。我捡起地上的菜刀。我不知道她什么时候将菜刀藏在衣柜里。我捡起烟斗，扶起大小便失禁的父亲。我将昏迷的妻子抱到床上去，地上太冷怕她着凉。我搜出我的裤子给老头子换上，他失魂落魄，仿佛一瞬间老了十岁。

换了裤子，他将脏裤子直接丢进垃圾桶，一把抓起他的烟斗，脸色发青，什么话都不说就往外走。

我跟出去："要不您老留下来吃饭？"说完我就后悔了，说了等于白说。

他狠狠地将那只我送他的烟斗掷到地上："你五行欠抽吗？我都想抽死你！"他扬起手，他的手在发抖，他看着我的脸，突然间又哽咽着说："回去照顾她吧……这都什么时候开始的事情，你这孩子，你就一个人撑着，你也不告诉我们，家里厂里……看你瘦得……瘦得……"

电梯门开了，他走了进去，别过脸去，朝我猛一挥手，让我回去。

电梯门关上了，我扑通跪在楼道里，头顶着墙壁，呜呜大哭起来。

14

这个刚毅的老人中秋节刚过就病倒了。电视里正直播国庆阅兵仪式，欢声雷动。

他不许我们将他送医院，他要我将他那天扔在地上的烟斗还给他。他紧紧将烟斗抓在手里，他希望自己能像以往一样发出铿锵的笑声，但他只是不停呵气，他抓着我的手，用浑浊的眼睛看着我，像船长看着他的船。他说他没有将阿敏的事告诉我老妈，怕她心脏不好会受不了。他说如果他走了，就将他做成一只骨瓷大烟斗。

"要这么长的，放工厂门口。"他张开双臂比画着。

那几天，我老妈常常躲在蚊帐后面的窗户边抹眼泪，大家都觉得我爸大限已至，家里每天都挤满了受过他恩惠的工人、朋友和亲戚。

但就在别人的叹息和眼泪之中，我的父亲，一名老兵，他用一把大雨伞当拐杖，又重新站了起来。半个月后，他已经能挂着拐杖走到工厂门口去。只是他须发皆白，头上再找不到一丝黑发。

他对我说："阿辉，工厂我看着，你去吧，去她娘家走一趟，把事情跟她家里说清楚。"

他能挺下来的原因很简单：他憋不住，终于跟我老妈说出我妻子阿敏的事。换言之，他不是被气坏的，而是被自己憋坏的。说出来之后，他松了一口气，眯着眼看我老妈的反应，但见我老妈并未像想象中那么承受不住。或者说，我老爸的描述并未启动十分恶劣的想象。我老妈十分淡定地取出老扁担，挑着供品，将半步村十来个大大小小的寺庙都拜了一遍。她像我死去的奶奶所做的那样，用一种十分严谨的程序来化解内心的忧恐。然后她带着天后娘娘、玄天大帝、观音菩萨、十方神明的启示回到家中，将一叠符咒和签条放到我老爸手里，也等于将瞎子神婆对于此事的见解和想象带了回来。

所以，我老爸要我去她娘家走一趟，一是跟她父母有个商量，必要时候强制治疗；二是将一把包裹了符咒的桃木剑悄悄埋在她娘家屋后三尺之处。

剑长三寸，跟手机差不多，放到裤袋里刚刚好。

城里的房子必须贴符咒，那就是有诸般法门，烧的、吃的、喷的样样俱全。

"如果这些做完还好不了呢？"

"那你就离婚，你是许家的独子，怎么也要让我们抱上孙子！"

15

我的妻子阿敏在家里练习爬行。她像一只猫那样走路，或疾或徐，有时还腾挪跳跃。我蹲下来和她说话，她已全然忘记把我老爸吓尿了的事。我尝试从一只猫的角度去理解她的世界，理解她决定以后四足行走的合理性。我尝试克服内心的悲伤和恐惧，重新去看待这种荒谬所蕴含的深刻含义。生活的华美乐章出现了类似金属摩擦的尖叫，铁器碰击着铁器，寒流南下，在逐渐凝固的空气里，我检阅着内心所剩无几的爱和坚韧。

她为我演示作为一只猫，她也可以完成刷牙、上厕所、煮饭等生活所必需的程序。她和一只猫那样爱干净。更重要的是，手脚着地让她感觉安全，这样的方式能让她更好地避开猝然来临的恐惧。

她看着我，伸出一只手来摸摸我的额头："你怎么不说话？你生病了吗？"

16

这个秋天的最后一场雨，断断续续下了两天。我举着伞，穿过雨幕，在街头漫无目的地走着。我踩到一汪水，左脚的皮鞋全部湿透了。一瞬间我若有所悟，我打电话给宫晓梅："九年前的那场大火，是不是地上有汽油？阿敏的鞋子着火，是不是因为踩到汽油，才烧到脚后跟？"

宫晓梅沉默了一下，才说："你去酒店开个房，我带酒去，请你喝一杯。"

"我现在不想那个，你就直接告诉我九年前的事。"

"陪我喝杯酒，给你一万块。"

这语气不像宫晓梅，我只能说："好吧。"

我躺在床上抽烟，宫晓梅进门来。她脱掉大衣，里面只穿着无袖紧身的 T 恤，没有束胸，硕大的球体十分碍眼。

"看什么看？眼珠子都快掉下来了！"她托了托她的乳房，"迟早我会切了它，但现在它是我的货车，就靠它赚钱了！"

她在提包里拿出一万块钱，放在桌子上，就是上次她取走钱的那个位置。我明白她的意思，她要还我钱，这比较符合宫晓梅的风格：小钱小事坑蒙拐骗没关系，大钱大事却要清清楚楚。

果然，她笑着说："别以为花一万块就想把弯的变直，爷我还是喜欢女人。辉仔，告诉你，我现在有钱了……你给点反应嘛，我有钱了你也不激动一下？"

"我好激动啊，你有钱了。"

"别这么冷好不好，来，请你喝酒！"她从包里掏出一瓶洋酒，还有两只酒杯。

"酒杯都自备，不会是想毒死我吧？"

"别这么煽情，想毒死你我也得戴手套，沾了指纹怎么办？"

"好了，别贫嘴了，我们还是谈谈九年前的大火吧。"

宫晓梅慢悠悠拧开了瓶盖，将酒沿着杯壁缓缓倒进杯里，倒完一杯，又倒一杯。

她指着酒杯："想听故事？喝了它，喝了我就告诉你。"

还有什么说的，我拿起酒杯，一仰头咕咚就都倒进嘴巴里。

"两杯。"她笑着说。

"你是存心想灌醉我。"

"我天秤座的，最讲究公平，要得到，就得有付出，喝点酒不是应该的吗？"

我又喝了一杯，把酒杯给她看："现在可以说了吧。"

她看着我，笑了一下，接过酒杯，拎起酒瓶："我自己先喝三杯。"她倒了三杯，仰头喝了三杯，然后说："喝了酒，现在可以说了，你看到的新闻说起火的原因是什么？"

"被辞退的工人带人来讨薪，讨薪不成就放火烧了工厂，不是这样吗？"

"讨薪工人扬言放火，但他没有放，火是从里面起的，那个被烧死的女孩，大火烧起来以前，就已经死在厕所里，那瓶汽油，那把火，只是为了毁尸灭迹。你还想知道细节吗？"

宫晓梅又给自己倒了一杯酒，她没急着喝，却给自己点了一支烟："也来一支？"

"我不抽。细节不要，我只想问一点，阿敏是不是看到厕所里的尸体？"

呼——

宫晓梅吐出一个烟圈，点了点头："当然看到！所以，别问太多细节，也千万别将那个女孩的陶瓷肖像放到你家里，不吉利。"

17

妻子阿敏的娘家在西宠山区，火车一来一回加上山路要好多天，所以在走之前，我必须给家里的冰箱储备一些食物。

"你想吃些什么？"我问。

"三文鱼和生牛肉。"她在衣柜里果断回答。

厨房里的刀她都磨过一遍，冰箱里有吃剩的生鱼片和生牛肉。我将食物放进冰箱，还买了吃生鱼片所需的芥末，放在她容易找到的位置。

"我出去办事，要好几天才回来，你要照顾好自己，有什么事就给宫晓梅打电话。"

"死不了，猫有九条命，放心，不打电话她也会来的。"

18

出门之前，我老妈特意打来电话，反复交代了桃木剑的使用方法，还举出村里的若干成功范例，以证实桃木剑具有神奇威力。

"一定要用几层塑料袋裹好，不然木头会烂掉。"我连声说好。

我老妈不放心我，我也不放心我的妻子。我给宫晓梅打电话，告诉她我要出门，可能要一个星期才能回来，让她有空到我家里看看阿敏。

"她最近身体不太好，情绪也不太好，你有时间就过去瞧瞧。"

"放心吧，我和阿敏是多年夫妻了，你这个第三者放心走吧。你回来的时候，说不定我已经是百万富姐了。"这个未来的百万富姐，依旧咯咯笑着，开着玩笑。但这是我最后一次听到她的声音，我回来的时候她的手机已经换了号码，拨过去是空号。根据她频频发出即将发财的信号，我大约也猜到她的财神爷非赌即毒，不便细问，换号码也在情理之中。

西宠之行十分顺利，我坐了一天的火车到达西宠，转了一趟翻山越岭的大巴车，在山里客栈休息了一个晚上，转坐三轮车，走了五公里的山路，就到了她家。对我自己的方向感和记忆力，我十分自信。每年正月初二才来一趟，但我居然将每个转角和岔路口都记得分毫不差。天气很冷，但她爹似乎终年不穿上衣。我在她家里喝了一泡茶，她爹拖着平板车才回来，他像个健美先生，浑身黑油油，都是隆起的肌肉。

"你说得的是啥病？以前在内衣厂打工，听她同宿舍的同事说也是生了一场大病，后来工厂着火了，病反而就好了。她呀，就是性子太要强了，她想要的东西就一定要拿到。小时候和邻居的孩子抢玩具，她宁可把玩具砸碎，也不肯让给别人，唉——我们也拿她没办法。"

我给他们大致描述了病情，她的家人却反复猜测是不是吹风着凉，或者是工作压力太多。我不忍心将"精神病"三个字告诉如此善良的一家人。她爹给我讲了许多中医调养身体的道理，大体是如何注意寒暑变化，热气喝凉茶，风寒喝姜汤。他还指着角落里呆呆的曾祖母，告诉我她已经104岁了，靠的就是这么一套治病养生的理论。

在她家，我从一个传递坏消息的信使，变成了一个虔诚的取经人。

她爹将家里最精神抖擞、下蛋最多的老母鸡炖了给我补身体。他杀鸡的时候，我感觉到一家人眼神中对母鸡的疼惜。我极力劝说别杀老母鸡，但她爹将之解读为客气。

不幸的是，吃完鸡汤之后，电闪雷鸣下了一场大雨。很快，收音机里传来消息，外头山体滑坡，道路不通。于是我在这里一连住了两个多星期，几乎吃光了她娘家所有的鸡，却之不恭，吃得我一听鸡鸣就打喷嚏。

我有充裕的时间将桃木剑埋了又埋。还搬了一块石头压在桃木剑上面，遮风挡雨。

这里手机基本没有信号，更别提网络，所以我每天就和曾祖母一起守在收音机旁边，听瓦岗寨兄弟如何叱咤风云，听到激动处我捏紧拳头站了起来，恨不能穿越到隋唐侠肝义胆豪气干云，好好干上一仗。

路终于通了，我将宫晓梅还我的那一万块钱放在她娘家，飞也似的逃出山谷。

19

桃木剑果然发挥了作用！

我的妻子阿敏不疯了。她从衣柜里出来，在我不在的时间里，她提着腊肉到半步村去看望我的父母，谈笑风生，语气温存。她还到工厂里去看望工人，送了一些她自己亲手腌制的肉干。她对骨瓷的烧制工艺非常感兴趣，热心请教，还搬回了一些器具和图纸书刊。

我进门的时候，她给了我一个热情的拥抱，这回她不说生日快乐，她说圣诞快乐，我一看手机的日期，没错，圣诞节到了。

她在冰箱里给我留了我最喜欢吃的橄榄。她亲自下厨煮了红烧排骨饭，还和我谈起这些天淘宝的订单情况。

秋风里的祸事终于结束了。我边嚼着橄榄边回想这一路的艰辛，确实一些事情需要迷信，需要相信故乡的所有神明具有无穷的神力，需要相信桃木剑能斩妖除魔，带来正能量。

"宫晓梅有没有来找你？她也喜欢吃橄榄，要不要给她留几颗？"

"她没来，"我妻子在厨房里切大蒜，"她忙着赚大钱，电话倒是打了两回，鬼影都不见一个。好了，别一回来就问起各种美女，也不怕我吃醋，过来帮我打扫一下厨房。"

我妻子在剁蒜泥。我打扫厨房，别看地面很干净，扫一扫还是很多垃圾，我妻子这段时间掉了很多头发，我还从冰箱下面扫出一块三角形的指甲，上面涂着墨绿色的指甲油。

"最近喜欢涂指甲油？"

"是啊，以前我们几个姐妹都喜欢墨绿色的，有一阵子不涂了，现在喜欢红色，"她举起她的手，"看，玫瑰红，漂亮不？"

"很漂亮，"我将垃圾倒进垃圾桶，"你这是哪里买来的大蒜，味道好重，是不是还剁了一些洋葱进去，我怎么闻着就一直想流泪？"

请对死人尊重点

魏思孝

1

没记错的话，再过几天，赵西就会被执行死刑。出于我和赵西之间的友谊，我觉得挺可惜的。如果站在中立的位置，他的确是该死，并且早就应该死，而不是再往后拖。这阵子我的睡眠不好，夜里经常做梦，总是在凌晨醒来，心里很失落。梦中的情节怎么也想不起来，只能试图尽快入睡回到梦境中。这种反常的作息和赵西没有必然的关联，我认为是季节交替所致。春天来了，万物复苏，而我的老友赵西也要投胎重新做人。除了赵西，我还想到王娜，一个将死之人和一个死去多年的人，看起来是这么般配，尤其是他俩还发生过性关系。有时我在想，如果这几年我和赵西持续交往的话，彼此的生活轨迹会不会发生改变，不说我，单说赵西，他还会做出杀人的举动吗？我不能确定，何况生活也没有什么假设和如果。既定事实摆在眼前，容不得半点质疑。

我始终认为，从王娜死的那刻起，我和赵西的生活就注定会改变。赵西曾不止一次向我提及过，要为王娜的死讨个公道。这在我看来十分可笑，首先王娜是难产死的，当小三也是她权衡利弊后的自愿行为，把矛头对准包养她的那位六旬老翁，这不太合适吧。赵西问我，王娜肚子里的孩子是不是那老头的。我点头。赵西又问，王娜是不是被她肚子里的孩子憋死的。我点头。赵西说，那老头就是该死。我说，可那孩子也是王娜自己的对不对。赵西生气了，你什么时候变得这么理智。必须指出，虽然我暗恋过王娜，但这都是前尘往事，我没有责任和义务为她的死做出任何过激举动。而赵西，作为和王娜上过床的众多男性之一，比我更有资格为她杀个人。我就不明白了，为何要将我牵扯进来。为了王娜，我已经承受了很多，不仅自渎到肾脏功能衰退，而且还失去了女朋友。当然这都是我咎由自取，如今我比那几年达观许多，随着年龄的增长，必须付出的代价就是要学会听之任之，并且笃信没有多少机会留给你飞黄腾达。

有时我想起王娜，不是惋惜，更多的是羞耻。我怎么也搞不清楚从前为什么如此痴迷王娜，她性感美丽，这就是全部的理由了吗？如此的话我这个人可真够浅薄的。想象着自己恬不知耻的样子，我痛心疾首，真想给当时的自己一个耳光。我把大好的青春浪费在了一个只能存活几年的女人身上，而且这和爱情没有多少关联，完全是性欲在作祟。可赵西已经得到了王娜的身体，却执意要为她复仇，这算是怎么回事呢？我真是想不明白。

王娜死后，赵西整个人的确有了显著的变化，不说外貌特征，性格上他变得多愁善感，在和我谈到王娜的时候，眼睛里经常饱含热泪，不时有声嘶力竭的举动。这令我感到吃惊，毫不客气地说，即便是他亲妈死了，他也难得有如此的表现。一开始我觉得赵西是在作秀，不排除有存心刺激我的可能。起先我在一旁进行安抚，后来次数多了，我不胜其烦，便对他声明，如果你当真如此思念王娜，为什么不去死呢？这样阴阳两隔，你哭来哭去的又有什么用呢？赵西瞪着眼睛看着我，憋了半天，冒出一句普通话，你太无礼了。赵西竟然学会了文明用语，真是可笑，我说，你说什么？赵西涨红了脸，用纸巾擦拭着脸颊的热泪，继而说，你不觉得自己很无礼吗？你怎么可以这样对自己的朋友，你没感受到我的伤心吗？我站起来准备告辞。赵西拽住我的胳膊，别走，陪我一会儿。

　　我最终还是坐了下来，目睹赵西将自己灌醉然后趴在桌子上呼呼大睡。我从他的口袋里找出钱包，把服务员喊过来，付账。然后我发现了赵西和王娜的合影，两人的脸蛋凑在一起，相约做出嘟嘴的表情，实在是令人反胃。从照片中能看出来，两个人都没有穿上衣，消瘦的王娜露出锁骨。如果说此后赵西约我，我不再赴约全都是因为这张合影，我也不反对。我看着还在饭桌上熟睡的赵西，走出饭馆。服务员在背后喊我，我当没听见。在回去的路上，我谨慎考虑了下，是时候和赵西以及死去的王娜划清界限了。不然呢，我察觉到和赵西这么混下去早晚会出问题。现如今，我为自己当初的决定感到庆幸，什么都要有个终点，对不对？刚开始多少有些不适应，我这人不善交际，朋友也不多。有时晚上想找人喝酒，都没得选择。赵西给我打过不少电话，问什么时候有空出来喝点，都让我以各种理由拒绝掉，后来索性换了手机号。

　　人活着就是个适应的过程，没过多久，租的房子到期，我从市里撤离，回到小县城。家里开始催着我结婚，催也没用，女人不是说来就来的。我曾想过和之前的女友复合，在网上给她留言，得到的回复是她已经嫁人。彼此说了点场面话后，我把她给拉黑了。那段时间我挺孤独的，时间多得没处用，手头也缺钱，我想再这样耗下去就离死不远了，是该找个地方上班了。我想到了赵西，之前他曾多次劝说我去送快递。于是我向家里要了几千块钱买了辆摩托车，然后去快递公司面试，没想到居然这么容易。没工作的时候，感觉时间用不完，当了快递员后，就有点不够用了。新鲜感持续了没多久，我感到了厌倦，并且倒霉的事情接二连三地发生。先是我把一个快件送错了人，等我发现，上门索要时，那个中年大妈死活不承认。一气之下我出手打了她，东西是要不回来了，我自己出钱把快件赔付了，那个小姑娘倒是挺通情达理的。这事过了一个星期，早上我出门上班，发现摩托车找不到了。两个月算是这么白干了。上文所说的，我赔付快件的那个小姑娘，我对她有点感觉，而且她没有男朋友。送快递的次数多了，逐渐熟络起来。有天晚上我打她手机，想约她出去吃饭。我没想到会被拒绝，毕竟她平时的态度很友好的。第二天我去上班，领导找我谈话，说我被一个女的投诉，让我上班期间注意点言行，为了防止以后再次发生类似的事情，我被调整了区域。

有时候就是这么巧，调整区域的第一天，我去西关小区送快递。签收完毕后，我转身要走，一个男的从屋内走出来，喊了我的名字，王东。我回头一看，意识到这位是我的高中同学，即便他大腹便便我还是一眼就认了出来，但就是怎么也想不起来他叫什么。这实在是太尴尬了，必要的礼节提醒我不能直接问他叫什么，我所能做的就是张开嘴巴扮作惊呼状，哎呀原来是你，你住在这里吗？老同学过来一把抱住我，我闻到了他身上浓郁的酒气，以及他作为体面人所呈现出的自信。他揽住我的胳膊，由于身高的差距，我整个人缩在他的怀抱中，如同一只需要呵护的幼崽。我登堂入室，目光所及之处是个气派的房间，用金碧辉煌来形容太过头，但称得上考究。老同学大声呼喊赵西的名字，你看谁来了，我操，你快起来，妈的你就别装睡了。赵西的名字在耳旁响起的时候，我的脑门顿时挤满了汗珠，那几步迈得真是胆战心惊，我没有做好和赵西此刻相遇的准备，这太过突然。

来到客厅，我看到赵西斜躺在沙发上呼呼大睡，脸上布满了以往酒醉后的红色。老同学离开我的身体，走到赵西的面前大声喊，赵西，快看看谁来了。说着，他伸出手掌，在赵西的脸上拍打了几下。这个间隙，我把目光放在饭桌上，真是一顿丰盛的饭菜，尚未进食的我不禁咽了几下口水，为了使吞咽的声音不被人察觉，我及时咳嗽了几声。赵西如死猪一般躺在沙发上，扭动了几下身体，并没有醒来。我制止住老同学，算了，让他睡觉吧。老同学招呼我坐下，赵西好几次提到你，还以为你失踪了，没想到今天碰到了。说着他继续用手拍打赵西的脸，力量越来越大，使赵西的脸越发红润。疼痛使赵西的眼睛睁开，我看着他，微笑着。赵西尚处于昏晕的状态，他半睁着眼睛，瞳孔并没聚焦，只是机械地扫射了下四周，微微张开的嘴巴吐出了几个象声词，如同等死的鸡仔，简直就是在哀鸣。我站在他的眼前，期盼着不被发现，而赵西似乎也没有发现我，他那散淡的目光从我这里扫过之后，又紧忙闭上。旁边的同学看不下去了，用力打了一下，并且大声呼喊，"你这个逼真他妈的醉了啊，王东来了，你不是总是惦记他吗？他现在就站在你的面前，你他妈的倒是睁开眼睛啊"。我站在那里目睹这个不知名的老同学一边疾呼一边摇晃着赵西的身体，竟使我有种赵西已经死去的错觉。

　　我感到悲怆，转身看到了老同学的妻子，她和我一样站在旁边，脸上挤满了不屑以及嘲弄，她将眼前的一切视作闹剧。我对这个女人心生厌烦，她衣着光鲜，脸上画着精致的妆容，我打量了下她的身体，上等的裤子面料将臀部的形状完好地呈现出来，简直触手可及。女人察觉出我在看她，原本搭在胸前的双手护住了臀部，这让我又目睹了她胸部的形状。我觉得不妥，转头看赵西，他仍旧是死尸的样子，并不准备焕发生机。我脑子回想了会儿这个老同学，印象中上学那会儿他并不起眼，我忘记他的名字，而他至今仍记得我的名字，这足以说明他记性不错。而且赵西似乎还打过他，当时我们几个人将他围住，赵西抽了他几个嘴巴了事。如今赵西被他抽得脸蛋绯红，也情有可原。不可避免地，我拿自己对比了下老同学，高下立判，他住着宽敞的房子，有着一位势利眼的貌美妻子，他正在抽打着上学时欺负过他的同学，一切都如此顺心如意。而赵西呢，他忍受着如同鞭尸的待遇。我的心里非常不是滋味。我上前拽住老同学的手，就让赵西安心睡会儿吧。

老同学挽留我，让我等赵西醒来。我推脱说还有快件要送，他留下我的手机号，让我有空来玩。我一一应许。老同学送我下楼梯，途中他问我快递员的收入怎么样，我没有明说，含糊过去。老同学似乎明白了什么，拍了拍我的后背，感叹道，大家的变化真大，赵西经常提及你，说你人间蒸发了，这个逼嘴里没句实话。我说，赵西现在忙什么呢？老同学说，他开黑出租，车和驾照被警察扣住了，找我帮忙疏通关系，屁大点事。从他急切的表情我意识到，他在等待我问他现在所从事的职业，直至道别时我也压根没问。当天晚上赵西没有给我打电话，我舒了一口气。第二天，赵西打来电话，问我在什么地方。我条件反射般地说出自己所在的位置，时间并没有在我们身上发挥应有的作用。

2

如果说是友谊让我和赵西又聚首，不如说是同病相怜更为恰当。必须要承认，这才短短几年，从经济状况和社会地位而言，我们已经被同龄人狠狠抛在身后，他们并没有回首拉扯我们一把的意思，他们没有义务，何况社会是如此的残酷，一不留神便会被我们这种货色纠缠住。我和赵西如同狗蝇一般，旁人唯恐躲避不及，这使我们意识到，要相互寻找存在感。

赵西整个人的状态不好，他右腮的位置明显凸起。我问他是怎么回事，赵西用手捂住，上火，牙疼。我说，吃点布洛芬。赵西问，布洛芬是干什么的？我说，止痛药。这几年我有了吃药的习惯，尤其是干上快递员这个行当，上火是经常的事。作为曾经的同行，我们简单抱怨了下快递行业。随后赵西建议我换个工作，干什么都比送快递强。我笑说，你之前可不是这样和我说的。赵西说，人要寻求进步，对不对？我问，你的车和驾驶证取出来了吗？赵西明显一愣。我说，是老同学讲的。赵西表现出了不悦，李文博这个家伙不行，嘴上说得好好的，事不给办，刚才给我打电话说有点困难，意思是让我给他点钱，这他妈的是行贿，昨天喝酒的时候他可不是这么说的。我说，我昨天忘记他叫什么了，对，是李文博。

我们回忆了下高中往事，李文博是城市居民，长得人高马大，手里不缺钱，赵西和他干架，是因为他嘲弄赵西将洗发水兑水后洗头。李文博说，赵西，你穷得连洗发水都买不起了吗？拿我的去用吧。这本来是句无伤大雅的玩笑话，却着实刺痛了从农村走出来的赵西。几分钟后，赵西领着我们一帮人来到李文博的宿舍。本来没想动手的，李文博被这样的阵势吓到了，忙说，别打我，要钱我可以给你们。谁会想到胆小怕事的李文博现在混得有头有脸，而且酒量大得惊人，把我们的赵西都灌得尿裤子了。李文博的父亲是国企的副总，有着丰富扎实的人脉关系，如今的他作为政府部门的科员仕途一片光明。昨天赵西在李文博家醒来的时候，发现自己躺在阳台的地板上，胯间的水迹尚未干涸，起初他以为是水，用手指沾了点伸进嘴巴里品尝，才明白是自己尿裤子了。赵西穿着湿漉漉的裤子，一脸愧疚地离开了李文博的家。

今非昔比的李文博，令站在大街上的我和赵西情绪极其低落，有种英雄迟暮的悲壮。不过话说回来，高中时的李文博更称得上是虎落平阳，而我和赵西，一如既往是两条犬。赵西提出找个地方喝酒。我关心道，你昨天刚喝得尿裤子，不合适吧。赵西笑着说，小事一桩。在出租车上，赵西问我想吃什么。我不是那种挑剔的人，让赵西拿主意。半个小时后，我们来到高速路下面的户外烧烤摊。天色尚早，老板刚把桌子马扎搬出来。我们坐在马扎上抽着烟，由于马扎过矮，我们的上半身往前倾，似乎在密谋些什么。实际上，我们只是对坐着抽烟，太阳照在身上，暖洋洋的，我打了几个哈欠。赵西抬头冲我笑。好久没体验这种慵懒的状态了，我试图找些谈资，想必赵西也在进行这方面的努力，只是一时没有起色。这样对坐无言也挺不错的，为什么非要说些什么呢？赵西招呼老板拿酒，我们一人一瓶啤酒，碰了下。

赵西啊，这一年多你都在忙什么呢？他盯着高速路上奔驰的大卡车，要是冲下一辆来就好了，多么壮观。我扭头盯着高速路，上面的确有几辆外观一致的大卡车驶过，发出了巨大的轰鸣，让我听不太清楚赵西的话。我看着赵西，他对我发笑，亲切温和。我说，赵西，说认真的，这么长时间不见，你过得好吗？赵西说，什么好不好的，不就那么回事吗。我笑起来，没发财吗？赵西说，发他妈的逼，老子都不太想活了。我说，你还是老样子，说不活也没见你死。赵西递给我一根烟，帮我点上，我们这样算是和好了吧？我"嗯"了一声，发出疑问的语气，并不是没听清楚赵西的话，只是不知道说什么，想让赵西再表述一遍。赵西低下头，操，不说这个了，喝酒吧。我们一直喝到太阳下山，不知不觉四周已经坐满了食客，吵吵嚷嚷的。

说下赵西，不来往的这段时间，他辞去快递员的工作后，家里出资让他在批发市场租了个门面卖日用品，开业没多久，道路改造，一修就是半年，生意惨淡，转租也没人要，只好转行。流年不顺，有天夜里赵西肚子痛得要死，检查结果是胆结石，住了一个多月的院。病好了之后，赵西的母亲又病倒了，胃癌晚期，一点治疗的必要都没有，可也不能眼睁睁等死。亲戚的钱借了个遍，赵西带着母亲去北京住院，钱花光了，人也就死了。当时赵西还交往着一个女友，如果没这些事情的话，现在也差不多到了谈婚论嫁的时候。说到这里，赵西补充道，我本想结婚时请你做伴郎的。我痛快答应下来。赵西说，你知道吗？那阵子我特别想找你喝酒，可谁知道你他妈的跑哪里去了。我觉得愧对老友，眼睛里的泪已经在涌动。

经历了这些变故，赵西对生活已经没那么多的奢望，他从二手市场买了辆车，开起了黑出租，除了熬夜，还算顺利，能有口饭吃就可以了。赵西建议我向他学习，买辆二手车开黑出租，送快递风吹日晒受窝囊气，何必呢？我笑着说，你的车都被扣了，还让我向你学习。赵西说，操他妈的，大不了车我不要了，反正都快要报废了。就在我们说到兴起的时候，和邻桌发生了点摩擦。邻桌的胖子起身时将赵西碰倒在地，赵西的手压在地面的浓痰（不知谁吐的）上。这可把赵西恶心坏了，胖子站在旁边，嘲讽道，弱不禁风啊兄弟。尽管赵西喝得有点晕，但他迅速站起来，将沾染在手上的浓痰摸到胖子的嘴巴处。胖子愣了一会，用鼻子细嗅了下，弯下腰，呕吐起来。喷薄而出的呕吐物溅在赵西的裤子上，和胖子坐在一起的瘦子，目睹此景，从座位上站起来朝赵西走去，我起身拦住那个瘦子，和他纠缠住。然后我们四个人扭打在一起，互相喷了些脏话，双方都喝了酒，动作有点变形，紧接着被周围的食客分开。赵西手里领着空酒瓶，要砸在对方的头上。对方扬言让我们等着，然后骑着三轮摩托走了。我和赵西坐回原位，继续喝酒，周围有人示意我们最好是赶快走，以免待会他们喊人过来。赵西说，没事，我等他们过来。两三分钟后，我和赵西不约而同地站起来，付账走人。

我们走在马路上，不时回头看有没有人追上来。赵西说，你太冲动了，你为什么要和那个瘦子打架呢？我说，怎么是我打架？明明是你先动的手。赵西说，我哪里是动手，我看着你冲那个瘦子过去，眼看要打起来，是去拉架的。妈的，我说，明明是因为你。赵西说，我和那胖子在开玩笑，那瘦子怎么招惹你了，你要打他。说着，赵西回头，他们不会真追上来吧。我说，不可能，看样子就知道他们是怂货，而且都三四十了，拖家带口的，因为这点事犯不着。赵西说，不过这两个家伙力气不小。我说，干体力活的力气都大。赵西说，你说一对一，我们能干过他们吗？我说，打输了也不丢人。

我们顺着公路，一边走一边说笑。不知不觉来到聚贤苑小区的门口，赵西和我站在门口的大字下面，愣住了。赵西一屁股坐在地上，可能是姿势不太舒服，他索性身子往后仰，平躺下来。这提醒了我，追求舒服是人的本性，我便也躺在地上。我们抬头望着夜空，看到什么了吗？什么都没看到。我感到疲惫，裹紧衣服准备睡一会儿。赵西碰了我一下，我微微睁开眼睛。他说，你要睡觉吗？我"嗯"了一声，有点困。赵西说，操，别睡了，有人来了。我说，来就来，我们连躺在地上的自由都没有了吗？赵西说，是王娜。这着实吓了我一跳，我坐起来，四处张望。赵西在旁边大笑起来。

赵西终究还是谈起了王娜，他问我是否还记得要替王娜复仇的事。我当然记得，便问，你干了没？赵西说，还没有。本来他下定决心要干的，可是那段时间的事简直多得要死，抽不出身，这么一拖就到了现在。我说，都过去这么长时间了，还想它干什么呢？我开导赵西，那个六旬老翁即便你不动手，也没多长时间可以活，何必要痛下杀手呢？况且速死对一个人来说真就那么残忍吗？说到这里，我让赵西好好回忆下他母亲死前的情形。酒后失言，我急忙催促赵西继续说。赵西向我描述他要如何折磨死一个人，由于情节暴力，在此不赘。听到一半，我趴在旁边吐了起来，吐完后，躺在地上，空虚至极。别不信，我想到了人为什么活着。赵西还在描述他的计划，并声称在网上看了许多解剖的视频，用刀子将肚子划破，内脏便会自动淌出来。我说，赵西，要不你先把我给杀了吧，我不想活了。

3

之后我和赵西保持着联系。毕竟年龄都不小了，都有各自的生活，不说我，赵西有他的朋友圈。他喊我出来吃过一次饭，认识下他的朋友。赵西努力使我融入其中，和他那帮开黑出租的朋友打成一片。饭局中，赵西努力讲着段子调节气氛，给大家劝酒，这些我都看在眼里，怎么说呢，我觉得他真是用心良苦，可局面并没因此有所改善。我不是那种合群的人，场面话也不太会讲，冷眼旁观我最拿手了。酒足饭饱后，赵西提议去唱歌，我把他拉拽到一边，明天还要早起上班，就不去了。赵西手握拳头捶了下我的胸膛，笑道，去吧，有小姐的。我摆手，真不去了。赵西指着他的那些朋友，大家这么开心，一起玩玩吧。我想了下，终于还是说出了口，以后别喊我出来了，挺没意思的，你觉得呢？赵西拍着我的肩膀，语重心长说出了以下这番话：王东啊，你这样不可以的，多交朋友没有坏处，不知什么时候就用得着。

赵西拿出李文博作为例子，他的确不是个东西，但他对你有用，人和人不就是相互利用吗，这你还不明白吗？你这么早回去干什么呢？你又没女人，我给你找女人，你有什么不愿意的呢？我说，人多了没意思，改日咱们单独见吧。从赵西的眼睛里，我看出了他对我的失望。现如今，赵西死期将至，我为当初的行为感到后悔，迁就下朋友有何不可。话虽这么说，可我和赵西的友谊基本也走到穷途末路了。赵西临死前，我们的友谊已呈江河日下之势。他的死是如此的及时和突然，让我有眼泪为他储备。

以上是我和赵西的最后一次见面，从他杀人到被抓，历时一个月。在我们这个小地方，极少出现类似的恶性案件。由于我没机会和赵西进行攀谈，细节部分的真伪并不能保证。如今的记者你也知道，为了博眼球，添油加醋实属正常。我的老友真如他们所言，在将受害者张然（化名）的头颅割下后还有奸尸行为吗？这太丧心病狂和违背常理了。据我了解，赵西并没有特殊的性癖好。张然的躯干刚从河里打捞出来的时候，警方寻人的告示铺天盖地。在送快递的途中，我就在某小区的电线杆上看到了，由于太过血腥，图片进行了处理；尸体的旁边是些衣物。我第一感觉是，张然是性工作者。案件告破，与我的猜测不符。但受害者的私生活并不检点，被人包养的同时还与另外几个男的有暧昧关系。有一点是至关重要的，张然生前热衷于整形，不仅面部动了很多刀子，在死前不久刚隆了胸。若不因为此，这大概会成了名副其实的无头案了。一开始，警方为确定受害者的身份伤透了脑筋，躯干在水里浸泡了长达数周，不仅高度腐烂，有些部分还呈现白骨化。多亏了张然被人包养手里不缺钱，是去正规机构做的隆胸，硅胶上记录着生产批号，以此为线索，才水落石出。当警察找上门时，为张然操刀的整形医生还纳闷，为什么她没有来做复查。一切似乎是命中注定，即便是赵西也没想到，他将尸体和石块用铁索捆绑住沉入河底，尸体居然还漂浮上来，这只能用怪力乱神来解释。

　　案件告破后，电视上整日滚动播出。这些细枝末节的东西一一曝光，在我们当地，只要你有看电视的习惯，对这些不会陌生。说下我的个人感受，这个案件令平时无话可说之人有了共同的谈资，上班的间隙我和没什么交情的同事聚在一起，对这个案件进行着各种猜测，我们每个人的脸上都洋溢着不正常的兴奋，猜测凶手是何许人也，什么时候会被逮住。需要补充的是，我们对破案纷纷表示出悲观。这样说对死者多有不敬，可这就是真实的生活。我怎么也没想到，这个案子是赵西犯下的，细想之后，我有些后怕，还有巨大的遗憾。我怎么就没想到把赵西约出来，与其探讨一下。我们的确低估了警察的能力，以及他们除暴安良的决心。等到我想见赵西的时候，他的手机已经无人接通，大概正在接受警方的拷问。赵西肯定没那么容易招供，这关系到生死存亡，随着时间推移，他的耐心被消磨掉，越来越多的证据被摆上台面，单靠嘴硬有什么用。

赵西的黑出租被沿街的摄像头拍下来，有半个多月的时间频繁出现在电视上，警方在展示自己破案能力的同时，亦在震慑潜在的犯罪分子。你们他妈的都放老实点，现在满大街都是摄像头，抓你比逮老鼠都轻松。叙述至此，皆是陈词滥调，若是同乡人看到此文，会毫无新鲜感。这也是没办法的事，下面是赵西犯下命案的具体过程。

这天中午，张然预约了去影楼拍摄写真，大概是为刚隆的胸留个纪念。张然走出小区，等了半个小时也没见一辆出租车，这时赵西驾驶着黑出租出现，心烦气躁的张然上车。倒春寒，温度极低，张然要求司机赵西打开空调。赵西说，空调坏了。张然不悦，早知道没空调就不坐你的车了。赵西没有接话，挑剔的顾客他见得多了，抱怨一番即可。谁曾想张然口齿伶俐，说起来没完没了。赵西一个急刹车停在路边，让张然滚下去。假如此时张然乖乖下车走人就没有后面的事了，她坐在后面不准备下车，并质问赵西，你妈逼的是什么态度，就这样对待乘客吗？信不信我举报你。她大概忘记了自己乘坐的是辆黑车。这句话把赵西给逗乐了。紧接着张然破口大骂，诅咒他一辈子没有逼日。在电视上，这句话从赵西的口中讲出时做了特殊处理，我是从他的嘴型判断出来的。两人先是厮打在一起，赵西是个光头，张然留着飘逸的长发。赵西拽住头发往车玻璃上撞击数次，张然晕了过去。赵西将张然带回自己居住的出租屋，把她捆绑在椅子上，脱光她的衣物侮辱拷打了一阵，并接通水管冲刷她的身体。中途，赵西接到老顾客的电话，还出去拉了一次活。晚上赵西回来后，张然身上结了一层薄冰，没有了呼吸。赵西用斧子将张然的头剁了下来。后来张然的头没有找到，赵西供述他将头装进垃圾袋丢进街边的垃圾桶里了。这么多天过去了，面对着堆积如山的垃圾场，警方只好作罢。

判决赵西死刑后，我想这样也好，毕竟他在人世间没什么亲人，父亲过世得早，前几年母亲病逝，作为独生子，他也没找个合适的女人留个后。我努力在脑海中回忆与赵西交往的点滴，试图挤出眼泪来，但没想到居然如此困难。但我坚信，这只是时机尚不成熟，未来的某个时刻，眼泪定会流出来。可我没想到，这一刻会来得如此突然。这天深夜，我躺在床上，在电视上看到了一个熟悉的面孔。这才多久，李文博已晋升为政府发言人，他穿戴整齐地坐在办公桌的后面接受采访，在被问到这一年的法治建设时，他提到我们的同学赵西，在其身上一连用了"罪大恶极""无视法纪""滥杀无辜的亡命之徒"进行形容，以"绝不姑息"作为结束语。我关掉电视，用手捂住脑袋，酝酿了一会儿情绪，终于哭了起来。我尽量放低声音，还好，我做到了。

老虎、狮子或明亮的月光

马 拉

　　他有一个漂亮的平胸妻子，我们暂且叫他彼特吧。叫他彼特并没有别的意思，从外形上看，彼特确实有些欧化，如果追溯一下历史，彼特的祖籍是河南，正宗的中原人，也是最正宗的中国人。彼特有一头漂亮的卷发，鼻子高挺，这让他看起来有点像外国人，他说话的时候总喜欢带着稍微有点鼻音的卷舌音，这让他更像一个外国人。彼特的年龄并不大，三十五岁，正是壮年，而且事业有成，外形俊朗，再加上一副酷似外国人的长相，让彼特非常受人欢迎。彼特的原名叫王发旺，这个名字土，没有人叫，大家都喜欢叫他彼特。叫的人多了，彼特也开始喜欢这个洋气的名字，他开始喝洋酒、红酒，二锅头彻底地戒了。

　　他的妻子小他八岁，也就是说他的妻子只有二十七岁，她看上去比实际年龄更小，二十出头的样子。我们就叫她玛丽吧。玛丽是在结婚后才知道彼特的怪癖的，他见不得月光，也见不得星星，一看见星星和月亮，他的皮肤就会像火一样烧起来。彼特家是一栋独立的别墅，每个窗户都挂着厚厚的窗帘，太阳一落下去，所有的窗帘都拉上了。刚开始，玛丽还没有发现这个秘密。天黑了，拉窗帘，开灯，这是正常的。

　　那是一个晚上，月光很好，吃完饭，玛丽拉着彼特说，我们去院子里散步吧。彼特笑着拒绝了，他说就在房间里待着吧。玛丽撒娇，但是没用。平时，彼特对玛丽是很迁就的，这让玛丽觉得奇怪。她忽然想起来，即使他们谈恋爱那会儿，彼特也从来没有在晚上和她一起在外面散过步。别的恋人们的月下幽会、看午夜场，他们统统没有经历过。玛丽央求了半天，彼特还是不肯陪她去散步。玛丽走到窗帘边，"哗"的一声拉开窗帘说："那我们看看月光也是好的！"就在她拉开窗帘的那一瞬间，她发现彼特的脸色一下子变了。也就在那一瞬间，玛丽看见一个人像闪电一样冲上来迅速地拉上窗帘，然后彬彬有礼地对玛丽说："对不起，彼特见不得月光和星星！"听完这话，玛丽有点傻了，她呆呆地站在原地。彼特站起来，走到玛丽身边说："对不起，我见不得月光和星星，一看见身上就会像火一样烧起来。"彼特指着站在旁边的年轻人说："你可以叫他狮子，从十八岁开始，他就是我的守夜人了，他的职责就是防止哪怕一寸月光照到我的身上。"玛丽看了看狮子，她发现狮子有一双明亮的眼睛，好像两颗星星。

晚上睡觉时，玛丽抱着彼特问："你是不是真的见不得月光？"彼特亲了亲玛丽说："是的，我曾经尝试过，但是不行，我见不得月光。"说完，彼特拉起衣服，让玛丽看他的皮肤。玛丽看了看，没发现什么，又用手摸了摸，略微带点粗糙。她有些疑惑地抬头看着彼特。彼特把床头的灯打亮说："你看看！"玛丽将眼睛凑到彼特身上，她看见彼特的汗毛一根根地站立在毛孔里，像一株株独立的树苗。她终于发现彼特的皮肤有着和海浪一样深浅的波纹。彼特转了个身说："我只晒过一次月光，身上像火一样疼。从我记事起，我就没有见过月亮和星星。年龄越大，对月光越敏感。以前还可以站在房间里看看月亮，现在是连看也不行了。"玛丽有些沮丧地说："这是不是表示，你永远不会和我一起在月光下散步了？"彼特点了点头说："是的。"说完，彼特抱着玛丽说："除开这个，我们几乎什么都有。"亲了一下玛丽的脸，彼特接着说："晚上不出去也挺好，至少我不会像别的男人一样出去瞎搞，再说有什么事情是白天不能干的？"玛丽想想，也有道理。世道太乱了，像彼特这样的男人，不在外面瞎搞的少。躺了一会儿，玛丽说："我好像很少见到狮子。"彼特笑了笑说："他白天不用上班，他只要在下午六点之前找到我，把我带回家就行了。"玛丽问："他晚上不睡觉？"彼特说："那当然，不然怎么叫守夜人。"彼特拍了拍玛丽的肩膀说："睡吧！"他摸了摸玛丽丰满的臀部，又摸了摸玛丽小得几乎只有乳头的胸部，他想任何事物都不是完美的。

彼特并不反对玛丽晚上出去，只要早点回来。有很多次，玛丽在花园碰到狮子，狮子羞怯地站在月光里。玛丽有时候和他说说话，有时候不说。玛丽曾经问过狮子彼特为什么见不得月光。狮子笑着说："我也不知道，真的，我只是彼特雇来的守夜人，别的我就不知道了，这样的怪事我也是第一次遇见。"玛丽发现狮子有着洁白的牙齿，笑起来很干净。

现在，我们再来介绍一下彼特和玛丽吧。

彼特的父亲是个农民，长得很粗壮，像一头熊，这头熊在彼特十二岁那年死了。彼特大学毕业后，先是在一个外贸公司待了三年，熟悉了外贸的整个过程，手里也有一些固定的客户。接着彼特开了一个很小的公司，办公室在客厅，另外一间房子用来睡觉。他主要做一些小玩意的生意，比如漂亮的蜡烛、钥匙扣什么的。刚开始的时候生意并不好，后来就好了。再后来，彼特的公司搬到了写字楼，员工也由最开始的两个，发展到了三十多个。公司的规模算不上大，一年下来，除开各项开支却也可以赚上百万。彼特就慢慢地有钱了。有钱后的彼特并不比以前轻松，公司大了，该操心的也多了，更为致命的是彼特晚上不能出去应酬，这在一定程度上阻碍了生意的发展。至于玛丽，她从小在这个城市长大。

一个本城的姑娘，再加上漂亮，这就注定了她有资本骄傲。事实上也是如此，彼特追求玛丽的过程说起来像一场话剧，如果彼特不是长有一副外国人的面孔，如果彼特是一个穷人，那么玛丽是不会嫁给他的。玛丽活泼，交际广。和玛丽结婚后，彼特发现玛丽认识的人比他还多，玛丽的美丽给彼特提供了一些便利，谈生意的时候，有个漂亮女人，气氛会好得多。

彼特回家早，玛丽多数时候也是在家的。不能去电影院，玛丽只好买大量的 DVD 和彼特一起打发时光。只有在这个时候，玛丽才意识到，娱乐多么重要，劳动多么重要。如果没有娱乐和劳动，人会被自己那么多花不光的时间逼死的。彼特不太喜欢看碟，他聪明，常常是才看过开头就知道了结尾。对一个过早知道谜底的人来说，猜谜的过程很难显得愉快。面对影碟机，彼特哈欠连天，这让玛丽觉得不愉快。刚结婚那会儿，性欲旺盛，可以把大量的时间花在床上。这种大体力的劳动无法持久，一个月，最多三个月，也显得有些腻味了。玛丽觉得不公平，她的时间本来是完整的，黑夜和白天。现在，她似乎只有白天。对从小习惯了夜生活的玛丽来说，这很残忍。

结婚半年后，玛丽开始经常性地夜间外出。她没有做什么，对彼特，她基本是满意的。作为一个外表前卫、骨子里保守的女人，玛丽做不出什么出格的事情。玛丽出去主要是和一些姐妹聊天，打牌，偶尔去酒吧喝点酒。玛丽的酒量很好。夜晚从外面回来，玛丽总能看见狮子站在月光里。有一次，玛丽喝得有点多了，她拉着狮子的手说："狮子，狮子，你应该找个女孩和你一起。你想想，这么好的月光，你和一个女孩在月光里，多浪漫。"狮子笑了笑说："可能吧，我很少见到白天，夜晚倒是见得多了。"玛丽笑了笑问："夜晚有什么好看的？"狮子说："也没什么，就那样。"玛丽看了看四周，是啊，别墅就那么大，又不是闹市，确实没什么好看的，除开月光。玛丽还准备问点什么，她看见房间里的灯亮了。走进房间，玛丽对彼特说："我和狮子聊了一会天。"彼特放下手里的书说："我知道，睡吧，不早了。"

彼特的工作很忙，白天很少有时间跟玛丽说话。就算打电话，也是问问晚上回不回家一起吃饭之类的。一到晚上，两个人面对面坐着，他们尝试过玩各种游戏，包括打扑克、玩电脑游戏、下棋、唱歌、讲故事等等，他们努力想把时间填满。安静下来时，玛丽会问彼特："彼特，你觉得有意思吗？"彼特看着玛丽说："我不知道有没有意思，从记事开始我就是这么过的。"玛丽看着彼特，有些绝望，她想她是不是嫁错人了。一个没有夜晚的人，也是残缺的。除开生理和心理，一个人的时间也不能残缺。也许是看出了玛丽的失望，彼特说："其实，你可以找狮子玩的。"玛丽的心里"咯噔"了一下，她想起了月光下那个羞涩的面孔。

玛丽决定开始玩一个游戏。

她找到狮子的电话，打给狮子。是白天，在城市广场，她说："狮子，你来吧，我们来玩一个游戏。"狮子在电话里的声音似乎刚刚睡醒，问清楚地方后，狮子说"好的"。玛丽第一次看见白天的狮子，一个漂亮的男孩。高高大大，很清秀，可能是很少见到阳光的缘故，狮子的皮肤很白。玛丽和狮子待了一整天。傍晚，玛丽打电话给彼特说："我想狮子陪我看一场电影。"彼特说："好的。"看电影时，玛丽拉了拉狮子的手，狮子的手心汗津津的。玛丽用小手指挠了挠狮子的手心，她感觉狮子的身体微微颤了一下。看完电影，玛丽回到家中，彼特还没有睡，看到玛丽，彼特问："今天开心吗？"玛丽点了点头。

洗完澡，玛丽很有激情地和彼特做爱，她闭上眼睛，抱紧了彼特。

必须承认，玛丽是一个有创意而且自律的人。和狮子逛了一次街，她觉得这种游戏太危险，不适合继续，狮子严格地说还是个孩子。她必须自己解决自己的问题。玛丽买了很多灯，有大的还有小的，大灯像月亮一样，还可以调节亮度。小灯则不论是外形还是光泽都和星星非常相似。买灯时，卖灯的老板问玛丽："你是不是要装修酒吧？"玛丽点了点头，她说她要她的酒吧像是在月光下，有星星，有月光，要尽量自然，就像在野外一样。这要求很苛刻。老板的眉头皱了半天，打了半天的电话，然后告诉玛丽，她要的灯可以买到，不过要等一段时间，而且，更重要的是价格，价格很贵。玛丽从包里给老板拿了一张名片说："价格这些你不用担心，你需要做的是买到最好的、最自然的灯。"

回到家，玛丽对彼特说她需要一个房间，在没有得到她的允许之前，彼特不能进入她的房间。玛丽跟彼特提出这个要求时，彼特正在小心翼翼地喝一杯咖啡，她看到彼特的眉头皱了一下，然后看见彼特点了点头。彼特没有问玛丽需要一间房子的用途，玛丽本来以为彼特会问的，但他没问，这让玛丽有些失望。

玛丽装修房子的过程很隐蔽，像是在做一件见不得人的事情。她感觉自己像一只老鼠，偷偷往房间里储藏准备过冬的粮食。装修的过程很漫长，除开灯，她还要考虑房间的整体设计。要知道在一个房间里设计一个自然的空间可不容易，它不像室外的草地，随便弄点什么就行了。一个房间，整整装修了四个月。装修完，玛丽觉得她的劳动没有白费，房间看起来确实像月光下的草地。那草是真的，不是那种仿真的塑料草皮。她在草地上放了一张床，不大，是那种比较宽的单人床。她看过很多电视，月光下的床总是很小，两个人挤在一起，很温暖，有种小小的幸福。房间里的光柔和，看起来和月光没有区别，至于星星则是那些小小的灯，散发出微弱的光。整个房间是立体彩绘，房顶是蓝黑色的，飘过一些浅浅的白，像是天空。装修好的第一个晚上，玛丽睡在房间里，像是睡在童年，她数着天上的星星，一共是八十七颗，她数了很多遍，是八十七颗。其实在数之前，她已经知道是八十七颗。

走进房间，彼特的眼睛睁得很大，他的嘴巴成了"O"形。有低缓的音乐从隔壁的房间传过来。彼特看着屋顶上的灯，房间里有薄雾一样的亮光。玛丽光着脚踩在草地上，彼特俯下身去摸玛丽的脚，他摸到了新鲜的青草和泥土。彼特把玛丽放在床上，玛丽抱着彼特的头，他的嘴巴亲吻着玛丽的肚脐眼。玛丽看见窗外有个影子一闪而过，应该是狮子。玛丽翻过身来，把彼特压在身下。玛丽看见漫天的星星，月光抚摸着她平坦的乳房，她有平滑的腹部，丰满的屁股，还有两条修长有光泽的大腿。

打电话给狮子，玛丽问："你都看到了？"狮子说："嗯。"玛丽约了狮子一起吃午饭。

他们是在一间西餐厅吃的午饭，狮子要了牛排，玛丽吃的是意粉。狮子切牛排的样子很认真，一手拿刀一手拿叉，切得很均匀，吃得很慢。玛丽用吸管搅动着杯子里的果汁，问："狮子，你是不是什么都看见了？"狮子点了点头，嚼着嘴里的牛肉。玛丽问："好吗？"狮子又点了点头。喝了口果汁，玛丽问："以前你是不是也都看见了？"狮子愣了一下，还是点了点头。

吃完饭，狮子对玛丽说彼特每次和她亲热，他都看见了。作为守夜人，他必须站在窗子边上、门边这些可以进光的地方。彼特和玛丽亲热的时候不喜欢关灯，他即使看不清，也可以想象出来，还有就是他们的声音，是可以穿透窗子的。玛丽微微笑了一下问："你有没有看见彼特和别的女人做？"狮子摇了摇头，肯定地说："没有！"玛丽用手托起狮子的下巴说："你仔细想想？"狮子的脸"刷"的一下红了，他还是说"没有"。他的答案让玛丽有些失望，她本来以为彼特在她之前应该是有别的女人的。

第一次和彼特见面是在一个大型商品交易会上。那会儿，玛丽还在念大学，青春漂亮，满脑子的幻想。她想她的男人应该英俊潇洒，有钱，他还得是一个有趣的人，如果年轻那就更好了。要一个年轻的人有钱，很难，除非他一出生就家财万贯，而玛丽又不太喜欢那种一出生就有钱的人，她觉得那些人多半是纨绔子弟，甜言蜜语不缺，可靠不住，她还是想嫁一个靠得住的人。交易会需要大量懂外语的翻译，玛丽是外语系的，学的是外贸英语，正合适。彼特是在网上找到玛丽的，见面后，玛丽喜欢上了彼特的样子，但仅仅是喜欢而已，说不上爱。彼特给了玛丽一张名片，上面写着"王发旺"。抬头再看看彼特的样子，玛丽就笑了，她觉得实在太滑稽了。彼特也笑了笑，他说："你可以叫我彼特，我的同事和朋友都喜欢叫我彼特。"玛丽给彼特做了一个星期的翻译。交易会结束，彼特给了玛丽四千块钱，比原先约定的多一千。玛丽笑了，整个交易会期间，玛丽说的英语不到一千句，多半时间，她是在陪彼特聊天。

她本来以为她和彼特的交情会随着交易会的结束而结束。彼特给她打电话时，她甚至没有听出他的声音。彼特只好说："我是彼特，我请过你做我的翻译。"玛丽才想起了这个长得像外国人的中国人。接下来，两个人顺理成章地约会。彼特向玛丽求爱时，玛丽犹豫了不到一分钟，就接受了。除开年龄稍微有点超出玛丽的要求，其他的条件彼特基本符合，她没有理由拒绝这么一个接近她理想目标的男人。

现在想想，玛丽觉得她和彼特其实并没有真正地谈恋爱，至少书里面说的那种所谓心动和触电的感觉她没有体会到。玛丽把她装修的那间屋子叫"月光小屋"。彼特喜欢在里面睡觉，彼特说他在别的房间睡觉总是睡得很浅，甚至一滴水的声音都可以把他吵醒，而在"月光小屋"，他睡得很沉。他喜欢在这个房间里和玛丽做爱。和狮子谈过之后，玛丽和彼特做爱之前会把房间的窗帘拉开一条小缝，她想"狮子会看见的，他会看见的"。意外的是，自从那次谈话后，她似乎很少看见狮子出现在窗子边上。和彼特做爱时，玛丽紧紧地盯着窗帘上的缝，她什么都没看见，哪怕是影子。

玛丽想赶紧和彼特生个孩子，她发现她越来越多地想起狮子。一个人无聊的时候，她经常猜测狮子此时在干什么，是在和一个女孩子调情，还是在家里睡觉，或者正在打电脑游戏？她知道很多像狮子一样大的年轻人是喜欢打电脑游戏的。玛丽还没有看过狮子睡觉的样子，她看见狮子总是在夜里。玛丽给彼特提起过生孩子的事情，彼特似乎一点也不着急。为了这个，玛丽找了很多资料，她告诉彼特，女人过了三十，生孩子比较麻烦，恢复得慢，更重要的是彼特也不年轻了，再拖下去，精子的质量都很难保证。玛丽这么说时，彼特总是在笑，他说："你看，我一个晚上还能来三次，精子质量肯定不成问题，再过几年，等过几年有时间了我们慢慢生。"彼特的话让玛丽很生气，又无可奈何，如果男人不愿意生孩子，女人是没什么办法的。更让人泄气的是，彼特和别的男人不一样，他似乎很喜欢戴安全套。每次和玛丽做爱之前，他总会很认真地戴上安全套，确认没有问题之后，才爬到玛丽身上，慢条斯理地进入玛丽的身体，他一点也不着急。

玛丽眼巴巴地看着当年的姐妹肚子一个接一个地像吹气球一样大起来，她们骄傲的表情让玛丽羡慕。当年，她们那么细的腰身，怀上了孩子却一点也不含糊。她们穿着宽大的孕妇装，挺着肚子，像一个将军。玛丽摸着她们的肚子，鼓鼓的，像一只新鲜的苹果，光滑油亮，她能感觉到她们肚子里的孩子在茁壮地生长。她们对玛丽说："你也生一个吧，有了孩子你才感觉到这个世界真的完全不同了，做女人不生孩子太遗憾了。"玛丽说："我不是不想，是生不了。"她们说："彼特不愿意生孩子？"玛丽点了点头，又摇了摇头。她们用怜悯的眼光看着玛丽的肚子，玛丽笑了笑说："我的肚子没问题，彼特也没有问题，我不明白我们怎么就生不了孩子。"说这些话时，玛丽一点底气也没有。她没有做贼，却很心虚。

结婚几年了，玛丽觉得自己的身体也被抽空了，她说不清自己的生活到底哪里不对劲。在别人看来，玛丽的生活很幸福，有一个疼她爱她的老公，有钱，样子还漂亮。玛丽经常走神，她感觉她的手脚、眼睛、鼻子都不对劲。她不知道她到底缺了点什么。玛丽有时候会给狮子打个电话，聊聊天或者逛街。她从来没有听狮子说起过自己的女朋友，或者说她从来没有看见狮子和女孩子在一起。玛丽问起来，狮子就笑笑。

这是春天了，空气里荡漾着树叶新鲜的味道。城市很干净，有笔直宽敞的林荫道，适合散步。玛丽看了看自己，一副成熟的少妇打扮，她得承认，她是有魅力的，走过她身边的男人的眼光证明了这一切。树上飞下来细细的绒毛，玛丽眯着眼睛，狮子安静地走在她的身边。她问狮子："你喜欢现在的工作吗？"狮子点了点头。玛丽在路边站住，盯着狮子说："可我觉得你的工作毫无价值。彼特根本就不需要一个人给他拉窗帘，他完全可以自己照顾好自己。是的，他是有毛病，可只要他住到一间没有窗子的房子就行了。"狮子想了想说："是的，你说的有道理，彼特也许只是习惯了这样，我也习惯了。"玛丽挑衅地看着狮子说："是不是也包括看我们做爱？"狮子把手插进裤袋里，挠了挠头，嘴唇动了几下，却什么也没有说。玛丽把嘴巴凑到狮子的耳边说："狮子，我会收拾你的，你等着，我会的，我告诉你，我恨你，非常恨，你让我的生活一点秘密也没有。"

一到夜晚，狮子还是像个影子一样出现在玛丽和彼特的家门口。他经常穿着拖鞋，那种日式的木屐，敲在大理石地面上很响。噼里啪啦的，像是一串鞭炮。尤其是在夜里，那种声音漫不经心地传来，像是古代传来的钟声。玛丽睡不着，她想听见外面的动静。更多的时候，玛丽听不到什么声音，狮子可能在靠着墙角抽烟。偶尔走动的时候，那声音像几枚硬币掉在了地上。有几个晚上，玛丽很想起床，她想看看狮子到底在干什么。彼特睡熟了，他的脚从床上掉到草地上，微微闭着眼睛，像一个孩子。

玛丽还是约了狮子，在彼特出差的时候。玛丽第一次约狮子到"月光小屋"，玛丽看得出来狮子是紧张的，他有些瘦弱的身体微微地发抖。玛丽当着狮子的面，一件件脱掉了身上的衣服。几年的婚姻生活，使玛丽从容了许多，她小小的乳房也略有增长，像一块小小的面包。玛丽搂住狮子说："来吧，狮子，我需要你。"在玛丽的指引下，狮子紧张而笨拙地进入了玛丽的身体。很快，狮子就熟悉了玛丽的身体，他像一位优秀的骑手，带着玛丽一起飞翔，玛丽在高潮中看见满屋子的星星似乎都要掉下来了，她拼命想数清楚八十七颗，却怎么也数不清楚。做完爱，玛丽对狮子说："你晚上来吧，我想晚上和你一起在月光下做爱，在真正的月光下。"

十二点，很准，钟声按时敲响。玛丽脱了鞋子，把扎紧的头发披散下来。在浴室里，玛丽看着自己的裸体，除开乳房，她身体的任何一个部位都是完美的，她看见她的阴毛朝气蓬勃，充满欲望，似乎能看见热气一圈圈地升起。洗完澡，玛丽穿上了一条绣着一朵大红玫瑰的丝绸睡衣，走到院子。除开睡衣，她什么都没穿，她的身体是空的。鹅卵石的路面踩在脚底下，有点疼，有种说不出来的舒服。玛丽看见狮子站在草地上，她走过去，她想她的样子一定很像月光女神，她看见狮子的眼睛睁大了，然后紧紧地抱住她，把她放在了草地上。玛丽躺在地上，看着怀里的狮子，她感觉生活如此的不真实，她摸狮子的大腿，在他的左腿，玛丽摸到了一块指甲大的胎记。

玛丽醒来已经是下午，她摸了摸脑袋，有点涨。她想起昨天晚上发生的事情，非常不真实，看到睡衣的时候，她相信她不是在做梦，睡衣上有草绿色，还有泥土的黄褐色。刷完牙，洗完脸，坐在桌子边上，玛丽暗自发誓，这样的事情不能再发生了，绝对不允许。彼特并没有做错什么，这样对他非常不公平，而且，她仔细地想了想，她其实并没有爱上狮子，他还是个孩子。彼特是在下午回来的，晚上，玛丽缠着彼特做爱，坚决不准彼特带套。她不知道她为什么要这么做，可能是因为害怕。

大约一个月后，玛丽怀孕了，她的例假没来。去看医生，验尿，结果是阳性。她不知道该不该告诉彼特这个消息。她想要个孩子，非常想，有个孩子她的心思也许就稳了。回到家，玛丽告诉彼特"我怀孕了"。彼特的表情出乎玛丽的意料，她本以为彼特会建议她做掉，没想到彼特却说："好的，既然有了就生下来。"

怀孕那几个月，玛丽有些紧张，不是因为怀孕。有几次，她想告诉彼特，只要他愿意，她可以去把孩子做了，然后再生一个，她还年轻，她可以。话到嘴边，又吞了回去。拖着拖着，肚子已经很大了，想做也不可能了。玛丽咬了咬牙想，不管是谁的都生了吧。她和狮子仅仅做过几次，事情也许不会那么巧。

孩子满月那天，彼特请了很多人来喝酒，散去已是晚上。彼特坐在电视机前看电视，玛丽抱着孩子喂奶。孩子一点也不像彼特，头发直而黑，鼻子也塌塌的，笑起来和狮子一模一样。玛丽以为彼特会说点什么的，却没有，她悬着的心几乎要放下了。彼特从玛丽手里抱过孩子说，我们看张碟吧！说完，走进房间，找了一张碟，放进碟机。玛丽只看了一眼，脑子"哗"地就大了，碟的画面并不清楚，玛丽还是一眼可以看得出来，那是她和狮子在别墅的草地上做爱的录像。彼特看了看愣在沙发上的玛丽说："月光很好，不是吗?"月光的确很好，玛丽记得她和狮子做爱的那个晚上月亮很圆，真的像一个发光的圆盘，星星也很多。彼特接着说："孩子一出生，我就知道这个孩子不是我的，也不是狮子的——"彼特还没说完，玛丽叫了起来："王发旺，你可以说孩子不是你的，但你不能说不是狮子的。"

彼特拍了拍手，玛丽看见狮子走了进来。彼特说："你的孩子不是狮子的，狮子喜欢的不是你，我告诉过你，他从十八岁起就一直在我身边。"说完，彼特拉掉狮子的外裤，指着狮子的大腿说："你看看，狮子的胎记在右边，你孩子的父亲的胎记应该是在左边。"彼特慢悠悠地踱到沙发上坐下说："我忘了告诉你，狮子还有一个孪生兄弟叫老虎，他和狮子共用一部手机，老虎白天用，狮子晚上用。"彼特伸手在孩子的脸上摸了一下说："这孩子蛮可爱的。"彼特没有看见，玛丽手里的拳头越握越紧，但是很快，他看见玛丽像疯了一样抄起桌子上的水果刀，一边尖叫着一边朝狮子扑了过去，她叫道："狮子，你他妈的不是人，你什么都知道的，是不是?"

随　笔

棕皮手记2014

于 坚

"吾丧我"

写作就是从世界中出来。文明就是以文来照明，照亮是一个居高临下、在外的动作。写作开始就是做作的，必须承认这一点。

谁在写作？显而易见，我。

但是，我，鹤立鸡群，形单影只。

如果作者追求的是遗世独立，自我欣赏、自我表演，"献给无限的少数"，不要求诗的兴观群怨、多识，只是语言的自虐，那么无可厚非。但许多自我戏剧化的作者，却又暗藏着入世的目的。一方面表演曲高和寡，另一方面又渴望被接纳。甚至共享的范围为零，就诉诸权力，强迫共享，这种事情在专制国家比较常见。

诗被接纳是光荣的。因为文明要照亮的是世界，而不仅仅是自我。

接纳、共享无法被强迫。诗招魂，灵魂无法胁迫。

煌煌千秋，灭心从来都是失败的。

这是世界观的问题。

我以为，写作一方面要出淤泥而不染，另一方面又要厚颜无耻地回

117

到世界中。

照亮、去蔽。

庄子说"吾丧我"。这里面有两个我，一个是"吾"，一个是"我"。无我就是"吾丧我"。这个"吾"是谁？"吾丧我"是谁在丧我？无我，它背后呈现的东西是"吾"，无我的过程呈现的是"吾"。"吾"不是自我，而是超越自我的我，通过写作，完全是我的写作抵达了一个无我的境界。

我以为，最高的写作是我表演的一场升华于"吾"的、无我的游戏。

我肯定是一个社会角色。但"吾"是超越性。

自恋、自怨自艾、自持、自封、自高自大、自爱、自我表现正是一种社会性。诗的纯粹从来不在这些方面。

天地无德，写作要达到的是"天地无德"。

天地无德，就是道可道，非常道。

共享在道，不在德。

如果缺乏共享，那么作品就只能自我陶醉。

帕斯捷尔纳克有一次透露："我给他们送一首诗去，这首诗对我而言，写得太快了，写的是英国罢工。"这并不妨碍帕斯捷尔纳克在我看来，依然是纯粹的诗人。纯粹的诗人并不意味着他不会写英国罢工，甚至·"很快地写"。

诗如果不并列展示，就不存在好坏。唯一的诗肯定是最好的诗。

诗共享的范围、层次不同。社会大众是一种共享，小圈子是一种共享，图书馆是一种共享。短时段有短时段的共享，中时段有中时段的共享，长时段有长时段的共享。（时段，布罗代尔的概念。短时段意味着事件，新闻时间，中时段意味着时代，而长时段意味着永恒。）

杜甫追求的是长时段，他说："千秋万岁名，寂寞身后事。"李白也是，他写道"金粟如来是后身""绝笔于获麟"。

杜甫某种程度上是史诗作者，史诗意味着共享证据的可靠性，证据是短时段的吗？我最近重读他的《兵车行》，发现其证据依然可靠，完全可以将战争转喻为当下的拆迁。

作者总是"亲在"于某一社会，但伟大的作者只亲在于语言。杜甫千年前写下的《兵车行》依然散发着语言的魅力。

社会性因语言的持久魅力而一次次重生于短时段，其社会性并不因为时过境迁而稍减。荷马史诗是这样，《浮士德》也是。

写作只能从中时段或者短时段出发，或者从社会性出发，但只有语言能够保证作者抵达长时段。

我不担心一首诗是否具有社会性或者遗世独立。这不是问题，写什么都行，语言是超越性的，语言的魅力就在于它并非短时段或者中时段。语言貌似在社会中、历史中运转着文明，其实它照亮的比所有的当下、时代都更为久远。

我们居然还在用曾经照亮商周青铜器的那些字写作。

汉语是一种持久的魅力。我依然能听见那青铜上传过来的招魂之音。

写作就是回到故乡

20 世纪以来中国文明的方向是破旧立新。往昔属于故乡世界的一切都在不断的拆迁、崩塌、消亡之中。"借问酒家何处有，牧童遥指杏花村"，蓦然回首，大地上，有几人还可以望见自己的杏花故乡？人不是，物皆非，在这种日日新的动荡变化之中，汉语再次彰显它那种守成、吸纳、以不变应万变的本性。20 世纪最伟大的奇迹是，人们一方面创造了一个完全可以用英语来描述的新世界，另一方面依然说着、写着 7000 年前创造的汉语。人们在高速公路旁的摩天大楼上的写字间里说着、阅读着世界上最古老的语言，真是梦幻。

写作也深受影响，在 20 世纪，作家、诗人不断地投奔各种社会运动，焕然一新不仅发生在写作内部，从文言文到白话文，更使无数的文人放弃写作，投笔从戎，下海经商。在 20 世纪上半期，写作活动持续一生的人相当少，如果不计那种宣传式的舞文弄墨，古代常识意义上的纯粹的写作，例如杜甫、苏东坡那样的作者，寥若晨星。大多数作家老老实实待在书房里埋头写的时间不超过十年。在 1979 年以后，这种情况有了变化，尤其是诗人，持续四十年以上一直在写的人不在少数。

无论这些诗人审美立场如何不同，但他们共同的东西是，写作就是故乡，他们在漫长的时间中重建了古典写作的一个基本层面，这就是写作本身的持续性。最近四十年，中国动荡的方式与过去不同，但激烈程度并不亚于那些风雷激荡的时期（看看这场拆迁和焕然一新，中国作者里没有搬家的还剩几个?）但是有一批作者，一方面置身在日新月异之中（这是一个与西方作家完全不同的背景，经验世界日益崩溃），另一方面坚守着他们亘古常新的汉语故乡。

新诗真是担得起"母语"这个词。这个词不仅仅存在于古典诗歌中。

要看，不要观

宋以前的诗还是看见的。呈现着细节的。比如白居易的诗，很多白描。苏东坡的诗像电影"敲门都不应，倚仗听江声"。杜甫的《兵车行》"车辚辚，马萧萧，行人弓箭各在腰"，这是长镜头转成特写。"爷娘妻子走相送"，这是特写。"尘埃不见咸阳桥"，这是长镜头。"牵衣顿足拦道哭，哭声直上干云霄"，这又是特写。

"穿花蛱蝶深深见"，是深处见而不是浅处见，是穿花的蛱蝶而不是点水的蛱蝶，这就是细节。

宋以后，诗越来越走向陈词滥调的想当然，失去诗人自己发现的细节。

新诗是一场语言革命，而它最深刻的地方是，这是细节的革命，诗与世界之距离的革命。从宏观到微观，诗人的神经必须更为敏锐。

维特根斯坦说，要看，不要想。

西方自柏拉图以来，看，成了观。观就是观念。

观在汉语里面，有见的意思。看定了，就是见，见就是观点。见而后观点始。观点先是视点，然后才是见识。

"观，视也。"《广雅·释诂一》。

"观，谛视也。谛，审也。"《说文解字》。

"视，瞻也。瞻，临视也。临，监临也。"《说文解字》。

以上可以看出，观比看高一层，但还是看，只是看而有法了。看法。审视。

审视先要见，才可以审。见是一种看法，因此才有见解、见识。

西方语言译成汉语的观念一词，却没有看的意思，它更接近于理念的意思。

所以，当维根斯坦说"看见"的时候，他相对的是"观念"。

观念的冒险和定位在西方历史悠久，以至于观念与生活世界脱节。像数学一样，观念枯燥乏味，A 是 BCD，抽象枯燥没有细节。

维特根斯坦等人都在纠正、改变这个趋势。

在尼采，是"在自己的身上，克服这个时代"。比如，今天不过是12月的一天，就不去过什么圣诞夜了，在家里早早地更衣，像昨天一样睡觉。比如说，骑着单车去赴轿车云集的宴会。比如说，写作中基本少用形容词，恶心这些词："乃至""拜拜""我们"……尽量迫使自己不用"我们"，但很难，"我们"偶尔还是要用。这个"我们"是现代汉语的宿命，很难摆脱。

在萨特，是"存在先于本质"。

在克尔凯郭尔，是"上帝就是行动"。

在海德格尔，是"亲在"。亲自去在，而不是观念地在。这是一个观念无所不在的时代，流行的观念艺术，而且引以为荣。海德格尔说诗意的栖居，他不是诗意地说说，他真的到黑松林去与农夫住在一起。

在佛教，就是"本具，不执"。

在梅洛庞蒂，是"挺身于世界"。"世界的意义就在身体知觉的感知中不断地拓展、延伸。"

苏东坡讲他的写作"忤物无伤""随物赋形"。"万物皆有常形，惟水不然……惟无常形，是以忤物而无伤。"（万物都有固定的形状，只有水没有……因为没固定的形状，所以侵入事物不会伤害它。）这就是不执，就是"在自己的身上，克服这个时代"，否则苏轼惨了，如果一定要用开封时代比照，那么他一生就不会有好心情了。

时代充满了多少可怕的观念啊！喝牛奶有助于健康，这种观念统治着我们的餐桌。

苏轼说："若有思而无所思，以受万物之备。""受万物之备"，姿态还是比"挺身于世界"，道高一丈。"挺身向世界而出"未免剑拔弩张。

我相信经验而不是观念。我像王维那样信任"明月松间照"，而永远不信任电梯。电梯是观念的产物，不是经验的产物，虽然时间久了，它也貌似经验，其实只是概率。不能绝对地、无条件地信任。有人经验性地信任电梯，以为门一开必然脚踏实地，结果一脚踩空坠下去。

看与观。在诗人是看，在读者是观。读者是阐释者，作者激发阐释的激情。

好的作品不阐释。读者凭经验就可理解。喜欢自我辩护的诗是因为言之无物，言之无物，所以可以随便怎么阐释。老子讲得很清楚——"道之为物，惟恍惟惚。惚兮恍兮，其中有象；恍兮惚兮，其中有物。窈兮冥兮，其中有精，其精甚真，其中有信"，只有恍惚，没有象，没有物，就是骗局。真，并非现实主义，而是象，诗要有一个象，有象才有信，无象就无根据，随便你怎么解释了。拒绝阐释，必须有象。象不是凭空虚构的恍惚，而是在场的象。象过于清晰，则恍惚就会散去，精就不生，真也成假。

好的诗是不能阐释的。差的诗倒是可以过度阐释。

好的诗是某种诞生，某种生命感在语言中的隐喻性复活，它自己是一个生命，一个场，已经完成，无法再解释。

"维天之命，于穆不已。"先验的天命。多么深邃静穆啊，永恒的沉默啊！

孔子说"仁者人也"，这就是辩解。"仁者人也"就是被抛入了世界，开始了语言，背弃了"维天之命，于穆不已"。在庄子看来，这是大患。

庄子说"齐物"，就是不解释、不辨。"于穆不已"，守着"维天之命"，也就是孔子说的"天何言哉"。

"仁者人也"是就人的"从混沌中出来"说的。"天何言哉"才是世界的根本。

诗师法造化，就是师这个"维天之命"。真是战战兢兢。诗人要表达"于穆不已"者，自己从事"造化"之事，真是大胆，必须战战兢兢。

诗人不师法造化，只是语词游戏者，小道。

"维天之命，于穆不已。"这是根本。回到"维天之命"，乃是人摆脱大患的唯一途径，这是一条西西弗斯式的道路。

要看，而不要想。我改改，要看而不要观。

元好问说："言，身之文也。身将隐，焉用文之？是求显也。"

文是一个动词。世界本无文，混沌一片，文的诞生就是人的诞生。文是人创造的。文身，本来大家都一样的肉身，你文身了，你的身体就与众不同了，具有意义了，开始解释了。而在此之前，肉体都在无文的黑暗里。

汉语"文明"一词的意思是，以文照亮，最高的文就是诗。

诗是古老的活计，世界日新月异，但诗依然是那一套，从伟大的《诗经》《荷马史诗》的作者们开始的那一套。

我越来越强烈地感觉到诗的宗教气质，尤其在中国，这一使命唯诗可承担。自古如此，现在依然。

诗是对语言的信任。

信任汉语，在此全球化时代，是诗人的使命。

就像信任布一样，人类已经无法没有布了。科学企图用空调来取代布，但是它做不到。科学做不到的，那就是最基本的，布。

诗歌的斗争
——在东南亚、南亚、昆明作家论坛上的发言

童年时代，我总是朦朦胧胧听到天空下轰响着某种声音。在昆明城的外面，在风中，在高山峡谷之间，在落日的身后……这种声音令我有一种安全感，仿佛我是置身在某种孵化器发出的巨大耳鸣中，某种先于我生命的事物、声音存在着，包裹着我，我的生命因它而来，这是我在母亲黑暗的腹部里听到过的那种声音，模糊的、遥远的、温暖的、生长并死亡着的、庇护着的……

青年时代，我在云南高原漫游。有一次在横断山脉的某处，我终于

明确地听到了那个声音，它从峡谷底部传来，我循声来到一处滚满大石头的坡上，蓦然间，我看见了伏卧在峡谷深处的河流，它闪着青灰色的光芒，就像一头黑豹行走在荒野上被天光照亮的脊背，是它的声音传播到千山万谷之中。我顿悟那就是它，我在母亲腹中听到的那声音，并不是幻觉，不是虚构，这是大地的声音。这是我第一次看见澜沧江。那时我走不到它身边去，那儿到处是悬崖绝壁，河流没有创造抵达它的道路。另一天，我摸到了澜沧江的水，在保山地区的一座水泥大桥下，我由于用冰凉的河水洗脸而引发了高烧。

后来我一次次去澜沧江，我到过这河流在青藏高原上的起源地，也随着它走下高山峡谷，越过老挝的丛林、缅甸的山区、泰国的平原、柬埔寨的神殿、越南的稻田，最后我到达湄公河入海口。澜沧江—湄公河的地理形态、气候、海拔各式各样，这河流不是一条直线，积雪、山峰、峡谷、坝子、丛林、平原，只要转过一个弯，大地就别开生面。它是一位伟大的长者，伟大的老师，它启示沿岸各民族以生活的真理。河流两岸，诸神、大地和人三位一体，每个地方依据自己的特点随物赋形，创造着自己的文明和生活世界。各民族、部落彼此相安，彼此尊重，各美其美、美美与共。我记得在澜沧江上游的茨中，从藏传佛教的玛尼堆可以望见天主教堂的十字架，那是一个有着核桃树、流水以及蓝色雾霭的美丽村庄，瞎子们在春天的石头上唱歌，澜沧江就在村子下面。

2008年，我完成了关于澜沧江、湄公河的长篇散文《众神之河》。

我热爱汉语里的大地、高原、峡谷、群峰、山岗、部落、荒原……这些语词，这些数千年前流传到今天的古老语词总是给我的写作带来激情和思想。澜沧江、湄公河对于我，那就是神灵的名字。有一天在梅里雪山的群峰之下，我意识到，这些语词不是我们创造的，而是大地涌出来的，作为诗人，我只是一次次召唤、集合着它们。

有一次我跟随一个电视摄制组拍摄一部关于河流的纪录片，那是灾难性的一天。导演先生命令土著脱掉她们放牧牦牛时穿的氆氇，换上新衣服。他认为那些牧羊女每天穿着劳动、生活的氆氇"不上镜"。他代表一个强大无比的话语机器。在他那些不经意，甚至自以为善意的指示中，我发现某种意识形态已经深入我们的时代。大地已经当然地被视为陈旧的、肮脏的，必须重新规划、改造、治疗的患者、病人，必须焕然一新以符合某份起源于西方的图纸，土著们的旧世界被武断地视为落后。19世纪在西方兴起的未来主义已经深入人心，《诗经》被遗忘了，《荷马史诗》被遗忘了，梅葛被遗忘了。一种可怕的力量正在生长，一个患着洁癖的、热衷于将世界同质化的妖魔已经出现在大地上，它就像澜沧江、湄公河各民族往昔的史诗里面描绘过的那种毒龙、妖怪，它企图将所有的河流铲平，用统一的规划消灭它的原始海拔、温差、细节、丰富性、地方性，将世界改造成一条便宜的、标准化的电梯般的直线，一个通过唯一的闸门控制流量的水库。由于它保证的经济适用、快捷省事、无休无止地满足人类黑洞般的物质欲望，这条毒龙受到盲目的欢呼。人们纷纷抛弃那些曾经诞生了伟大的史诗、民歌、舞蹈、艺术、绘画、众神狂欢、神人共舞的大地，投奔一个技术统治的未来。

各民族古老的文明危机四伏。

在那些最持久的中国思想中，道法自然是根基性的思想，大地不是敌人、改造对象，而是庇护者、导师、真理的起源和永恒的母亲。大地不是抽象的，而是一个个具体的地方。道法自然，才令各民族创造了依据各自不同的河段的原生态而异的独特文明。古代中国世界最辉煌的部分无不是道法自然的结果。往日各民族史诗赞美的大地今天已经危机重重，道法自然的诗性哲学成为实用主义和拜物教的笑柄。

诗歌成为一种斗争。这种斗争的庄严在于，它是一种最后的使命，通过对母语的守护和创造，保存并复活民族记忆，保卫各民族古老的、独一无二的文明，保卫它的史诗、它的美学、它的地方性知识、它的世界观。诗的经验是，不朽之作传递的总是大地的声音。《诗经》如此，古代中国的山水诗如此，《荷马史诗》如此，最近逝世的加西亚·马尔克斯也是如此。我青年时代读过加西亚·马尔克斯的小说，对他的作品心领神会。我甚至以为，也许除了他的家乡以及澜沧江两岸的地域，世界上再没有适合阅读他的作品的地方了。他并非超现实主义的作家，他的小说里描绘的世界至今依然在我们的河流两岸存在，虽然危在旦夕。马尔克斯的魅力无不来自他故乡的地方性知识，来自黑暗的大地。20年前，云南地区的作家和知识分子就在呼应马尔克斯的观点，云南作家一直在坚持一种地方性的写作。"这非同寻常的现实并非写在纸上，而是与我们共存的…… 永不枯竭的、充满不幸与美好事物的创作源泉。诗人和乞丐，音乐家和预言家，武士和恶棍，总之，我们，一切隶属于这个非同寻常的现实的人，很少需要求助于想象力。因为对我们最大的挑战，是我们没有足够的常规手段来让人们相信我们生活的现实。这就是我们感到孤独的症结所在。"我以为，他的这些话也适用于云南。

当我说到神的时候，我说的是风，我说的是云，我说的是琅勃拉邦的一位卖果汁的少女，我说的是没有灯的黑夜，我说的是湄公河深处的石头……

请让我用一首我多年前的诗来结束我的发言。

河流

在我故乡的高山中有许多河流
它们在很深的峡谷中流过

它们很少看见天空

在那些河面上没有高扬的巨帆

也没有船歌引来大群的江鸥

要翻过千山万岭

你才听得见那河的声音

要乘着大树扎成的木筏

你才敢在那波涛上航行

有些地带永远没有人会知道

那里的自由只属于鹰

河水在雨季是粗暴的

高原的大风把巨石推下山谷

泥巴把河流染红

真像是大山流出来的血液

只有在宁静中

人才看见高原鼓起的血管

住在河两岸的人

也许永远都不会见面

但你走到我故乡的任何一个地方

都会听见人们谈论这些河

就像谈到他们的神

1983 年

如何瞬间消灭耗子民族
——关于 K 先生的札记

育 邦

　　荒谬是世界的本质。当你试图深入荒谬或欲解释荒谬之时，你就进入了更为荒谬的境地。

　　我们谈论的主人公叫 K 先生，他是一位文字艺术家，也就是通常说的作家。他热爱文学，并且在某种意义上他需要通过自己的努力来传播他的作品，即便表面看来恰恰相反。

　　可是，我们——跟他生活在同一个时代的读者却根本没有什么文学细胞，最起码是理解 K 先生作品的细胞。他的作品太美妙，对于跨越两个世纪的人们而言都是振聋发聩的，或者说直指人心的。这是冠冕堂皇的说辞，只要在公众场合，大家都会这么说。事实上，我个人完全不是这样想的，我没有这种感觉，我周围的读者一定也不会有此感觉。私下里，我们会窃窃私语，K 先生的作品没有什么与众不同之处，他不过是千千万万个庸常作家中的一员而已。

　　他确实与我们有些不同，也许他有些蠢，或者是大智若愚吧，谁知道呢？他扛着铁锹，吭哧吭哧地爬到一座山峰的最高处，开始挖掘。他要取水，也许是打井。搞得气喘吁吁，一身臭汗。而我们总是习惯走到低洼处，越低越好，也许不动一锹，就有水了。甚至更幸运者还会发现一处泉眼，他将被后人立碑纪念。我们总是很务实，这是我们的专长，这种本性常常使我们立于不败之地，也使我们的基因越来越强势——在物种进化过程中，遥遥领先于其他看起来颇有一些小聪明的物种。

他需要通过朗读来传播自己的作品，毋宁说来证明他的存在。我记得，在一个负一层的酒吧间，一个月之内，他竟然不辞辛劳地组织了五六次朗诵会。这些忠实的听众也许真是可怜，他们不得不忍受他单调的嗓音。除了我，还有我搜来的几个文学爱好者，马克斯·勃罗德先生不得不经常跑到学校强行拉来一些大学生，许诺给他们免费啤酒和咖啡，才勉强把场面支撑下去。他朗读了《审判》《变形记》《判决》，我们基本上毫无反应。只不过当他朗诵《饥饿艺术家》时，我们才怜悯地抹一抹鼻子，装着心酸的样子。但我们也注意到，他如此简洁地让所有主人公在只言片语中死去，这符合我们有限的审美趣味。他那静寂的、绝望的朗诵还有着超越时间的魔力，有人把这场景写到回忆录中，称当事人永远无法忘记 K 先生在昏暗狭小的酒吧间里的颀长身影。

说起审美趣味与审美传统，我们得追溯到史前文明时代。据契刻在龟甲兽骨上的文字记载，我们最早的艺术应该是诗歌艺术，它包含诗词的写作、歌唱与朗诵。我们真正的艺术表达，也许叫直接的生活表达吧，常常就是对各种人和事（包括这个大千世界）发表自己的看法，这些看法通常是"哼""唷"，后来又发展出"嗯""哈""哇"，这五种最基本的诗歌表达贯穿了我们种族几千年的文艺史和社会发展史。对于任何事物，只要发出的是这些音节中的某一个或多个，就可以轻而易举地判断这是来自我们种族的声音，这是我们种族的重要特征之一。它们被用来歌唱，在各种各样的场合：葬礼、婚礼、开学典礼、领导人就职典礼以及战争与宗教时刻。这些文艺表达的构成如此简单，但对于我们来说已足够用的了。因而，K 先生的朗诵完全是一种顶尖的艺术，我们尊重艺术。他是个例外，他比我们更丰富、更有艺术细胞，我们并不嫉妒他。

把他作为我们唯一的艺术家，显然是夸大其词。

把他作为我们不可替代的艺术家，我们大家都没有什么异议。

我们一度把他供起来，也就是不要他参加社会工作，免去他所有的劳动义务，连植树节都不要他去植树。这可以让他安心，不必为一日三餐发愁，不必与我们一样——必须要为生存而作斗争。可是，他认为这没有尊严，他不是官方豢养的艺术家。因为他是法学博士，所以他凭借自己的专业素质成功地在帝国保险公司找到一份薪水尚可的差事。

有些人讨厌他，我确认并非源自他可怕的盛名。他们说，他写的是什么呀……语焉不详……没有故事……人物苍白……枯燥乏味……他们说，他连故事都不会编，费了九牛二虎之力还不如一个插科打诨的小丑呢！但是我们总是倾向于认为他的作品是尖锐柔美的，因为看起来一切正常却又略显荒诞不经，这使得他显得特别。但这种特别并不耀眼，当然更谈不上刺眼了。要说例外，也许是有的，他的诗歌像李白、杜甫、但丁的诗歌一样被刻在石碑上（当然还有一些名人箴言什么的，如"我思即我在""鲜血即思想""存在主义是一种人道主义"等都曾被勒石纪念），竖立在风景名胜区，我一直记得他的一首诗：

> 一场倾盆大雨。站立着面对这场大雨吧！
> 让它的钢铁般的光芒刺穿你。
> 你在那想把你冲走的雨水中漂浮，
> 但你还是要坚持，昂首屹立，
> 等待那即将来临的无穷无尽的阳光的照耀。

我背得上的，加上"哼""唷""嗯""哈""哇"这些重要的艺术工具，我甚至可以把它朗诵出来。

我们必须提出这样一个问题：我们为什么对他推崇备至？不遗余力地寻找并阐释我们与他之间的关系？

这两个问题纠缠在一起。

这很难回答。

我们总是在一个特别的日子里，比如月圆之夜，在一个繁华的闹市口，为他的新书举办签售活动。奇诡的是，每一次签售活动，基本上没有什么特别的宣传，读者都会蜂拥而至。他们是为了一睹他苍白的脸庞、忧郁的眼神，还是为了欣赏他那颇有特点的书法签名——既左支右绌，又能保持相对的平衡？也有一些麻烦事，每一次签售之后，总会有读者走出现场后又折返而回，他们要求退货——无条件地退货。甚至有人大声喊道，下次再也不来参加他的新书签售会了。但是，我们知道，下一次来临的时候，他们又会忙不迭地赶过来，他们早就忘记自己说过的话了。有一些 K 先生的狂热爱好者，他们参加 K 先生所有的活动，阅读 K 先生所有的书籍。他们成了不折不扣的说谎者，但又不完全是。他们被谎言、K 先生和残酷的生存现实扯来扯去，分裂至深，几乎到难以为继的状况。哦，他们太善良了，我为他们心碎。

由于某个人或某些人的程序发生了混乱，我们种族内部发生了惨绝人寰的大屠杀。在这次大屠杀之后，K 先生的签售会仍旧如期进行。现场真是门可罗雀啊，来的大都是颤颤巍巍的老头老太！门外按序站列的是一些幽灵，他们无事可做，参加签售会已成为他们的习惯。为此，我和勃罗德先生不得不手持大喇叭，向来者示意加快步伐以迅速聚集；同时，还不停地派出我们得力的信使，到人口密集的地段——譬如菜场、电影院和幼稚园——召集读者。这些准备活动反复进行，直到现场的读者人数勉强能凑合下去。

他有自知之明，他似乎明白自己是肩负使命的。对于自己的现状，他不满意的一点就是他的身份问题：他的身份模糊，是作家、艺术家？是诗人？是精神导师或领袖？还是心理医生或精神分析师？他除了在酒吧间朗诵他写的所谓的小说外，还常常进行广场朗诵，这也很难让人想得通，因为我们的广场历来是募捐、发表政治演说或装甲车大摇大摆开过的地方，这是一个叠加着盲目、变革与鲜血的文化层。他一个人的表演往往是诗歌朗诵。但是，我们也勇于承认他平庸的诗行和尖利的嗓音彻底地征服了我们。也许，他的朗诵唤起了我们梦中的记忆。我们种族里的每一个成员在出生之前，也就是还在母亲的子宫里的时候，都做过一个关于自己日后童年的五彩之梦。但是，自从出生之后，我们每一个人就直接进入成人年代——不苟言笑，城府颇深。在现实生活中，我们没有童年时光，也没有青年时代。我们曾经有一部宪法，第一章就规定要让我们在孩童时期充分享受做游戏、外出露营、看看小人书和随便晃晃的自由，并且大人们努力帮助孩子们实现这种自由。这是一件大快人心、民心所向的好事，但是从来没有实现过。甚至有人怀疑，这样的宪法早就被废除了。种族的决策机构是这样考虑的：因为我们疆域辽阔，面临的敌人又多又强大，我们必须从一生下来就成为一名成人，可以像战士一样奔赴有形与无形的战场，甚至是生活这个无处不在的战场。这种状况使我们厌倦，对于生活对于自己都是。当厌倦和绝望像雾霾一样弥漫在我们生存的空气中时，我们这个任劳任怨、颇有创造力的种族，从根本上就进入了慢性自杀的历史进程中了。我们的朝气已消耗殆尽，我们中曾经涌现出一大批有才华的年轻人，但是由于厌倦和绝望，他们平庸起来比其他人更快、更彻底，他们的才华自然都转化为虚伪和狡诈了。K先生帮他们做梦！他的箴言被印成白纸黑字："不要绝望，甚至对你并不感到绝望这一点也不要绝望。"他的朗诵是致幻剂，在某些特定而又艰难的时刻，他帮助我们部分地挣脱日常尘世的枷锁，使我们看到海市蜃楼，以获得片刻欢愉，而非解脱。谈解脱，显然有点大，没有达到那种程度。

我们不能嘲笑 K 先生，事实上是，见到他之后，我们就笑不起来，更有女士读他的书又哭又笑，真是莫名其妙啊！

在一座山峰上，我们费了好大的力气，把一个古人的一段话刻在一块被凿平的悬崖上。这段话是这样的："敲开核桃确实不是艺术，因此也没有谁敢召集一群观众，在大家面前敲开核桃以供消遣。"这段话像咒语一样，或者是上古时代大祭师的祭词一般，很难理解，似乎很玄妙。但我们知道这里镶嵌着关于理解我们种族艺术的密钥。我们对 K 先生百思不得其解，就不由得想起这段话。谁将是敲开核桃的那个人？也许正是 K 先生。敲开核桃是一门艺术，核桃敲开之后将展示世界的真相，这就是这门艺术存在的意义。我们知道这门独特艺术的独特价值，K 先生的重要性也就不言而喻了。通过他，我们欣赏的某些品质正是我们自身根本就不屑一顾的。我们嫌弃我们自己。K 先生本人持相同的看法。他的朋友勃罗德先生也暧昧地承认这一点，因为他不得不遗憾地归类于"我们"这一庸俗的群体。至少可以这样说，K 先生和我们建立的是互为悖论的镜像。

有一次，我和勃罗德先生都在场，那是一场小范围的聚会，丝毫不引人注目的 K 先生还是成了焦点人物。他提及要把他的作品全都烧掉，他说："燃烧吧，燃烧吧……烧掉它们吧，美丽的焰火！"我们以为他在吟诗，但勃罗德先生悄然地认领了这个谶语，但是后来他又犹犹豫豫地背叛了他的遗嘱。在我和勃罗德先生看来，K 先生对于自己写作才能的怀疑、对于发表出版的拒绝和毁灭作品的决定都具有相似的隐喻性，他试图摧毁我们种族那点可怜的悲怆记忆。好在勃罗德先生大义凛然，不惜违背自己的良心，遮遮掩掩、陆陆续续地把他的作品一一面世。

他的看法重要吗？在某种意义上，他给我们的种族留下或明或暗的记忆。我们总是装着忘记历史，而事实上历史总是循环上演。他是我们隐秘的太史令。在一个晴朗的早晨或者黑暗的夜晚，有人闯入了你的住宅，他们可能是什么人呢？生活在一个有正式宪法的国家中，一片歌舞升平……谁竟敢在家里抓人呢？我们不知道，但我们被控有罪。于是另外的人就大声叫喊："你有罪！""你犯下了滔天罪行。"于是我们慢慢感到自己确实有罪了，我们接受审判，没有抗诉，低头认罪，随后就会被莫名其妙地处决……这就是他写的书，既完美又实用，既真实可感又虚无缥缈，几乎每个人都背得下来，但随即就会忘记。我们一代又一代的祖先就这样被自动减员了，这保证了我们种族人口数量的合理性，并保持与世界微妙的平衡关系。

阅读他的书的时候，我们忘记了大屠杀、大灭绝、大饥荒、大地震、金融危机和全球经济衰退。谎言占据了我们弱小的心灵。但他没有义务拯救我们堕落的世界，他也没有力量来做这样的事。孔二先生、佛陀和那个自称为耶和华的上帝和他的代言人耶稣先生都宣布他们也爱莫能助。在这一点上，他的书其实是一种不可言明的海洛因。我们这个庞大的种族面对这一诱惑时，完全丧失了抵抗能力，全民享用，大家都很 high。

K 先生不愿意成为"不停地论及死亡，却迟迟不曾死去"的说谎者，他需要死亡，死亡是连接他所有作品的循环之路的最后一环。他留下遗言："人死亡之后，会有一种独特的善意寂静——透过与亡者的关系——极短暂地浮掠人间，会有一种人世激动的告别……这是一个得以喘息的机会，同时也打开死亡房间的一扇窗……"他并不是逃避，而是完成。他完成了一个可有可无的生命历程，他的死亡让所有说谎者知道自己是在说谎。

在死亡带走他之后，我们就匆匆忙忙地解密了他的日记。我们急于寻找他给我们留下的精神遗嘱。对于死亡，对于他本人与我们普罗大众的关系，他有明确的记载："他承受着死亡的残酷和不公正性；所有这些，至少就我看来，很能打动读者。"是的，他的狐尾露了出来，白晃晃的，好不刺眼。死亡是他的砝码，而我们又无法驳斥死亡。

无疑，我们之中有一个人最接近他——无限地接近他并取得了他部分的信任。他当然是马克斯·勃罗德先生。在这种情况下，勃罗德先生决定写一部回忆录和拍一部电影来作为 K 先生作品的注释。回忆录出了差池，特别是关于 K 先生的宗教性描述让大家非常厌烦，勃罗德先生在阴沟里翻了船。不过电影尚有可圈可点之处，电影试图让我们尽量地去理解他，最后一幕是 K 先生本人目睹他自己的葬礼，这一天才性的镜头象征着 K 先生与泥土的对抗及和解。

日记是重要的。但是我们倾向于认为他的日记是理解悖论的毁灭性炸药，即便勃罗德先生持保留意见。

我相信我自己也是一名理解毁灭者。我们无法清晰地解释，理解障碍来自我们自身。我们很难谈论他。正如这个标题，它来源于我们种族的第一箴言："只是试着让你理解耗子：如果你开始质问其作品的意义，你将瞬间消灭耗子民族。"也许不是种族箴言，可能源自 K 先生的日记。

关于 K 先生，我什么也没说；关于如何瞬间消灭耗子民族，我真不知道这一提议从何而来。

如是我闻。

谎言、真话与悲悯的孤独者

刘 波

1974 年 2 月 12 日，作家索尔仁尼琴被苏维埃最高当局剥夺苏联国籍，并被驱逐出境，他成了一个没有身份和户口的人。漂流在外的作家坚定地写道："我绝不相信这个时代没有放之四海而皆准的正义和良善的价值观，它们不仅有，而且不是朝令夕改、流动无常的，它们是稳定而永恒的。"

同样是在这个时间段，绝大部分中国作家在"文革"的高压下，或随声附和，或保持缄默，或隐于地下，没有人敢于发出自己真实的声音。长期的身体禁锢，逐渐导致精神上的自我封闭和自我奴役，甚至是自我羞辱。而且这种自我奴役和羞辱，在中国的集体意志规训下，国人曾经做得是那么整齐划一，而且普遍没有丝毫怀疑：我们被谎言包围，是否人心出了问题？

世界曾经的美好已经变得异常残忍，在残酷之中，我们依然能欣喜地看到那些苦难背后所隐藏的诗意，它们向每一个悲悯者发出自己的召唤。这是阴郁世界的声音，不和谐，正划过人类史上黑暗的夜空。

20 年之后的 1994 年，索尔仁尼琴获准归国，他终于又有自己的身份与国籍了。流亡生涯的结束，并不代表着作家内心已经获得安宁，而无尽的痛苦时时包围着他，像幽灵一般。站在西伯利亚的土地上，索尔仁尼琴没有像一些人所料想的那样，感恩这个苦难深重的国家，相反，他说出了如此令人警醒的话："我到这里向这块土地哀思，成千上万的苏联人当年在这里被杀害，并埋藏在这里。在今天俄罗斯迅速政治变革的时代，人们太容易遗忘过去的几百万受害者。"当时庞大的苏联已经不复存在，整个俄罗斯大地被分裂与重组困扰，索尔仁尼琴没有惊异于这番变局，或许他早已料到会有这么一天。即便如此，他还是告诫自己和所有俄罗斯人民：我们要拒绝遗忘。此后的十多年，索尔仁尼琴一直在莫斯科郊外的家中，为这个庞大民族的过去和当下，做着自己的反省、思索与追问，甚至在很多时候仍然出去奔走呼告，可谓生命不止，奋斗不息。

因为，他早就在其巨著《古拉格群岛》中做出过这样的预言："凡是历史上发生过的事情，其真相迟早总会为人们所知。"正当很多人对过去所犯下的罪行，存有遮掩甚至消除的侥幸心理时，索尔仁尼琴的当头棒喝，适时地惊醒了梦中人。

即便我们能躲避历史对过去和当下的惩罚，也难以逃脱其对未来的放逐。中国作家巴金，虽然也于晚年忏悔自己在"文革"中的谎言罪行，倡导说真话，但是他的力度却远没有索尔仁尼琴那样尖锐与深刻。在流放之前，索尔仁尼琴就一直是反抗的，不合作的，而被流放之后，他更是坚信自己的正义与信念。他也彷徨过，呐喊过，但他一直承受着种种人生压力。巴金以一部《随想录》，直接道出了诸多鲜为人知的细节，并大肆痛斥"四人帮"，想"一口一口咬他们身上的肉"。他说："我的'改造'可以说是从'反胡风'运动开始，在反右运动中有大的发展，到了'文革'，我的确'洗心革面，脱胎换骨'，给改造成了另一个人，可是因为这个，我却让改造者们送进了监狱。这是历史的惩罚。"巴金成为一个"假话连篇"的人，也是经过了一步步"改造"的，其间经历了长期的洗脑。幸亏他在"文革"之后，能够清醒过来，忏悔自己的罪过，而其他那些说假话置人于死地者，还有多少？他们根本没有勇气站出来，对自己的过去说"不"，他们大都存有一种幸灾乐祸的侥幸心理：只要没有人来追究我，事情就算永远过去了。历史上的很多灾难并非一人所为，而是时代所造成的，少数人成了罪责的承担者，而其他那些疯狂的参与者呢？他们虽然被时代饶恕了，但那由一个个冤死者魂灵叠加的真相，绝不会在精神层面宽宥他们的。他们虽然留下了肉身，但灵魂是僵死的。这样的债务，需要用心来还。

相对于巴金那经历过"谎话连篇"的"文革"岁月来说，索尔仁尼琴当年是被作为异端驱逐出苏联境内的。他搭乘那架飞机出国时，一场专制主义的噩梦，让他清醒无比。当他20年后又搭乘飞机回来时，泱泱大国已经彻底变换了天地。这位"俄罗斯的良心"说出了比巴金更为决绝的话："一句真话比整个世界的分量还重！"其实，仅此一句，足矣。

谎言对于一些人来说是图求自保，但是对于另一些人，就是致命的摧残与伤害，不仅仅是肉体上的，更多是精神与灵魂上的。报喜不报忧，是中国传统中根深蒂固的部分，在生活中需要一些善意的谎言。然而，一旦这种说谎的习惯延伸到了一个群体或国家领域时，这就不会是善意的谎言那么简单了，而更多地会涉及一个时代群体的命运，关切到苦难与死亡。当虚假的谎言充斥我们耳边时，一个良知者会是多么恐惧，而当虚假的谎言成为时代的通病时，悲剧该如何收场？其实，悲剧已经在几十年前以血的教训作了见证。谎言会导致各种灾难的发生，有愤怒、屈辱，有冤案、悲剧……诸多的心理创伤、精神病变与人格异化，都可能会共同促使国家集体滑向疯狂，那是人类亲手制造的灾难。

谎言的悲剧，虽已进入我们的文学视野很长时间，但更多的人却对此视而不见，就如同谎言从来没有存在过一样，或者对谎言之普遍已经习以为常。在谎言本身已成潜规则的社会，他们练就了五毒不侵之身，连警惕和自我警惕的能力都已丧失：一切的单纯均被认为是愚蠢，一切的诚实均被视为痴傻。尊重常识，已经成为当下的玩笑。

在如此环境里，我们何以不屈辱？何以不在集体疯狂的归顺中迷失自我？我们那谎言的遗产，被一代接一代地传下去了，而且一代代人都接受得理直气壮，坦然自若。

或许，我们唯独遗忘了真实的存在，遗忘了基本的人性审视，遗忘了谎言曾经给我们的先辈们所带来的信任危机与血的恐惧。不管怎样，事实存续着，它们正被历史记录在案。一个有良知者所能做的，所应该做的，只是反抗谎言所导致的悲剧被遗忘的命运。苏珊·桑塔格在《文字的良心》一文中，对提倡讲真话的索尔仁尼琴做了如此回应："作家的首要职责不是发表意见，而是讲出真相……以及拒绝成为谎言和假话的同谋。文学是一座细微差别和相反意见的屋子，而不是简化的声音的屋子。作家的职责是使人们不轻易听信于精神抢掠者。作家的职责是让我们看到世界本来的样子，充满各种不同的要求、部分和经验。"桑塔格在耶路撒冷奖受奖演说中讲完这番话，带着自省精神走了。她像索尔仁尼琴那样，渴望有人理解真相的本质，因为一个作家全部的职责可能就在于此。但是，她虽然有过风光，却终究和索尔仁尼琴一样，都成了高处不胜寒的孤军。

当我们将屈辱当作资源来书写，并为谎言的得逞而沾沾自喜时，世界本身已变得不再美好，但有人以消费这种屈辱和谎言来获得心理安慰。个人的屈辱与家国的屈辱，总是息息相关。个人的谎言一旦成为团体的帮凶，幻觉产生，自由破坏，灾难也就接踵而至。

灾难之后那些伤痕累累的经验，同样也可能成为苦难表演的道具。

只是，在鲁迅所谓的"暂时做稳了奴隶的时代"，清醒者不能再无限制地沉默，沉默可能意味着事不关己的冷漠，也可能意味着同流合污的首肯。我们到底要做出怎样的选择，才能确立谎言、冷漠与良知、救赎之间的边界？这种追问从未消失。

我们以为自己真理在握时，其实恰恰对当下是无知的。我们的自由精神溃败了，无论怎样叫嚣和呼吁，也只是虚妄的自嘲，只是于事无补的过期药，因为谎言依旧在持续。而在这谎言之根的奴役下，毁灭性的低级错误，我们犯过太多了，可是我们总能找到理由为这些过错和罪责开脱。如今，相信"合情不合理，合理不合法，合法不合众"的人，继续日复一日地犯着同样的错误，乃因常识已成为世间稀有之物。

2008 年 8 月，代表着一代俄罗斯人坚韧精神与悲悯情怀的索尔仁尼琴走了，这样的事实，迟早都会到来，只不过俄罗斯那一代人，甚至很多以俄罗斯白银时代精神为旨归的国外知识分子们，都没有做好先知离去的准备，他们还沉浸在大师所带来的精神震撼的时代里，但这个时代真的就要结束了。它随着一个人的离开，走向了终结。

同样是在这个月，中国年轻的诗人朵渔，写下了一首对话索尔仁尼琴的长诗《大雾》，他们没有经历过相同的时代，没有相同的国籍，没有相仿的年龄，没有相同的生命经验，但他们有着相同的命运思考，相同的独立精神，相同的对自由境界的向往，相同的对反抗奴役的共鸣，相同的对谎言充斥的世界的追问。

这是一种灵魂的交流，生命的对话，诗人于悲悼中的惺惺相惜之感，已深入骨髓。这首长诗里，一切都包容了，谎言，真话，屈辱，苟活者的卑微，生存者的艰难，对生命遭受侵蚀的麻木，对精神已被污染的不屑，对灵魂走进迷茫的无知，这些都是一个人丧失了反抗权利之后的无奈，这些都是我们每一个人可能遭遇的精神难题。朵渔让我们看到了一个人在人生流转中的坚守与韧性，而最丰富的内心，恰恰出自索尔仁尼琴身上，到现在，他成了人类史上关于讲真话与独立人格的一个标本。

生命完结了，标本的价值依旧坚挺。从索尔仁尼琴身上，我们看到了俄罗斯精神的稳固与恒定，那种笨重线条下的优良质地，而这正是我们历朝历代所匮乏的，而且还将继续匮乏下去。而朵渔又让我们看到了这些，他的反思、他的力量，都融于诗歌中了。看他，读诗，孤独者的背影正定格在深邃、理性的批判里，重新成为当下知识界的另一桩标杆，以诗的方式追寻自由、反抗遗忘的精神标杆。

词语的秘密

余 丛

发 生

有人要为发生命名，要为赖皮的现实唱赞歌。无聊的白痴准备充足的空闲，要再次问津这个词，问津含糊的过去、无序的现在和混沌的未来。这不是该与不该的道理，这不是发生与否的现象，这是糊涂与清醒的潜规则。不要用那经验的绳索，去勒紧那时间的脖子。不要用那存在的弓箭，去射击那崇高的靶子，而要免于发生的巧合。听见的即刻消失，看到的已成风景，说出的正是为了回忆。不要用那空想的瓦盆，去装那无知的黄金。不要用那仁慈的息壤，去埋那欲望的种子，而要免于战争、灾难和瘟疫。发生的不过是唠叨鬼的咒语和法术，要在上帝的庭院里栽上一棵不老的树。不要用那人心的尺度，去量那来世的路途。不要用那黑白是非的口舌，去祷告那不可知的报应，而要免于布道者的偏见、情面和立场。深不见底的胸怀，并不见得宽广；谨小慎微的脑瓜，也不一定短浅。是平衡木上打破的平衡，是不对称的美学，发现了发生的秘密。不要用那理性的框架，去套那随机的事物。不要用那习惯的思维，受制于普适化的常规，而要免于发生不可逆的变化。这是春天的倒霉蛋的哲

143

学，怀才不遇的鸡蛋，对着石头尽情发牢骚。啊，发生，发生，比喻不安分的小兽，行将逾过思想的屏障。

启　蒙

人呀我没有看见，他的兽行在社会上被圈养。现在，一切罪都不被法制裁，法也是有罪的。我不慈悲，我不愤怒，时间已经卸掉我的锋芒棱角。去教堂，教堂坐满祷告的人；去寺庙，寺庙坐满念经的人。陈旧的思想，时新的学问、巫术和把戏。我去往哪里，哪里都有它的道理，只是被信奉和仰望的人不在。出世的人不在，入世的人也不在，麻木的人不知生死。他们劳作，他们享乐，他们的肉满足不了自身的欲。我说这苟且的世道，它的人愚忠名利的虚荣，贪念物质的浮华。得救的心也是污秽的，瞧，那些伪善的嘴脸和那些卑微处的浅薄。我不再是创造的人，足够多的创造，只会让他们迷失方向。这上天的路和下地的路不是一条，固执的人偏要抄近路，而远路，远路才通达虚无的未来。我也不愿教诲什么，人的美德在于发现，事的经验在于积累。试探的不要试探，猜忌的不要再猜忌，他也不要抱怨命运多舛。这不可信的国照样有他的王者，这不可解的谜照样有他的答案。我不是先知，也不准备成为他们的圣灵，我只是他们中的弟兄姐妹。除了启蒙能让他归顺正道，我没有高深的智慧，没有一盏指引的探照灯。请相信救赎者的劝慰，人呀我们谁也没有看见。

人　性

人性的假设，不是善的使者，也不是恶的侍卫。人性的假设，在我们被掏空的意识里，装满了各种可能。有人说，人性是空的。可我们看见风吹过去的痕迹，眼睛里长出的眼屎，一小块愈合的疤成为情感的创伤。人性就是一部未知之书，各式的指纹打开命运的章节，翻阅到的文字就是他自己的剪影。我们深知人性的变化无常，人性可以向它的反面偏移。恶人善事，抑或善人恶事，念佛的人越来越空。我们敲木鱼，敲木鱼，祠堂里供着神；老和尚不说话，不说话，老和尚叫我们悟。人心是肉长的，肉体在哪里，人性就到达哪里。政客的人性，商贩的人性，书生的人性，刽子手的人性……这些不尽相同的人性，被无数振振有词的理由戴上面具。立法者的人性，道德坊上的人性，伦理和人情里的人性，都一一贴上冠冕堂皇的标签。我们早就习惯了自欺欺人，我们被自己一手制造的假象蒙蔽，我们固执地认为人性是这样而不是那样。然而，我们渴望的慈善和悲悯，已成为居心叵测的人手中的工具；我们憎恶的恶作和下流，也将是心地软弱的人护身的软盔甲。人性是湿地上覆盖的植被，是盐碱滩晒白的皮肤，是井壁口茂密的青苔。我们看见人性歹毒时的刀子，也感受过人性体贴时的熨斗。人性在我们需要的瓦盆里，长出一束灿烂的罂粟花，有人欣赏它的美丽，有人憎恶它的丑陋，还有人仅仅把它莫名其妙地养殖。

灵　魂

　　这是不被指认的存在，它的虚无可以占据每一个身体。如果它是唯心者捏造的本质，是无为的精神之母，那么是它施与了宗教的救命稻草。现在，灵魂不是敏感的道具，不是现在进行状态下的神迹。是沦陷的现实拷问的良知，是败坏的风尚玷污的尊严。白天它遍布神经的末梢，晚上在脑袋里制造梦境，出窍时化作一缕乌有的青烟。它的再生，不是心智的延续，也非意念的超越。仁爱的智者用它来救赎苦难，先验的暴君则用它来荼毒生灵。它就隐藏在人性的低处，蒙昧里较量善恶，信仰下向死而生。值得敬畏的灵魂，它派生出虚魂和游魂的影子，是洞察和遇见的慧根。它不是形体的鬼怪，也非理性的轮回。它的痛痒之知和是非之虑，它的生理自觉和心理反应，偏离了不可知的虚妄。它有腾空的翅膀，却没有担当的双肩，它避开困惑的泥沼，却栖息在迷茫的城堡。这现实的行尸走肉，这荒谬的醉生梦死，是谁在亵渎和背叛灵魂？因为它没有苦难的前世，也没有美好的来生，它是被魔鬼揭示的真相。它的缺失，永恒的信念湮灭，使人世短暂不再留恋。堕落的快感，瘟疫蔓延的声张；疯狂的刺激，战争盛行的默契。我要解开灵魂的裹尸布，我情愿相信它独立的自由意志，在冥冥中指引我们何去何从。

天　赋

一个人在他的天赋里度日如年，一个人并没有得到天赋的恩宠。他的智慧的海洋，汹涌着波涛一样的灵感，是天赋使浪花盛开。而扑向沙滩的那些泡沫，正追赶着上岸的脚印，不停地冲刷——抹平记忆的痕迹。他就是天赋之子，却不会因名利的诱惑而随波逐流。淹没在民间的隐者，不求上进，借酒浇愁，只有天赋明白其中的奥妙。他的清高，他的才华横溢，他的甘于被伯乐拒之千里。是平庸在猜忌天赋，是碌碌无为的小人在陷害君子，一马不见平川，三生也不会有幸。天赋从草根里长出翅膀，在水洼里蜕去龙的鳞片，天赋能够到达他的梦里，传递神的旨意。而这一切如同困兽，被禁锢的头颅偏向疼痛的一边，他的彻悟里渗透多少萎靡不振的毒药。在时势的反面，在聪明者玩弄的手腕里，除了卑鄙和丑陋，没有天赋的影子。思想穿过密密麻麻的针眼，感觉的蜗牛伸出敏锐的触角，而想象力的疯子尤其反常和怪异。他的焦虑，他内心的不安，将随着岁月的流逝趋于平静；他的叛逆，他的面目的固执，将随着世俗的消磨留下坚忍。天赋就流淌在他的血液里，是他额头上闪现的睿智，是他身体上永不褪色的胎记。他的无限可能的天赋，暴露了行为的神经质，也将在人群里格格不入。

谎　言

我们说，谎言是无处不在的。谎言弥漫在空气里，谎言流淌在血液里，我们相互交换着谎言。因为真实从不通过柔软的舌头表达，真实是发生后随即消逝的事实，复述永远在假想之中。我们学会了撒谎，却没有意识到撒谎。潜移默化的谎言，习以为常的谎言，振振有词的谎言。是的，场景、记忆和印象并不可靠，甚至人用一种所谓的经验来认知世界，都是可笑的。我们总在为生活设定标准，这标准不过是谎言的产物，是我们畏惧未知的一种自救手段，是自欺欺人。无论真话还是假话（这里的真同样令人怀疑），都直接指向时间的现在时，却是我们的语言在描述和评判。谎言本没有错，错的是有时候扮演魔鬼，有时候又扮演天使。我们的内心早已不是自己的内心，是被诸多的文化、知识浸洗过的内心，是具有某种价值倾向的内心。即使我们口口声声强调真实，却是谎言的真实。信仰的谎言，成长的谎言，愿景的谎言。谎言被塑造成真理，被我们编写成教科书，我们要把谎言发扬光大。历史就是一部谎言堆砌的名利场，漂亮的辞藻修饰着污浊的谎言，激昂的语态贯通了别有用心的谎言。我们并没有揭穿谎言的企图，仅仅用更高明更荒唐的谎言，去构筑新的存在的堡垒。只有谎话连篇的诱惑，才能使我们确信谎言的力量，才能使谎言不再叫作谎言。

革　命

谁见过基督，谁就是谣言的源头。但我们不能责骂和埋怨他，因为他的善意，他要从被遮蔽的真相里拔身。贿赂者从后门而入，戴着虚荣和伪善的面具，要用这些钱财交换你们手中的权柄。而自由不过是春天的把戏，暖洋洋的风吹过你们污浊的心。一条通往为尊严而战斗的前沿，一条通往没有炮火和硝烟的阵地。高压水枪下的民主，催泪弹之下的人权，即使有高涨的情绪也被专制挟持。贪官们躲在梦里数钱，妓女恋上腐败的温床，穷困潦倒的百姓过不下去，过不下去。要把饥饿的胃落到实处，要盘算着田里的收成和他那永不着落的计时工。不公的盛世，压迫的太平，你们已经习以为常，而我们照样把一生虚度。夜晚拖长黑暗的尾巴，启明星睁开抑郁的眼神，阉割的雄鸡已不再打鸣。你们说去打猎，却没有带上猎枪；你们说去砍柴，却没有背上斧头。你们说去革命呀，却在游行的途中去了茶馆，去了妓院，去了教堂，去了统治者的家。这是多么荒诞的现实，碍于情面的投机者举一反三，迫于势力的骑墙者充当了叛徒。我们的顽抗也经不住诱惑，经不住糖衣炮弹的轰炸，委屈求荣的命被归顺、被招安。只有屈辱的人一夜未眠，带着怀恨的心坐到天亮。

死　亡

无可回避的死亡，我终有一天通过它离开人世。我的等待，并不为灰暗的消亡忧虑；我只看见美好的事物，在愿望里闪现光芒。在生的彼岸，在不被感知的地方，死亡的眼睛布满绝望的血丝，死亡的手摁住我高昂的头颅。那里没有阳光、空气和水，没有情感、欲望和虚荣，它用黑颜料淹没我如火如荼的记忆。死亡就是闭上眼睛、嘴巴、耳朵，死亡就是停止心跳、不再呼吸，死亡就是离开、消失和乌有。屠宰场里的那些被剥夺生命的畜生，如同刑场上被执行的囚犯，或者太平间里进进出出的尸体，无不散发出死亡的气息。死亡用最后的安慰，取消病入膏肓的人；死亡用偶然的事故，把倒霉蛋送进天堂；自然的死亡，让喜丧的人带走瞬间的秘密。然而，焦灼不安的死亡历险，又带给我新鲜的花样。上吊、投河、跳楼、服毒以及割脉等等，这些自杀的形式，往往发自一个人内心的美感。我的贪生怕死，我的苟活，反衬了视死如归的烈士，以及殉道者的大义凛然。人死如灯灭，不灭的是空无一物的海市蜃楼，是肉体的没落、灵魂的超脱。它是达官贵人的门槛，也是我回望一生的窗台，百鸟归巢一样的死亡游戏，掌控没有偏移的公正。人生的苦难和郁闷，感谢死亡的痛快淋漓，所有的恩典、仇恨都以此为界。墓碑上的铭文不过是死亡的诏书，撰写讣告的人把消息传递给自己。

荣 誉

这是多么漂亮的词语，这是多少人梦寐以求的奖赏，但这又是谁赋予了他们嘉勉的权力。荣誉是体制的产物，是并不烫手的山芋，你将从它的光芒里获得实惠。没有最完美的评价，也没有恰如其分的命名，荣誉是被拔高了的厕中蹲位。他们从人群中挑选你，侵蚀你的灵魂，拿捏你道貌岸然的肉体。或许你天生就是投降派，你的顺应里有着市侩和私心杂念。你就是荣誉的傀儡。在伟大、英雄、模范这些崇高的语境里，在优秀、先进、标兵这些表彰的名单上，沽名钓誉的人美中不足。他们利用名誉的轻，剥夺你廉价的自尊，试探你的良心。分辨不清的假象，华而不实的称号，以及故作高深的赏赐。荣誉是一部分人身上的光环，是另一部分人手中的工具，而大多数人生活在荣誉的阴影里。你眼睛里的鲜花和掌声，你向往的敬仰和崇拜，现在是他们把你塑造成偶像。被迷信的荣誉，被神圣化的荣誉，莫过于时势里功利的化身。他们的伎俩，他们游刃有余的把戏，规划了一条通向红地毯的阳光大道。而你不择手段的钻营，你的愚昧和无知的欲望正被满足。荣誉不是鼓励，而是诱饵，是背负在十字架上的招牌。荣誉从不改变这个世界，改变的只是你的爱慕虚荣，你的值得炫耀的"光荣榜"。

猜　谜

有人把谜面写在这里，这没有谜目的谜语，请猜出它的谜底。用你的鬼机灵和怪点子，用你的小聪明和大智慧，直抵文字游戏的秘密。不管是会意还是会形，我们可以大胆地猜，挖空心思地猜。这不附加谜格的想象力，一个人逾越思维的屏障，在智力里博弈。你可以猜中它的隐喻，却忽略它声东击西的别解。谜语的曲折别致，谜语的变化多端，谜语的耐人寻味。这好比生命里的 C 辞，我们揣摩着未知里的奥妙。一道谜语就是一道机关，你的困惑将走不出迷宫，你的破解只是为了找到生活的答案。请猜出窗花后面的女人，猜出命里的大富大贵，以及传世的声名和死后的天堂。不暴露玄机的谜面，精练的短语、韵文和诗句，不过是修饰的陷阱；轻描淡写的谜目，无所适从的边界，限定了一头雾水的范围；不被熟知的谜底，它指向了猜测的事物，只有猜测的人碰见偶然。我们并不指望谜语的伺探，它不是智力测验的尺度，也不是甄别贤才的慧眼。猜谜的乐趣，是因为你设定的谜底，在寻找中使每一个可能破灭，让黑暗中的澄明浮出水面。即使猜错了一千遍，都不能够抱怨谜语的狡诈，更不能憎恶它的圆滑。谜语不是歇后语、绕口令、幽默和谚语，谜语是我们内心里对蒙昧的反诘。

沙　龙

他们从忙碌的生活中，从隐忍的现实里抽身，他们奔赴一张请柬的约会。假惺惺的沙龙，聚集心怀鬼胎的人群，又分散到各个角落。他们相互交谈和发表谬论，并没有回避那一无是处的主题。这时候，他们在贴上标签的身份里觉醒，他们是一次沙龙的符号。陌生的面孔、新鲜的交际花，以及戴着鸭舌帽的便衣，构成了紧张的空气。他们高兴时畅饮，沮丧时点燃香烟，愤怒时也只能把自己掀翻在地。在酒吧，在会所，在广场，在不为人知的秘密角落，在冠冕堂皇的公共场所。沙龙被打扮成圈子、小团体、名利的通道，以及伪精英的品质。他们要充当意识形态的奴隶，他们要享用话语权的自由，他们的影响力从张口结舌的嘴巴蔓延。这风花雪月的沙龙，这凌空高蹈的沙龙，并非理想主义的盛宴。签到簿上娴熟的签名，海报前做派的留影。久仰不再久仰，失敬的也不再失敬，而是从较量中各取所需。沙龙是文明的舶来品，是物质废弃的沙丁鱼罐，是异己分子不切实际的派对。他们热衷于新生事物，批判保守的左派，他们不拘小节，擅长破坏与重建。少不了体面的高尚情操，容不得嗜好里的低级趣味，有限的偏爱日渐荒废。沙龙里饲养的气质，举止间散发的风度，终究是乌合之众沉淀的皮毛。

朋　友

柔软时光里的黄金，犹如朋友之间的友情。因为相知相识，结缘的人投桃报李，互赠诗篇。朋友在明亮的暗处，像火焰上的阴影，一点一点吞噬掉生活里的氧离子。这是一条弯曲的旅途，为迷雾里的探照灯铺开方向，各奔东西的人会迈上交叉小径，而平行的铁轨终将握手言欢。没有永远的朋友，也不会有绝对的朋友。朋友总是在适当的季节、适当的土壤，齐刷刷地冒出情感的幼苗，在园丁般的呵护下长成参天大树。有时候也经历狂风暴雨的考验、伐木工人的考验、啄木鸟的考验，经历树木里肥硕的蛀虫的考验。然而，朋友早已见利忘义，朋友把一小块纯洁和真诚当作筹码，出卖他最致命的部分。因为是朋友，所以知道他的软肋；因为是朋友，所以才暴露出瑕疵；因为是朋友，所以有了不完美的盆景。黑暗在那人心的低处，祷告着高不可攀的人不能结党，一见如故的人反目成仇。这是告密者的习俗，这是无间道的伦理。即使我们识破了笑里藏刀，却难躲绵里藏针的一刺。轻浮的朋友从不掏出心窝，只掏出加糖的谎言，口是心非的承诺，以及装模作样的义举。一杯白开水的交往，抵得上一壶老酒的芳香，而桃花潭水的深，又奈何得了君子之交的浅。真正的朋友形同一人，患难的左手，富贵的右手，祈愿的十指共度平安。

墓　地

荒山野岭处开辟的一块墓地，齐刷刷的碑林像雨后的春笋。送葬的队伍以此为界，哭丧的仪式超度灵魂，撒落的纸钱直通向阴间。在生命的最后一站，死去的人找到归属，活着的人带着眼泪来看望。墓碑上的姓氏，没有留下死者的身份；简短的铭文，抒发了后人缅怀的心情。墓地里安息的灵魂，白色的花圈簇拥起墓床，守灵的夜鸟在坟头上召唤。返青的墓草，从尸体上长出春天，衰败的景象在秋日里降临。请原谅死者生前的潦倒，也不再仰慕他辉煌的往事。在这里，一切都是虚无的注脚，荣华富贵里的泡影，瞬间进入孤寂的永恒。骨头上的磷火照亮偏僻小径，阴森的鬼气从墓地升起。向死而生的祭奠，是烛台灯火在明灭生死轮回，是檀香袅袅弥漫宿命人生。冷清的墓地成为喧哗的终点，寿终正寝的人画上圆满的句号，而尸骨未寒的冤魂并没有入土为安。这不是鬼画符的尘世，也不是未亡人侥幸的陵园。苍翠的松柏挺直躯干，繁密的枝蔓攀结白云，黄土下的根须纠缠腐朽的棺木。墓地里游荡的鬼魂，阴风作怪，在让灰暗的事物苏醒。做了亏心事的人不敢造访荒芜的祖坟，心虚的胆小鬼度过了忐忑不安的晚年。埋葬亲人的墓地，等待后继者的光临，有一天也要埋葬你的子孙。

讨　好

　　讨好就是一种媚俗，就是骨子里作贱的秉性。我并不想讨好别人，但他们却要在被讨好中迷失方向，我也不过是假惺惺的 fans。这没有立场的献媚，这并非由衷的马屁术。必要的讨好，换取廉价的信任感。心怀伎俩的人，利用有限的卑微，博得了他们崇高的好感。这不经意的赞美，以拔高一厘米的向度，使虚荣得到宽慰。我要讨好春天，讨好每一个从这里路过的人。贩卖的嘴皮，长出油腔滑调的老茧。好话连篇的交流，是心灵的熨斗，不厌其烦的吐沫，也能打动铁石心肠。这需要示弱的讨好，这甚至需要浮夸的讨好。小小的狡猾，城府里的阴谋，精明的人放下警戒。我要讨好仇恨的人，讨好贪得无厌的人，让讨好加冕他们头顶上的帽子。指鹿为马的抬举，低三下四的奉承，不过是模仿哈巴狗样的讨好。不过是我暗藏的玄机，找到你身体上的软肋，我要在不胜寒的高处放翻你。我要让讨好成为习惯，那并非美好的习惯，在竞争的跑场拉下对手。这加了蜂蜜的讨好，这怡人的糖衣炮弹，将左右他们游移的立场。我的妥协，不再是挖空心思的借口；我的讨好，不过是晚节不保的叛徒。我要讨好不相干的人，讨好无关紧要的人，讨好自己。如果这是虚情假意的厚黑学，难道会让一个人吃力不讨好？

寂　寞

那内心的孤单，是如此的无助。在早晨，或者更早一点的黑夜，他的梦不在梦里，他的睡眠被焦灼的情绪煎熬。就仿佛深山老林里独自漂流的溪水，途经的顽石让它绕道，汩汩的喘息声通往了下游。如果爱，而不是可爱；如果恨，而不是不恨。即使在喧嚣之地，在人群嘈杂中写下诗句，他并非没有半点怨言。时间缓慢地流过身体，那些细微的变化越发沧桑，直到衰老领略了他的额头。他要在早晨，或者更晚一点的上午，消磨掉不必要的青春。露珠栖息的叶片留下水印，尘土从奔走的足下苏醒。这些经不住打扮的往事，不再是浪漫、清纯和幻想，而是忧伤、颓废和老于世故。他要起草一封给远方的信，冷静的措辞也不过寥寥数语，而他并不指望收信人的回复。如果惦记，而不是牵挂；如果回忆，而不是怀念。他更加习惯于烟雾缭绕的晌午，打开漫不经心的遐想，又能通往一条纠缠不清的思路。就仿佛跌宕在浪尖上的一叶木舟，始终无法试探大海的深浅，只能在肆虐的风暴里紧抓住命运的桅杆。他的下午也不会比上午更好，他的下午仅仅是上午的光线从东到西，交替的阴影求证了光明的不可靠。如果生，而不是谋生；如果死，而不是等死。那么，寂寞也不过是一次黯然："这一天要下的雨 / 请改日再下 / 这一天还未开放的紫云英 / 请它们提前开放。"（俞心焦《墓志铭》）

诗　歌

王家新的诗

王家新

幽灵船

———给哈斯和布伦达*，纪念我们的一次访问

南京城外

夜色中的扬子江

黑沉沉的江面上

一艘接一艘驳船驶过

（是一些运沙船吗）

没有灯光

没有马达的突突声

我们都不说话

也说不出话

好像是李白他们知道我们来了

一艘艘幽灵船从我们面前无声地驶过

* 罗伯特·哈斯、布伦达·希尔曼，美国著名诗人，环境和河流保护主义者。

在上海外滩

1

在上海外滩，

望着对岸高耸入云的电视塔，

布伦达微笑着，转过身来

对我们说："其实，比起那些高楼，我更爱

你们西湖水面上的那一缕垂柳。"

2

在上海外滩，

哈斯突然疾步走向隔护栏并向远处张望——

他看到了什么？一只水鸟的投影

一个眨眼就不见了的精灵

一个消失的携带着福祉的物种

又飞回到这个世界？

3

在上海外滩，

我，胡桑，聂广友，就这样

陪着我们的从美国来的客人游览，

当空气因为一阵微风变得轻盈，

那黑沉沉流动的黄浦江，

一瞬间又成为波光粼粼的镜面……

在云南米线店

一大海碗微黄的鸡汤端上来，
然后放上蘑菇、腊肉片、韭菜、洁白柔韧的米线……
这是边地那些辛劳贫寒的先民的发明吗？
在这四月的倒春寒里它冒着
一缕缕亲人般的热气……

而一阵喧哗声在这时传来——
邻座的五六位男女青年，边吃边骂骂咧咧地
声讨着"藏独"，像是在开小组会。

嘈杂声中，我的耳朵不能不听。
我手中的筷子一动不动。
我忽然有些悲哀。
我看着那几瓣嫩黄的菊花，在汤碗里渐渐变黑。

黄河水

我们爱黄河
却不敢喝一口黄河水
喝黄河水长大的，是那些黄河鲤鱼
它们在太阳下喝
它们在夜里喝
它被端上餐桌来的时候，我看到

它的眼瞳竟比我们的亮

（像是被镀上了清漆）

它被油炸过的嘴仍艰难地张着

像是要吐出

那最后一口泥沙……

十月之诗

当另一些诗人在另一个世界

歌咏着十月的青铜之诗，

我走进我们街头唯一的小公园；

没有遛鸟的人，没有打太极的人，没有任何人，

只有梣树在雾霾天里艰难呼吸；

玫瑰垂头丧气，让我想起蒙羞的新娘，

飘落在草地上的银杏树叶子，

则像一些死去的、不再挣扎的蝴蝶。

没有一丝风。石头也在出汗。

一丛低矮的野毛桃树缩成一团，

似乎只有它还在做梦。

这一切看上去都在某种秩序里——

以它反复的绝望的修剪声，

代替了所有清脆的鸟鸣。

在柏林

在柏林，在一个烟火熏黑的墙角
（它也许是被炮火或从天上扔下来的炸弹
熏黑的）
我看到一树桃花怒放
我要说这是我一生看过的最美的桃花

在柏林，在前东西德边境检查站
那些岗亭、沙包、铁丝网犹在
游客们嬉笑着与戴钢盔的"美军"合影
而我停在那里，好像仍被盘问
好像我被盘问了好久
然后，突然间，似乎就可以通行了

在柏林，在告别前的那个下午
我本想寻访本雅明的"内阳台"
却步入了犹太纪念馆里的一个深井：
陡立的井壁上，是远逝的回声
是一道谁也够不着的梯子
——作为哀悼，也作为拯救?!

伦敦之忆

阁楼上的一间小卧室，

（墙上是凡·高的乌鸦和麦地）

楼下东头的厨房里，那安静的餐桌

和一道通向花园的门，

楼梯上，即使无人的时候

也会响起咚咚的脚步声

——那是二十二年前的东伦敦，

你三十五岁。

同楼合住的人们都回家过圣诞了，

留下你独自与幽灵相会。

你彻夜读着普拉斯的死亡传记，

你流泪写着家书……

然后，然后，一个蒙霜的清晨，

当整个冰川一起涌上窗外的花园，

你第一次听见了巴赫的圣咏。

昨晚或是今晨，石家庄
——悼陈超

昨晚或是今晨，石家庄

雾霾最重的一刻，十六楼——

是怎样的一种决绝和冲动

把你推向了那纵身一跃？

我们曾一同在山谷中攀行

时而为朝霞流泪，时而侧身于悬崖

惊异于那来自深渊的吸力

有时也坐下来，听你讲几个笑话

作为对夜色的调剂

但现在（今晨或是昨晚？）

一瞬间，黑暗陡立——

哀求的妻子未能把你留住

你那永远也长不大、只会哭着喊

"爸""爸"的智障儿子也不能

我们谁都不可能把你留住

（但我是否有权利痛骂你？）

半年来疯狂的耳鸣突然静止

那留在桌子上的生命诗学论稿随风飘走

是怎样可怕的一瞬！天地

倒转过来，从那高过地狱的窗口——

你撞向一片坚硬如墙的灰色

以你彗星般的头，以你无声的呐喊

或几声哈哈大笑

以你加速运转的重力

在整个宇宙中——也在我这里

撕开了一个无底洞……

啊暴烈！生命的伤痛和脆弱

我们又怎样把这伤口捂住？！

一排浪又一排浪

一排浪又一排浪

向你涌来

一排浪一排浪

又被大海收回

一排浪又一排浪

带来阴影、空气和水鸟的

几声鸣叫

一排浪又一排浪

带来凉风

一排浪又一排浪

将吃掉你的眼睛、嘴巴

如果你一直坐在这里

一排浪又一排浪

会兜头灌入你的梦里

如果你起身离去

一排浪又一排浪

它要求你把自己

一点点倾空……

忆陈超

那是哪一年？在暮春，或是初秋？

我只知道是在成都。

我们下了飞机，在宾馆入住后，一起出来找吃的。

天府之国，满街都是麻辣烫、担担面、

鸳鸯火锅、醪糟小汤圆……

一片诱人的热气和喧闹声。

但是你的声音有点沙哑。

你告诉我你只想吃一碗山西刀削面。

你的声音沙哑，仿佛你已很累，

从那声音里我仿佛可以听出从你家乡太原一带

刮来的风沙……

我们走过一条街巷，又拐入另一条。

我们走进最后一家小店，问问，又出来。

我的嘴上已有些干燥。

娘啊娘啊你从小喂的那种好吃的刀削面。

娘啊娘啊孩儿的小嘴仍张着，等待着。

薄暮中，冷风吹进我们的衣衫。

我们默默地找，执着地找，失落地找，

带着胃里的一阵抽搐，

带着记忆中那一声最香甜的"噗啾"声……

我们就这样走过一条条街巷，

只是我的记忆如今已不再能帮我。

我记不清那一晚我们到底吃的什么，或吃了没有。

我只是看到你和我仍在那里走着——

有时并排，有时一前一后，

仿佛两个饿鬼

在摸黑找回乡的路。

沈浩波的诗

沈浩波

我在你的身上寻找

　　——写给儿子

任何时候扭头看你

总是忍不住

像看一种

既神秘又亲切的事物一样

凝视

从你眼中长出的每一片树叶上

寻找我的痕迹

那些并不容易找到的我

像慢慢浮现的星星

一颗颗

被你擦拭得明亮

我在你身上

找到了一堆我

这让我有时欣喜

有时羞涩

有时又自责

而那些既不属于我

也不属于你妈的部分

让我激动又困惑

像是老天的新发明

又像是宇宙和你之间的

一个小秘密

在太阳底下

你新鲜得无解

她的月色

我对生一个女儿，并且看着她长大这件事

完全没有把握

我不知道这将是一个怎样的过程

如同月光在晚上，透过窗棂铺在客厅的地上

我沉浸在她的皎洁中

她仿佛只是来告诉我

世上有这样一种如水的光

将我照耀

但注定不属于我

有时我好奇地看着两岁的女儿

她每天都比前一天更强烈地吸引我靠近

我拥抱她娇嫩的骨肉

亲吻她杏仁般的脸

越是这样的时刻

就越是能感受到

我和她之间

有一种比上帝还神秘

比空气还透明的距离

这是一道温暖的深渊

如同太阳和月亮之间

如同月亮和我之间

我小心翼翼地感受

却不可能把握

她灵魂中的

那轮明月

她飞快地成长，如同明月在天上行走

容颜每天都在改变

光辉越过我的手掌

洒满整个天空

她将战胜我如同战胜黑夜

纸　船

我很悲伤

在这夜的温暖的流血的床上

握着你的乳房，我很悲伤

我很悲伤

亲吻你的嘴唇，我很悲伤

爱如刻痕令我悲伤

你如我心头之肉令我悲伤

液体般的幸福充溢宇宙

我将在此刻沉睡

睡眠像一艘纸船令我悲伤

我的悲伤来自遥远的星辰

那永不消失的

荒凉的气息

人生漫长，爱将永存令我悲伤

蟋蟀的叫声被我遗忘

此刻我如此爱你，又如此悲伤

漆黑的纸船，漂浮在雪白的海上

岳父在我的书房

岳父住进我的书房半年多了

我每天都能看到他

我和他相处的时间

比岳母和妻子加起来还多

那年他被推进火化炉前

我帮他换上黑色的丝绸寿衣

抚摸过他冰冷的骨头

一个男人和另一个男人

修炼多少世缘分

才有资格亲近他的死亡

抚摸他不属于人间的脸

岳母和岳父关系不好

不同意把遗像挂在家中显眼处

我自告奋勇

将老头儿的照片搁进书房

倚墙放在左手边的桌上

我有时会对他抱怨：

"你女儿和你一样脾气暴躁

这事儿你得承担责任"

老头儿笑眯眯地看着我

拒绝认错

但我很晚才理解

一喝酒，父亲就会

把自己说得像英雄一样

我从很小的时候

就为此觉得羞耻

我知道他不是英雄

7 岁的时候就知道

那天夜里路上黑漆漆的

父亲骑着自行车带我回家

一对年轻人领着一条大狼狗

在马路上散步

狼狗突然扑向坐在后座的我

幸亏父亲紧蹬了几脚

父亲很生气

停下车质问那一男一女

但那小伙子非常蛮横

父亲嗓门很大

小伙子嗓门更大

父亲的嗓门就渐渐小了下来

最后变成哼哼冷笑

不断地说

"我认识你爸爸

我认识你爸爸"

羞耻感在那一刻

像电流一样击中我

一个男人怎么能在自己的儿子面前

表现得这么懦弱？

这是我 7 岁的事情

居然一直记到今天

懦弱的父亲

在那个漆黑的夜晚

因为对儿子的爱

愤怒地冲向一条大狼狗和一个壮小伙儿

这才是事情的本质

但我很晚才理解

旅　程

我和父亲

走在寂静的路上

走在深夜

黝黑的额头

我们上了一辆

末班公交车

车厢里有一种

属于我和父亲的空旷

父亲喝了二两酒

脸上有一层云霞

灯光下仿佛害羞

他紧紧握住扶手

我知道他在

努力克制醉意

用严肃的表情证明

二两酒没什么

他用坚定的步伐
迈出下车的那一步
克服了脚下的软
重新走入夜色

他走得飞快
用速度
克服已经
开始摇晃的身体

穿过红绿灯时
有车从远方开来
我感受到他的紧张
像渡过惊涛骇浪

他走得太快
将我拉开一段距离
我从后面看他
夜色中瘦小而踉跄

这是 70 岁的老人
深夜醉酒的旅程
他在不断前进

仿佛倾尽一生

当他肩头滑向左侧
右脚就站得更稳
当他身体前倾
脚后跟立刻停顿

薛刚反唐

只要有时间
我就会给儿子读书
7 岁时
给他读《夏洛的网》
8 岁时
和他一起读
《希利尔讲世界史》
我读一段
他读一段
儿子依偎在我身边

我知道这将是他长大后
能够记住的幸福
拼尽全力
为了他能
多一些记得住的此刻

有时我会怀抱恐惧回忆童年
在那些被弄丢的记忆里
我在干什么？
一个怎样的小孩
在享受怎样的甜蜜和忧伤

大部分时光都变成了空白
那些我，那些藏在
每个不同的时刻中
和现在的我
躲猫猫的小孩
再也不会出来
仿佛死了

但仍有一个我
幸福的
活到现在
他大概 7 岁吧
和妈妈睡在一起
喜欢摸着
妈妈多肉的耳垂
每天晚上
妈妈给他读一段
《薛刚反唐》

为什么死去的都是父亲

我小心翼翼地问张嘉佳：
"你父母的身体都还好吗？"
其实我是想问他的双亲是否都还健在
嘉佳说，他们都挺好的
我一下子觉得心情轻松了很多

在我们这个年龄
很多人都已父母不全
我妻子的父亲
5年前突发心脏病过世
和我一起开公司的伙伴
他父亲8年前因癌症过世

我们都还不到40岁
父母过世的比例已经很高
我忍不住说："在我们这个年龄
双亲都还健在，真好。"
耀一坐在一旁猛点头
真好，看来我们三个的双亲都健在

我问耀一老家在哪里
耀一说自己是土生土长的南京人

"是吗？那你家怎么躲过南京大屠杀的？"

耀一说："不知道，没人告诉我

我父亲在我一岁的时候就去世了。"

余怒的诗

余 怒

夜行者

大街上很多阴影夜静得

像可以伸手抓住令人想到

陷于雕塑里的马的运动感或

被抑制住的一个哆嗦或静电

我和朋友们喝了酒摇晃大笑唱着歌往前走

今晚的酒真好我们的身体是玻璃制品透明透亮易碎

我们举着它们从冷到热循环往复它们是我们的标本

感觉街道两旁的大楼太高了高不可攀会不会一下子

失去平衡呢"楼脆脆"无名冲击波某种电影效果去爬吗

感觉这一刹那很多手曼舞抓挠而

垂直的墙壁在不停地朝下滑来自视错觉

我们的前面有一个年轻男子又瘦又高穿着

白色裤子走在斑马线上频频扭头朝我们看

我们的声音低下来开始回旋被莫扎特充满

自然法则

早上的短尾雀难以捉摸

无故在空中来了个侧翻

空气被压缩产生动力我知道

鸟儿也有同我们一样的直觉不受自然的摆布

这个情景你看到了但谈不上有什么意义除非你

原先是哑巴现在学会了一种外语用它说话唱歌

早上我是个害羞的附体者附着在谁身上谁也不要

介意这不过是表现主义风格之一种不同的性别没什么

栗子树下一个化完妆的女人在自己身上画曲线很多

栗子垂挂她比画着胸围腰围臀围吃吃笑

刚刚睡醒她分不清大和巨大确切地说那是

宁静包裹的幽静

反语言

我坚持向单眼皮苗条的银行女职员

介绍完我自己再递上手中的三张钞票

它们的面额是 10 元的这引起了别的储户的不满他们

排着队站在一米线之外嘀咕着什么昆虫

探着头往外爬什么怪物你用放大镜看蚂蚁身上的纹路

存完钱之后我想回家洗个澡顺便想一想伊壁鸠鲁

在元旦的痛苦时分我喝下一点儿酒吞下两片

米隆丁躺下来接受陌生人的抚摸

想到我以前的诗歌那是关于恐惧的艺术被

脱掉了裤子的儿童涂鸦一文不值我开始怀疑

自己的痛苦我应该生活于亚马逊水下像电鳗或

迷路的海洋生物蜷曲在一块断裂的大石头上不像现在

我的诗是反语言的

继续存在

二十岁很感性

把所有莫名其妙

的烂情绪都称作孤独把

军人称作孤独的坦克它们带来

许多新鲜的炮弹直径很大估计射程有 100 公里

我在家中等待空袭祈祷做一名基督徒看窗外穿着

短裙的姑娘们放鞭炮其中一个裙子被

炸出一个洞其他姑娘大笑如同粉碎了一个

秘密一般高兴我决定马上爱上她并和她一起放鞭炮

像鸵鸟蛋里只能孵出鸵鸟一样绝对

这个傍晚乱我心者

走着走着身上热起来不如绕着

一棵树跑这是亚热带常见的树

落叶乔木悬铃木科十一月它会开花

花瓣呈六角形可现在是三月天气阴冷

绕着它跑一圈仅需要数秒钟树干笔直纤细如果在

一首诗中写到这棵树我会怎样描述它从树的

分叉谈起还是从树冠的形状树脂的分子结构谈起

用什么样的语法动不动感情你们不懂我的语言

天黑了周围多出了许多无名的物体麻雀

树枝上铁塔上一只两只三只四只五只

但不是麻雀

我将帽子抛向树梢根据帽子

是否落下来决定是否继续跑下去

自然力

每天可能有 300 人想见到我而另外

300 人不想见到我这十分自然有的感觉

传送不到大脑你可以假设一个注意力集中于

双腿的老男人从小酒店里飞奔出来将

半瓶啤酒倾倒在我的头上并向我问好

走过一楼至五楼人家时我依次朝门里看

什么都看不到凭想象吧我明显感到自己老了

围绕我的自然力正在衰败我只能听到从左耳

到右耳的声响持续 3 分 45 秒再远一点就听不到了

夜里我饿了我抓起一本书我是中国人被拉丁语催眠而缤纷的

荷兰语总让我醒来那里玻璃橱窗里鹿特丹小姐正在抚摸自己

但也可能是自我陶醉

元 诗

夏日炎炎没人在意牙齿因为羞于

整天琢磨吃什么怀着实习医生的洁癖

突然想起狄金森和米斯特拉尔我不喜欢她们的诗

将一团废纸扔进嘴里嚼碎它们

我只关心我的消化系统嗓子胃因为它们经常

半夜疼痛它们比诗重要

出门时我听见楼梯上一个叼着香烟的胖女人与一个

穿着竖条纹衬衫的高个女人在交流雨天的感受而一个上楼

一个下楼我从中间穿过她们

女人们喜欢夏天并在夏天的大雨中重新认识事物

潜泳时短暂失明海水呼啦灌进耳朵还是不愿抬头

身体各部分的迷茫各有各的秘密各有各的局限

被闪电击中过的人

我想问问他的感觉

不过是一种小情绪划破一个句子

破碎的句子击中一首诗

10 月 13 日心神不定

常常是远处天空最先露出

撕裂的迹象那还不是闪电

夜空区别于其他时候的天空像独自

一人时思维骤停的大脑清晰湛蓝无限

它没有实际意义却可以安慰我们由一个

健康的孩子转述一个聋哑孩子的心愿

在菊花丛中打滚治疗头晕和心神不定

热的肢体感受湿润菊花的疏密起伏

你还记得你的欲望吗年轻人以及

它的具体形式它的疯狂虚弱宁静

在颠簸的路上用手机悄悄录制她的

话回到家中洗过澡身体未干放给她听

用语言纠正彼此的直觉但只说简短的几句或干脆一句不说

远处天空一颗冰冻星星

红衣服

早上我穿了红衣服

不用说这一天我都会开心

这是天然的红色

番石榴红它的意思是你并不孤单

有人说只有神秘主义者才穿红衣服这是

什么话炼丹士的逻辑这小子病了隔着玻璃花瓶我们

面对面他嘻嘻笑着口齿不清

这是周期性循环的旧欲望

与刚刚产生的新鲜的欲望面对面

他的房间里养着金鱼他是个单身汉充满幻想他

写过论拉康的论文还写过诗现在他被

一只蜜蜂追着满屋子跑而我坐立不安

我不是神秘主义者但我害怕自己的迷狂

这是个物理世界一个人若战胜不了浮力就会

淹死像那红袍金鱼静静躺在缸底它也穿着红衣服

那是什么

下午接着犯困于是咬一口苹果

为表示苹果的清凉性质我在纸上画一个

透明的苹果悬垂于空中这令我想起了她

当她还是个姑娘的时候她长得很快但现在慢了

一次我做胃镜全身麻醉她在我的耳边轻声问我

你会不会真的不愿醒来我们是否应该只爱完整的世界

接下来我画一幅苹果的透视图

四个不同的剖面让我们重新认识苹果及其构造

这一段时间我老是犯困老是感觉天空在不停地掉落什么东西

注意力训练

整天把注意力集中在

一个旋转的东西上很难

螳螂的身体互相叠加而这么做

的结果是跳动与跳动互相牵制

在马路上我看见一个孩子边走边盯着他的手掌

手掌上有什么只有手指而已

不言而喻我的诗在一个由花粉和花蕊构成

的系统里但它不是菊花和槐花不能与人分享
我们体内有一颗卵不是仇恨那是窝在家中的
布沙发里打的那种瞌睡类似曲颈藏爪缩小一半的猫咪
小中的细小
以至无法定义
由此观之在桥上寻短见与在书中忘我是一回事
夏天我喜欢塑料制品的气味我躺着将一张
塑料薄膜弄湿平摊在鼻子嘴巴上睁着眼睛呼吸感到喜悦

一天的仪式

在大楼的阴影里站立一个时辰每天早上
具有某种仪式性等待新的循环看看路边树木看看
排队等候公交的人们他们的脸
瞥见一只左右晃动的肥胖麻雀在屋檐上一只
黄嘴雏鸭被拴在一张矮板凳上在杂货店门前
它一圈圈绕着板凳跑绳子越绕越短后来无法动弹
明白本性是什么异教徒的眼泪望远镜里看到的星星
看起来比真实的星星大如果你想了解个中玄妙就去观摩
女哑巴们跳千手观音舞手和手重新组合
的手眼花缭乱它们的影子你不能再称之为手
在破碎时光咖啡馆我喜欢坐在固定的位置靠近一扇
大落地窗从八点半到零点保持一种姿势一只手搁在
桌子上一只手托住下巴惭愧得很我只有两只手
没有动一下的欲望直到最后一批客人起身离开

孙磊的诗

孙 磊

雨 夜

取决于意志，呼告。
每夜陷入软弱，每夜转移对奇迹的注意，
每夜，雨可以大起来，
也可以像统治一样无声。

两个乍看起来对立的、相互排斥的人，
依偎在一起，这是否证明了自由的昏聩？
还是一种尖锐从两人身上同时
指向道德？

指向稠密的雨。夏天，
它追求过的轰鸣死在不远处的站台上，
它从班车上下来，
把虚无变成永恒的必然。

北　京

恪守终极，反复的怒，孤军式的加速，
突然，雾在傍晚散去，带着暴动的密度。

带着离散之心，就像在出生地成为
客居。故乡作为刀使人越来越冷。

不冷不是汉语。今天，词的真实
就是真相，需要一种石质的真相为此地证明。

证明仍有人沿着归途拒绝国家，
沿着毁灭拒绝死。

但两条路之间，总有一两株开花的芙蓉
移步过去，异象却如同无声的细雨。

一个惯于痉挛的人，属于刀科
我始终相信那些刀尖构成的平面

才是家，才可以无畏地避难。
也许灾难真的如你所说：它来了，已经来了，还在来。

所有的归途

船。海上。秘密。
沿着波浪，记忆一直
延伸。到
多余的屋顶。

一次故国，两种地狱

居民楼
在照片和指纹的空中，
成为望不穿的玻璃。

一个饕餮之国，
生翼，杂交，集权。
在黄昏
忍住落日。

一次暮霭，两遍陌生

此时，寂静混同于美
如此残酷
而嘶哑。

取　向

出门。夏天。
迎面是团结中的热浪。

它经常被引申为一种观察，
不远处，它盯着几乎所有的人。
它所排斥的雨软塌塌的，
半空中就灭了。

而雨在傍晚实际上是一种蛮力，
剥夺使主要的街道
斜向更低处。

夏天去散步
是去等一次爱。去违背。
去歪曲这一生。

至少，也是去认领一叶之荫，
小心翼翼地沿着树影回家，
沿着多次失明的路。

几块石头形成的阻力
让我由衷地感激。

它们懒散地列在那儿，
它们的寂静。
迫使我的尊严凉下来。

迫使我要求自己，
每天必须全神贯注地颓废一次。
让一些体温滑出肉欲，一些罪
现出金属的质地，
现出锐角，
它在说服了一部分恨以后，
高声呼叫自己饿了。

存在之难

那是不容分说的勇敢，
愚蠢的僻静，是一张纸
迎向它的供词。迎着
笔的尖利。
和呼吸中上涨的河。

始终有一个力在暗处。
雾不重。它就要求更多的迷惘。
它需要沿岸。需要罪。
需要更多的生活，从具体的出发点，
释放出喋血斑斓的另一面。

在望京。时光被反锁在
众人的肺里。显然它有很多哮喘的灯，
很多卡槽。而且
在与迷途长久的对立中
它有额外的痉挛。

生活就是从这里
释放出镁。它看上去多像
一个单数世界的闪耀。
孤立因此也近似一种权力，
猛烈。暧昧。疯。

而就素食而言。
我所在的崩溃，
还不能克服瞬间的傍晚。
我所努力劝阻的消费
仍是固执的、薄雾的、反刍的。

今天。我决定去散步。
它常常提供壁垒、缝隙、隐身衣……
它让我以一个旁观者的身份
"高声写作"。虽然
我只同意其中的减法。

在的。无名的在。
求的。无所求的欲念。
一直用推论将我推向一面镜子，
推向它的深处，
更激进，
并带着更多的拒绝。

说不上什么

一块石头，在雨中
软了下来。
一些衣物，一些冷
一些变松的、年老的额。
说不上什么分担，
这么多年，在额上
阳光说不上密集。
雪说不上荣耀。
爱抽芽，开花，也说不上曲折。
爱当然有些阴影，说不上清晰，
但能够辨认。
呵，那团雾。余波。
活跃着连绵的紫藤色。

我想说我接下来看见的，
低压的一年，

黑沉沉的街道，冬天，
停车场，过敏的密码号，
钳子、药片以及
衰弱、冷僻的交通图，
说不上破碎，在雨中
说不上摇晃。我信任、呼唤它们，
被它们听见，日子一滴接一滴地落，
说不上晶莹，说不上颤抖。

一个曾让我耻辱的人把另一场雨
下到我身上，说不上疼。

在额上，这么多年了
我只得到噪音。
十月，不能呼啸而过，
不能将这场雨像从泥巴中
抠石头一样，从眼里狠狠地
拔出来。

风吹我

风吹我，像吹一件破衣服。
风呵，用滴水的轻吹我，
用沙漏的慢、
绛紫的青春、青春的远。

吹动我，一根爱着的草，

疯长的绿。风吹我，

用一个夜晚吹向昨天，

用思想、煤、萝卜吹向

庸倦的时光。我绊倒在那里，

风的门槛，悲伤的树，

或者足够用来沉默的电机。

那些火热的过去，让我倒向它的沉默！

风吹我，吹碎银子的风，

今天吹碎我的孤单。

橱　窗

我慢慢地在街上走。

我停下来。

我掏出烟点上它。

我盯着橱窗里的丝绸。

我敲了敲玻璃，它轻轻地响了两下。

我指着丝绸上燃烧的色彩。

我仿佛仍是热恋中的孩子。

我知道那些灿烂的街道上有爱人的呼吸。

我感觉到颤动……，隔了一会儿，

我渐渐平静。

慢慢地我又向另一个橱窗走去。

宇向的诗

宇　向

每一个真正的人

每一个真正的人
都是立在这星球上
由神的起重机
在魔鬼的深度里
垒起的高楼大厦

魔鬼袒露的秘密
有着一种向上的诉求
而从 N 层到底层
每一层都宅住一个神
每个房间都降下了
神的小孩

每一个真正的人

都渴望高高站起
在恰当的地方
他召唤和哀号的剪影
是月下孤狼
刺向闪电的剪影

每一个真正的人
都渴望先知般
截获神的字条
饮下第一滴雨
在清晨最早的阳光中
一层一层醒来
（像一条被光捋顺的蛇）

并在漆黑的夜里
最高的和那最低的呈同一水平

远

我曾倒在
登珠穆朗玛的路上
12 年后
我从喜马拉雅头顶
缓缓飞过
从远开始的远

又白又冷

我曾倒在那儿

高原上，指尖触碰星星

"远"是垂首。刺目。寒气逼人

西藏是一种远。蓝毗尼

是远于西藏的远

童年是一种远

裹在暗红丝绒里的望远镜也是

寺院是一种远

相爱是。深海是。墓地是

咫尺是。一个人是

离世的心是

我去过很多很多的远

新的远离弃旧的远

真的远

在更远的远处

沉迷不语

你走后，我家徒四壁

我的家曾是一座坟

堆满死人的书

我读书，是给他们

狂热地，给他们

直到你循声而来

把这里栽成一朵巨大的花

那时，你身无分文，心为圣徒

还信着我的神

你在此点燃炊烟。筑建农园

研墨。浇灌。放牧。旋风般撕碎猎豹……

那时，诗行是噬咬着的

上一行成为下一行紧紧的

不能分开

那时，你无名，我便爱着空旷

像爱着濒死人的心，以为我是你

那时，仅仅一次，就能道尽终生

如今，诗行保持绝妙的平行

我衣袖尽空，跟别人没两样

人行道上站着一个老妇

她站在人行道上，好像

在等我

没错

在片刻的意义上，以及

在一个凝固的

场景中。"等"

是如此的真实

一边是人。另一边
是其余的人

在关闭的屏幕上，你看到

一个独自在家的人
一个伟大的演员
一场蹩脚的室内剧

一个所有角色的扮演者
一个众人
独自的众人

一个人，众所周知

信

每天都有一些信在途中遗失
它与不信有关
它被风吹进树林，吹向
林中的坟地、墓碑以及碑前的
枯枝败叶
经过光线，它弯了一下
把死亡吹成一个美妙的时刻

每天都有一个美妙的时刻

它与信有关

它落向焚烧的落叶。落在

乞丐指尖，落得下落不明

或被狗叼着，进入

动物世界

每天都有一封美妙的信，落在

雨中的路面

就像脚印

尘世被一步一步走远

如果我，今天死去

如果我，今天死去

我的儿子活到六十岁的时候，我会成为他的女儿

他把我揽进怀里，抚摸我油漆斑驳的外壳，想我该是高龄的华发，老泪

纵横

如果我，今天死去

我儿子二十岁时，我是他梦想的情人

他用鼻子闻我，捧着我薄薄的诗集，却不翻动它，他早已熟记我所有的

诗句

如果我，今天死去

我的儿子三十岁了，而我是他一生的挚爱

这永世的英雄，一只手就能把我托起，坐上他的马，他要带我游走天涯

女巫师

我高龄。能做任何人的祖母

当我右手举起面具

左手握住心，我必定

货真价实。拥有古老的手艺

给老鼠剃毛。把烛台弄炸

被豹子吞噬。使马路柔肠寸断

分崩离析那些已分崩离析的人

我懂得羞涩的仪式

会忍痛割爱。当太阳自山头升起

照耀舞台中央的时候

我就是传统，无人逾越

当我把祭器高举

里面溅出幽灵的血。是我

在人间忍受着羞辱

我是思想界最大的智慧

最小的聪明。调换左右眼

就隐藏了慈悲和邪恶

而在每一个精确的时刻

我到纺织机后配制泪水

把换来的钱攒起来

现在我打算退休

成为平凡无害的人

撒　旦

一生我做一个祷告
配置我。使用我。一个完美的奴隶
但我的主仍未察觉
我变得如此具象，忠实如狗
所以我，仍被弃置
不，这也是谎言
我被逐步引入暗处
潜心追求真理

周公度的诗

周公度

容我叹口气

……娘，容我叹口气。

这口气本应在夜星的天上，

有咱家菜园的影子，

却一直在我的心里。

这口气的形状——

与你给我的心，完全不一样；

它像住在咱家的狗的脚掌隙里，

咱家的狗也要踢脚甩开咧。

那——这口气，

就只能住在我的身体里。

在天上的娘，你给我的身体，

我叹口气就想起你。

一封信

这一封信不寄给你
不寄往这人间
我要寄这封信到死神在的刹那
告诉他切勿忘记来临之路

信使不是你的家臣
我要使用他尽情淋漓
让信中的所有呈现于他的脸上
直到他自言自语

"此人心灰意冷，死不足惜"

我要让这封信中的冷结出冰凌
让信纸的白附上霜白之色
让每一个字的寒气使寒风羞愧
让信使寸步难行心痛哭泣

我的心意即是如此
这封信不寄给你
不寄往这人间
我要让死神见到信使的刹那说出

"啊，你什么时候带我去"

通知哭泣即将来临

我要通知一万个人：
今天有个中年人来
他让我不要告诉你们
"我要哭一会儿。"

他以为他擅长哭泣
这次又临无赖的中年
难道如此意义非凡？
自恋反复喋喋不休。

嗬，这个中年的蠢货
全世界唯一信得过我
但我怎么能够辜负你
你们这不要脸的一万个人。

有些时刻我仍然流泪不已

虽然我年近中年
但有些时刻
我依然流泪不已。

空置的房屋，只行的草虫，
遗弃的微物，古代的石雕。

它们都让我屏息

悲从中来

每一次都是如此

天上的游云，夜晚的芒星，

角落的蔷薇，梦境中的你。

片刻的闪现刻入我心

纵使中年迫近

我依然不能无动于衷。

裂星海胆

……深埋海底吧，

水流移动泥沙，

掩埋海草，花形的心，

与浮过水面的鱼。

直到肉身消失

直到肉身消失，

你都在我的体内。

在醒来的刹那，

在入眠的叹息，

在鞋子触及的每寸地面。

但直到肉身消失，
你才离开。
你漂浮于我的上空。
我上空的云朵飘到哪里，
你就驻扎在哪里。

萨特信笺

这封信只有一句：
"你是我的唯一"

以我的深吻封缄
请分别送至——

米歇尔·微安
海莱娜
卡尔曼·科隆巴
万达
我的养女奥莱特·艾卡姆
和西尔维·勒邦

还有你
西蒙娜·波伏娃。

落款：

Jean Paul·萨特。1980。

悬　崖

山谷在期待什么
海浪在梦见什么
你坐在悬崖的边际
请你告诉我

不要为我描述风景
不要记录每一刻
不要说你的绝望
不要说你看见她哭泣

我只要你告诉我
她跌落悬崖时
她的心是否已死
给我她的死心

深夜之歌

对于那些往事，
羞耻多于甜蜜。

钟表分秒紧迫，
警示人生有无限的格局。
尘世的他端，
琐屑、荒诞、无措。

紧随在空洞的
浪漫词汇之后——
那无边的羞耻，
从未自心中离开。

在所有需要逃避的时刻，
应约而现；
它击打我的膝盖；
唾弃我的尊严。

你我并未呼吸
于云朵之间。

森林之内

这附近肯定有一条河流；
绕过最粗的那几棵树木，
也许我们便能够发现它：
它安静但仍激起了波澜。

如果我们逆水流的方向，
缓慢上行到兽迹渐多处，
也许我们会看到两个人：
他们在搬运筑房的木料。

那几近完工的泥坯墙体，
院墙以草的高低来分辨。
也许这两个人并不存在，
他们根本没有招呼我们。

待日暮林内的幽暗升起，
他们停下来坐进黑暗里。
我们解开石头上的绳子，
然后乘小船顺河流而下。

有一天

有一天，你会死
死在这里
或者那里
再也不在此生
挂念我。

你把此生抹去

你的计划已久
一点一点去做
从骨髓到心
从不迟疑。

你死后也要
浮于天宇
星日辉耀
你看得见我
在灰尘中

泪水连心
心连不到天宇
隔世的眼睛里
你在身边
我找不到你

有一天，我会死
死在这里，
或者那里
死在一个地方
不再梦见你

黑光的诗

黑 光

爱一个人

爱一个人就陪着她

不管层冰堆雪梅花涌出枝条

梦一个接一个地造

早晨喜鹊中午麻雀晚上夜莺

说这话的时候我正在建造欢乐谷

尔后成为一堆木柴

为她放出烟火

用一生去憔悴

这时是我郁闷地坐在一片小树林里怔怔望着

一个倩影离去慢慢折弯手中的小树枝

爱一个人就离开她

愿她春天枝头起舞石榴裙

愿她夏日生养许多情色小儿女

愿她梦里能听见海岛上一只琴鸟演出

这时是我骨头再也支撑不起自己

我的欢乐全部在此

一只鸟独自在湖泊波浪的水面上飞
孤独的美妙
我想是它找到了自己
我想当它回到鸟群中
就像一盏灯在黑夜中

车　上

三条电线在窗外飞
从山下
沿着斜面
望向山上
庞大的展翅
速度是一种幸运
人生相逢臭如车上相别
一路草木
看见只是看见
不记忆
眼前的真实是
对床睡着一个中年女人
上铺那个青年在玩手机

我端坐在自己的铺位

注意着鼻孔气息的进出

我们没奔跑

却已然奔跑在这个世界上

有所悲

这世界上还有什么是神秘的

说到伟大，已是愚蠢

说到高尚，不如在路边放一张凳子给人坐

一路树木随缘存在

而我有太多的人类之想

悲剧是手术刀在划

而自我已从麻醉中清醒过来

村夜之一

电扇叫出碎铃铛的声音

千万虫鸣压低音阶

半夜里我聆听这些莫名其妙

觉得门前土生土长的绿白菜可以有另外的解释

星星可以坠落一些

城市可以再远一些

鸡鸣可以再亮一些

个人可以再多处膨胀一些

村夜之二

白天家家院墙相隔
入夜天上长出亮晶晶的细菌
村子里唯一有情欲的女人
长着一头黑直直的长发
屋后青竹不吐花蕊
一吐即死
月光的营养里虫鸣细碎
不知哪家院门悄悄开了
一个狗影溜了出去

起早了

起早了，光阴过剩
谁的梦？蜷缩在树杈间
月亮还在回望
一个人的孤独感

我在这人世间不过匆匆
一个意识，一节响声
他们尽说荒诞
他们说话的周围全是建筑

他们是电线上的麻雀

而我是树枝上的

我乱乱的

蒲公英随风飘落到哪里是哪里

大望公园

车声灌满的大望公园

我坐在声音的缝隙里

或者是我被声音夹着

像植物一样不愿说话

它们被安排在噪音里

也是无可奈何的事情

比之它们我有无根的自由

声音有弹性我可以四处走一走

比之我它们能四季常青更有耐心

它们努力努力

始终保持一群青绿的样子

我不敢说我今天高兴着明天也能高兴

公园里有个小广场

每天黄昏后都有一班女人来此跳舞

她们被音乐的节奏鼓捣得很快乐

透过枝叶灯影看去

这人间还真似有一些幸福

思维论

她说他像竹子
我一看，真像竹子
他说她像菊花
我一看，真像菊花

他戴着黑手套
我想到江湖
兄弟们聚在一起
破坏一个旧世界

他说白色白茫茫黑色黑越越
黑白全无
我把这话勒上绳子
溜出来一轮红日

雨

雨一直下着
一个人在屋内
一边喝茶水
一边想雨里有什么
有什么呢
有寂静

有飞奔

有抵达

有鼻子

有我说过的一句话

它伤害了你

从此倚窗而望

雨

是奢侈的时光

是重现

是荒芜渡

渡荒芜之人

是天空还乡

飞鸟飞回

山川待醒

我走进雨中

淋了一会雨

以便适应那

湿淋淋跑来的人

唐不遇的诗

唐不遇

潭　经

背对着瀑布，坐在岩石上，
水流从脊背冲刷而下，
骨头想哇哇大哭，
深绿的潭水
紧紧收缩着。

在别的女人的子宫里
我再也没有听见
儿时第一声哭泣的回声。
我成熟的肉体，
睡觉时依然蜷着。

在另一块岩石上
一条蛇，犹如瑜伽大师。

当它直起身子，潭水

一阵猛烈阵痛，

一尾红色的鱼跃出水面。

诱　饵

河流喜欢你的身体，鱼也喜欢。

你握住一粒赤裸的卵石

突然跳进水中，

白云被高高溅起。

此刻，一个红色的姑娘

在上游洗衣服。

那长长的波浪般的辫子

在她的胸前晃动着。

即使河水很快就会变黑

你也要游向深处。

在黄昏湿漉漉的天空

月亮只不过是一块诱饵。

结婚纪念日

在熟睡的天花板上，

一只蓝色的水母呼吸着

慢慢变成粉红色。
一对翘起的莲蓬喷头

用它们的光沐浴我。
而你披散的长发
对于我仍是太多的秘密，
用柔软的鳃吻着我，

犹如湿漉漉的夜晚
月光被撒进海里：
网拉上来时也许一无所有
却带着海水的重量。

鱼 龠

月光被大海的凸透镜
聚成一堆火。秋刀鱼
在夏天的夜晚成熟，
珊瑚渗透出细细的盐粒。

他们中有些人已经爬上山顶，
变成野菊花开向海滩。
我们坐在远处的黑暗里
不停地干杯。

我们的泡沫在胃中卷向
一块冒烟的礁石，
一头神秘的海中巨兽。
大海没有门，只有一把锁

挂在空中。在我们离去之后
一个失眠的炼丹师
在海滩冷却的烧烤炉里
从灰烬中炼出火红的钥匙。

洞　穴

整整一小时，我才抵达
这里。我喘息着，
举起闪电擦汗。山谷里，
石头和树木一起生长，

冷漠而又欲火焚身。
一座倒卧的高楼，
只有碎玻璃
在敞开的窗户里拥抱。

如果我能进入你的洞穴，
脱下风衣，熄灭
燃烧的黑暗，

我们就将一起回忆：

在遥远的家乡，一只鸟
伪装成灯泡
吸引飞蛾——整夜，
它散发的都是饥饿的光。

耕种者

他从狭长的田埂上重又站起，
弹掉最后一截烟灰，
把坚硬的土块仔细敲碎
成为夜晚。风在他的身体里消失。

一束光正努力吸收黑暗的力量。
他不再是独孤的上帝，
只是这片田地的主人
关心每一个季节的收成——

他是所有耕种者中最勤劳的
用闪光的锄头翻着永生的死亡。

活　棺

关于树，我想它们更适合成为

活的棺材，而不必被砍倒，
被双手灵巧的木匠精心制作，
被莽夫横着抬进狭窄的洞穴。

死，只是对世界的垂直感受。
它的皮肤看上去那么孤独，
那么粗糙，乐意被人用小刀刻上
他人的名字或动人的表白。

每次遇见一棵树，我都看见
那里面站着一个人
正踩着年轮那越来越窄的旋梯上升
直到和每一片叶子融为一体。

有时我渴望打开它们的身体，
比如，在一棵苍老的树里
挖一个比树洞更深的洞穴，
然后活着走进它，走到最深处，

和它一起感受风中那神秘的战栗，
一起度过漫长的弥留时光。
我甚至把斧头也带进去，
让斧柄和人世的锋芒提前腐烂。

枯　枝

在这棵大树上岔路繁多，
每一条短暂的小径都通向悬崖。
在一个孤单的巢穴里
那只死亡的鸟正等着我。

从它身上掉下一根
弯曲的羽毛，和我脚下的小径
交叉成唯一的十字路口，
然后，夜色才降临。

草和石子继续涌上小径，
而我像风一样踏上羽毛的道路
轻飘飘地上升——

当我慢慢靠近它，犹如靠近月亮，
我听见一截枯枝
啪的一声，仿佛骨折。

火　焰

在一个冰冷的城市里
在玻璃窗的俯视下，
我亲吻这些玫瑰和睡莲，

它们就像诡秘、

迷途的火焰。

跟我来。

揭开雪白的被子，

在黑夜躺下，

蜷缩成一个种子。

灵魂仿佛潮湿的木地板

微微翘起。

跟我来。

我和死者

开始交换世界。

他们永远不会复活，

但会拥抱我，

用另一种语言

向我飘飞的血液致敬。

花　冠

你躺在地下，泥土从你的身体

上升。深夜，你的名字

带着两三片花瓣，回到幽暗的茎中。

它们用秘密的声音告诉你：

逃离墓穴的唯一方法

就是化作一株植物，

穿过绿色的铁丝网，在坟上生长。

然而，早有一个陌生的灵魂
在你躺卧的地方扎下根，
用力攥紧蓬松的泥土，
直到你的梦变得坚固无比。
你的眼睛透过另一只眼睛观望星空，
你的手握住另一只手
轻轻旋转着花冠，就像万花筒。

幽灵飞机

吕布布

像飞翔的荷兰人那样，我假设了一架幽灵飞机。以它的视角，铺设几条线路。节奏慢慢推进，不断缓冲，有些节奏对叙事稍有破坏。外在结构上为螺旋结构，像一个不稳定区域，如同滇缅战争时代留下来的一些不安和矛盾仍然未结束。（2015 年 1 月 25 日）

楔 子

这架夜间出现的幽灵飞机，
熟稔作战方程式，
更深知失败才是战争的主色调。
它有视觉，
直行 / 拐弯，在空中待着，
它无所不能——
不辜负每一场血泪相识。
时空与境界自由转换，
橡胶林里不断升起的腐烂气息

令机身微微波动。

这架夜间出现的幽灵飞机，

笑称自己是典型宅机，而

论识见，它远远超过了

大咖们的想象——

滇缅公路

公路来自昆明的一端，

或者是游客到达的畹町，

它悲悚的过去作为它今天的信仰，

悲悚仍摆在那儿，未曾

消失过一米。

959.2 公里，9 个多月，以至理智被破坏，

大地之趣之恶为他们修。

他们修早晨的口粮和工具；

他们在高山峡谷中修，斗篷喑哑；

他们在激流险滩上修，主观荒谬；

他们在晚风中虚构了补给。

前方，那不能停歇的死亡之路

正由仰光走来。

蔗田已收割，辎重卡车已辗过，

有人已率先走到路的尽头，

为了看看那儿是什么感觉。

在姐告①再无法突破的边界，

一个穿隆基②的男孩，闪烁得像

来自外太空的信号。

同古至斯瓦

它曾着迷于太平洋战场

别人那危险的历史，

那战火之境蓬勃的知己

越来越把幻想监视。

"迟读的缅甸会成为一种更大的鼓励。"

它晃了晃机翼，有一点唠叨。

那艰苦的一战，那月光上的术语，控诉

阴险又怯懦的亚历山大——

厮正提着酒壶，与

墙上的梦露练习缥缈的手风琴。

它承认，这家伙的战壕

修得漂亮，坚固如窄脸国

阴凉愚顽的鹰钩。

这场毫无深意的训练，

最后的等待，在无限的虚耗中，

契约是一张废纸。

热带柔软的黄昏慰藉了战士，

还有前方空虚的雷区，

因其对大地错误的治疗而更加醒目。

仁安羌的年轻鬼魂

这一片陈旧无声的雷区，

弥漫着无踪的青春。

它平衡地观察这一切，见与未见，

那些年轻的、浪漫的学生，

在黑暗的丛林中，

不是黄色长江，

通过白骨的光幻想尽头有一个简单的早晨。

怎样才能告别这幻想，一个年轻鬼魂③

站出来说话——

"胡康河谷④的天空永远是黑的，

胡康河谷的土地落满了弹雨，

胡康河谷的丛林长满了吃人的东西！

而在胡康河谷与我同行着的

竟是一群诗意的天才！"

"疲惫的，未完全放松的意志，

热带的野果，是他们的幸运，真的，

历险而产生的友谊

让他们感到了真实的快乐。而这

是因为他们的胆子足够大。

当巨蛇在头顶凝视而人已

睡着，像来到天真的时代，

瘴雾中的利多⑤挺立在这神圣里。"

"好像只剩下了我。

我不想再走出去。

一种反推力平衡我正遭遇着的磨难。

那确凿的死亡感，绕着我

耳边一枝火色的兰铃。

如果可能，再让我写一首精确的诗吧。

这雨季，这雨季里丝毫不减的燠热，

脚边一只扭曲的号角，

一阵阵酸性的弟兄们的气味

指明了前方的路途，而

我那被毒蚊咬伤的臂膀已经腐烂，

说思想，它已经接近于巨人的极端

不再把时间等待！"

"远离文明，就是远离了更多的敌人。"

一个人命运的远征，以及

远征之后更大的风暴，

比雷区更险、更椎心。

他如实的倒影，今日深邃地树立。

驼峰专线

完全可以说，

这是一条死亡航线。

这是另一架幽灵飞机。

在莫测中飞，在善中降落，

在黑色的喜马拉雅山之夏，

它经常坠毁，执着而没有青春期。

无数个叫周炳的人，

指挥它直行，或是拐弯。

几乎没有什么精准明朗的事物，

他们的大脑就是一幅云贵高原航测图，

在无数条散落着飞机残骸的峡谷之间，

能够点亮愉悦中枢的

是高原密林的金辉。

它看见跳伞者，

在坟墓中飞行。

五万个死人一同尖叫起来，

毒虫野兽出没。

与轰动英伦三岛的战场不同，

航线的天空是陡钝的，

是消极的。

必须有一种冬天的视力

才能接受此地的严峻

和远处七月的白雪。

史迪威将军

还没有战死的中国军人，

充满了悲壮色彩，暂时

被一种正规的管理教化，

这多国的文化在一级战备情况下

冲散了印度的静穆。

他仿佛是一滴印度神油，

在一个金黄的秋季

把哑剧擦得明亮，

把一粒花生米弹倒了几个回合。

国共在他眼里，

只是你认识世界的一小部分，

难以选中哪个名词来承载

这沦落的使命，这未来的整体。

在闪亮的抗战博物馆，

蓝姆迦的训练枯燥，

照片平静了炮火，

找不到一个悬念想象那喷溅的大地。

将军弓身回到了帐篷。

他有愤怒，持重的夕阳，一目了然。

缅北"安纳吉姆"

攻孟拱

后进军密支那

后向八莫发动进攻

后南坎

后在畹町附近的芒友与云南西进的远征军会师

中印公路完全打通

后中驻印军南下

攻腊戍

后与英军会师乔梅

同时在菲律宾战败的鬼子

收缩战线

撤出了缅甸。

短焦镜头再拉近，

七十四年前的硝烟，

墓园中孤零的倭冢，

那些走失的、死去的人，

都已经发霉；

那些活下来的人，

他们所习惯的绝望成为

纪念馆里空阔的陈列。

荒原——岁末晨曦。

一座单纯的碑。

一个本地导游在深情地说。

一个老人献上一朵菊花。

一群人举着旗子证明在握的胜利。
它看见了，高黎贡山的云
变幻出的他们——
捶击的大雨汇入记忆。

麦克马洪线

一个敏感地带，
双螺旋其间不稳定的地缘世界，
它的秩序和文明
打乱了现代。
几乎没有记忆。
好比一道闪电打中一棵桉树，
闷烧后留下遥远的气息。
战争中留下的一切空虚
依然存在。
浓密的钢铁般的木材
大批倒下，
那抗议的软玉
在黑夜来临。

这架夜间出现的幽灵飞机，
它慢慢古老。
在竹林掩映的村寨，
在妇女们缝补的姿态，

回忆的机器

停止了。

(偷渡的中国人)

天上的云如生根一样

证明边贸交易的内容。

作为缅北偷运的要津孔道，

瑞丽平和的气氛里有难耐的悸动。

据老张说，

金三角是一条很流行的线路，

那时候他们这批打完仗没走的人，

穿西装打领带，戴着墨镜，

看起来很洋气，但

心里怕得要死。

若说欢乐，只有鸦片地里

罂粟花开的香气。

"其实我们并不喜欢这样的国家。

太小，也很破烂，

而我们的一生，直到最后，

命运赋予的孤独感跟中国完全无关。"

能看见他们。

就像看见我们的生活。

重（chóng）视我们的生活。

这架夜间出现的幽灵飞机，

哦，这难熬的旅途，它

已经习惯迷失方向。

一个与历史相对的它，一种政治，

一片橡胶林里不断升起的腐烂气息，

掩护着偷渡的中国人。

①姐告：系傣语，意为旧城，是中国云南省最大的边贸口岸，位于瑞丽市南面4公里处，是320国道的终点。

②隆基：一种长长的裹裙，是缅甸最常见的服饰。因缅甸奇热难耐，在这个地方，无论男女，隆基内都不穿内裙。

③一个年轻鬼魂：指穆旦。他亲历了滇缅大撤退、败走野人山，由他来告诉我们有关战争的失败、个人的失败及晕眩感。

④胡康河谷：缅语为"魔鬼居住的地方"。它位于缅甸最北方，山高林密，河流纵横，雨季泛滥，当地人将这片方圆数百里的无人区统称"野人山"。1942年，中国远征军第5军撤退时，曾闯入这块禁区，损失惨重，遗尸无数。后中国驻印军新38师再次攻打这块禁区，见到的是遍地第5军将士的白骨，大多是一堆白骨围着枪架而坐。

⑤利多：印度利多，是陷入胡康河谷的第5军要走向的终点。也是史迪威公路的起点，终点为昆明。

评　论

退藏于密
耿占春

后来者的命运及其自由诗学理想
江　雪

退藏于密

耿占春

——是什么清空了你的内心?

"我的心空了吗?"外面总是下着雨,日复一日闷坐,垂头丧气大概就是这个样子。偶尔出门走路,你一路嘀咕着,却隐隐意识到这就是一种话语的脆弱萌芽,在一块痛苦的巨石下:"为什么我觉得内心已经如此空洞呢?"

除了苍白的愤怒。似乎你没有读过书,似乎你还不会思考,而且连情感也没有。连逻辑也没有。似乎你再也没有语言。语言已碎为齑粉了。

这就是你生活其中的社会:似乎这是一个语言和意义还没有诞生的原始时代。数千年语言的结晶连同你使用过的话语似乎正在被废弃,都在成为废话的碎末。

"退藏于密"。语言不为世用,退隐深藏。并非仅仅是"圣人洗心,退藏于密",而是让语言守护着自身,使之成为有意义的沉默的守护者。——"六爻之义易以贡,圣人以此洗心,退藏于密,吉凶与民同患,神以知来,知以藏往,其孰能与此哉?"(《易·系辞上》)不是只有贤者的隐逸，诗歌及另一种话语不也是语言的隐逸？

古典诗学是只承认动机、意义的冲动的诗学，是质疑和反对其作品的诗学。在意义的无限性与有限的语言形式之间，它相信意义的冲动，怀疑意义的外延形态。它相信意义一直处于流动状态，固定的诗歌形式应该在理解—阅读中融化。意义是作为语言的快乐也是作为焦虑被感知的。

立象以尽言，得意忘言，得鱼忘筌，这些"非常道"说的是在完成后要遗忘和反对作品。作品是一条隐秘的通道，是抵达或企及不可企及的意义的方式。

神灵退隐说的是：神灵毫无保留地说完了他的话，他似乎永久地沉默了；先知叙述完了他的圣训，再也无话可说。在最世俗的意义上，人们面对不讲道理的权力把尽人皆知的道理讲完了——这就是危险，是困境。言语行为失败之后是纯粹世俗意义上的肉身成言。

许多行为是为了完成一种表达。许多非理性的暴力行为依然是被取消的言说。

按照基督教（十字架上的约翰）的说法，神在古时候对列祖或先知们说尽了他要说的话，而且他借着他的独子、借着肉身成言一次晓谕了世人之后，神没有什么话要说的，他"缄默不语了"。关于上帝沉默这个观念并不新鲜，却依然有当下寓意。或许这是上帝之死或诸神隐匿最早的依据。最高的真理陷入沉默，"圣言的无力"之后是世俗语言的喧哗。人们为利益争吵不休。也有人为不再能够说出的真理、为圣言早已陷入沉默而饶舌。

你意识到自己语言的吊诡，既非圣言也与利益无关。然而如果不希望陷入深深的沉默，不希望陷入"道德话语的无力"处境，你必得继续恢复点点滴滴的"语言的欢乐"：在启迪与论争之间。

如果你说的话涉及最高的"道"，那就应该遵从沉默的古训。但你对之沉默的只是人间须臾不可离的甚至日用而不知的道。再次开口说话或书写，只有从义理转向辞章。从政治修辞学转向诗学修辞学。

说话在政治社会功能上的无效会使人转向对先前圣言的模仿，从论证转向启迪，然而启迪的领域早已空场。为了语言自身的效用，话语再次转向了对感性、对美学的表述。

鲁迅命运的提示。关心文本之外所有令人心焦的问题，但通过对修辞的信赖留在文学中。留在真理的非确定性和意义延迟的到来之中。文学是一种人性的现象。

耶稣最著名的嘱咐就是："这是我的身体……这是我的血……"以后分享圣餐的人们对着麦饼和葡萄酒说："这是基督的身体，这是基督的血。"你能否在最后的话语中说"这是我的身体，这是我的血"？

一种话语一经说出就改变事实。一种话语什么也不改变，它说出之后只保持为话语自身。一种不被磨损的话语，似乎是不火的热情所点燃并持存的奥义。最后它改变的是事物的意义。

穆圣也曾经说："学者的墨汁浓于烈士的鲜血。"

诗学给予你再次开口说话的理由。诗学话语是在凝固的现实面前的退避三舍，诗学话语未尝不是政治思想的避难。而且并非仅是如此。诗学在改变政治学：因为诗学带来了对语言与沉默的富于理性的神秘主义的理解。

上帝隐匿之后是圣子的降临，圣子之后降临的是圣灵。圣灵是否就是弥撒的圣子？是圣子可以被分享的部分，在所有的人们身上？每一个把上帝称为"父"或"主"的人？那里都是说不出话的圣灵的叹息。

你听见一片叹息声。一个人人皆感到无道的社会却谁也改变不了，只有与之同流或避世隐居。孔子在听到避世的告诫后悲叹："鸟兽不可与同群，吾非斯人之徒与而谁与？天下有道，丘不与易也。"（《论语·微子》）他的别名或许就是知其不可为而为之者吧。你听见朱子一声长叹："天不生仲尼，万古如长夜！"你听见淤积之气缓缓地再次流动。而没有叹息声的言说之下是一片心灵的空虚。

就像慢慢穿越山谷，你常常只能在几分绝望的状况之后才会找到你稍微有价值一点的想法。对某些想法的发现意味着你对自身绝望处境的如实陈述。置身绝地的写作。面朝石化的威胁、面临变成石头的处境。转身。写作的载道意义早已消失了，只剩下自我救赎的意义。

我品尝到再次占有语言的享受。品尝着在无以言说之后话语能力的恢复所带来的一丝隐秘的快慰。再次意识到作为协助我生活、渡过危难时刻的语言的质地是文学性的。我难以认为语言是一种纯粹的主体，但也难以将心理学的自我及其意识当作真实的主体。我品尝到这一甜蜜：作为经验性的主体或感受性的主体，在自我放弃、自我否定之后，在某一瞬间通过语言的恢复作用，再次占据了主体的位置。这个主体的位置基于语言能力——一种表达的无限性和自由之上。这是主体的主权、享受与快乐意识的恢复。这似乎是自我与语言相互被分享的主权，是语言与自我交互拥有的主体性。

语言，一种无限的表达能力，一种没有界限的主权与自由，一种只承认自创的语言法则而别无法则的无辜，一种渴望穷尽各种可能性的、从而是没有止境的意义实践——在此意义上，诗歌话语能够支持启蒙思想——这些是我的主权的核心，是自由的核心，是意义的内核。语言，就像是我的另一颗灵魂。当这种活跃的语言在焦虑症式的社会性的病痛中愀然离开主体时，一个纯粹心理学的主体就会奄奄一息。

就像是灵魂的一种可见的形式，是你对伴随生命内在性的活跃而亲密语言的暂时的占用。

写作再次成为呼吸，成为爱好，而非抑郁感受的表达。写作，总是在抑郁与纯粹的快乐之间。

不是身体的，不是情感的，而是源于写作——一种与身体及情感共谋的、亲密的话语冲动，你感觉自身洋溢着一种别样的青春活力：一种依然不成熟、继续生长着的思想状态。这几乎是另一种无限性，一种向内成长的无限性。似乎只要你的思想在生长着，生命就会为你永远持续下去。以至于遗忘了身体会衰老，似乎也早已忘记了生命的短暂。

有必要再次考虑"感受性的主体"这一名称之下主体的内涵，自我与语言各自的自我放弃与融合。它们双双自我放弃以便被对方占有，以便通过自我放弃在融合中再次占据一种双重性的主体，就像在爱的关系中，这是分享中的主体和主权的分享。

表达不仅是写作者与潜在的阅读行为之间的沟通，表达包含着写作者与语言之间的沟通，就像语言是你的一个合作者或同谋一样。

　　写作都有这样一种特殊的感知，安谧而不安，沉静而充满张力。句子的写出需要一种敏捷与速度。（"敏捷与速度"似乎已经包含着比喻，这个比喻跃跃欲试，诱惑人将之图形化，但完全不必写出）感知的不精准与俘获句子的迟钝无法完成这一任务。"这不安是在感知的静谧中的一种侵袭。当人们尝试着在文字中与不安的袭来相遇的时候，借助一种旋转一下子跃到无常之处，人们必须要以极其短促的节奏写下他的句子，这些从各个方面看都开放的句子，是为了能够进行转换。那是穿越空间的跳跃。那些掉下来的、开启的或是没有发出一丝声响的、人们没有写下来的东西，会被人们在写下来的东西中被感觉到。说出来的，在对待那些没有被说出来的，必须战战兢兢。"米勒说，"我是从其他作者的文章中意识到这一点的，我是从那些书里感觉到的。那些在我读书时包围着我，循着自己的轨迹的东西，是从字里行间掉落并被开启的或是没有发出一丝声响的东西。是那些被省略的东西。"

　　即使在阅读迷人的历史著作的时候，也要抵御那种纵横捭阖、指点沙盘式的迷人手势，"二十世纪来临了……"这样的语气中的总体叙事使叙述人俨然是一个历史巨人。要抵御大历史语气和统计学的语言，除非这些被重新安装在微观的话语中。

　　语言是共同体的，个人只能使用它，就像自然一样。个人通过言语活动使用共同体的语言。个人与共同体的关系处在言语这个环节上。语言包含着一切沉默和活跃的意向。语言包含着一切意义与意志的要素。语言指示了一切可能性。然而，这一切都必须经过个人的言语活动才能被真实地呈现。语言共同体的一切可能性都有赖于个人的言语活动。诗歌处在个人的言语活动萌发力的核心。诗歌是共同体的语言与个人的言语之间关系的一个最敏感的表征，是语言与言语之间的交互作用的焦点的象征。语言的存在就是为了言语的活动，使其具有真实性的内涵。个人的言语活动的一切成果将最终归属于语言共同体，个人和他的言语最终归属于语言，并丰富了语言。语言提供了自由创造的可能性。言语则是这种创造性的自由的实现。然而，无论是语言的可能性还是言语活动的自由处置，都不能借助纯粹的技术与游戏来实现，根据最不可思议的法则，言语活动的自由与意义的无限性总是由那些将言语活动以某种秘密的方式融入个人生命与痛苦之中的人来实现的。

在理想的意义上，新闻话语详尽地、客观性地报道着公共生活的一切事物，以便形成一种公共生活中的公共舆论；诗的话语尽可能微观地叙述个人生活、个人经验尤其是内在世界里的一切微弱的意义感知。由于真实的利益，或只是由于肤浅的娱乐，或无聊感，人们关注着新闻，而无视诗和思想话语。遗憾的还不止如此：新闻成为愚弄人们的宣传，新闻话语成为权力的直接延伸。

言说者的生存自由受到双重专制的限制，社会场所的专制和对言说的专制。然而言说者一直拥有语言下的自由。除了极端的文字狱之外，几乎没有哪一种专制主义有能力将它的控制权深入到这一自由领域。专制主义内在于某种词汇、概念和它们的表述逻辑中，但没有哪种专制主义能够内在于真实的感受性所构成的修辞活动中。那里既没有仿神圣的语言也没有普遍理性的语言。那里是通过接近无言的话语进行表意活动的场所。或许这真是专制主义唯一的神秘贡献：它迫使言说成为一种意义的历险。就像它迫使那些不符合规范的人流亡他乡一样。他常常不得不有一个不同的名字，一个别名和完全不同的身份，他处在一个完全陌生的世界里，却因此不得不再次征引母语中最古老的隐秘含义，言说的意愿、隐秘的动机和理解方式之间充满了失去了名字和隐没了原意的张力。然而以如此隐晦的方式写下的一切，又都预设了一种语言下的新的主体，一种被流亡被分解之后重新凝聚的主体。这种语言活动使得他比那些总是能够直接说出一切的人拥有一个来源于语言更深远的故乡的一个深层自我，他也因此期待着一种缓慢来临的、总是迟到的理解，那就像他的语义一样有着久远的回响。言说者以此重新拥有一种语言下的自由和尊严。

他必须言说。他必须等待理解行为最迟缓的到来，像期待一种可能的救赎时刻那样具备时间的耐心。为此，他愿意放弃服从着语法规则的那种专断下的"自由"，他愿意放弃立刻的表述和回声反射似的理解。最终的救赎必须绕道语言并能够在语言中获得这一奥义般的救赎。

有那么坏的状况供人谈论，其他的可能性就沦入了沉默。谈论坏事情成为人们保持无效的道德感的一种话语消费。其中的循环似乎没有人愿意冒险打破，以免陷入沉默的尴尬。语言和思想能力也一并堕落了：过于显著的谬误导致了过于显摆的话语活动。隐微的真理与微言因受到了道德的讹诈而隐匿了。最坏的不只是消费化的道德话语，还有对理解隐微意义和隐微之言的拒绝。民主政治还没有实现就在利益立场之外的领域沦为虚无主义。

在传统社会，任何一个读了书的人，都被托付给了一定的责任。"人生忧患读书始"所涉及的大概就是这个意思。然而，读书人的一个古老悲剧是，他不再能够单独地通过读书来承担责任。当一个人不再忧虑自己的生计而是忧虑所谓的苍生社稷或"人类社会"时，他似乎就不再仅仅是一个人。书本放大了自我意识而丝毫不怜悯书生的脆弱。书本——语言——使他僭越了位置，使一个普通人要承担超越个人的责任，那是一个王位，或许是一个仁慈神灵的位格。他通过阅读——语言——接受了前辈人的希望与责任的嘱托。然而他根本没有那种权威和那种力量，用以完成这种被托付的责任。书本、话语是一种遗嘱，一种纵然一再地失败也依然不失为希望的意志。书写就是这样一种责任的秘密传递。然而从历史的这一端看过去，从周文王、孔夫子到晚明独抒性灵的倡导者，阅读与书写也在做着一种逃避和偏离，即把阅读与书写转变成一种快乐，把责任降低到自身的快乐或"语言的欢乐"，这是他的自卑自谦，也是一种摆脱自身命运悲剧的计谋。

事实上，任何一个知识分子的责任意识都不是他一个人的意识，其中语言的意识远远大于其个人意识。你只愿意承认你是话语的一个临时化身，"完成"意义的临时聚集。把语言放在那个致命的和神秘的位格上，而不是把你自己——既不是你犯有的小罪和长痔疮的身体，也不是有同样脆弱的心理的自我，它们都不配那个担当苍生社稷的位格。那是一个属灵的位格——语言。你只是它的一次短暂的停顿，一次勉为其难的和临时的化身——仅仅是在你读过的东西上增加一点点已成为个人的修辞秘密的疼痛。

想象杜甫——他人在受苦，他写作；战祸四起，他写作；他一生颠沛流离，他写作。

写作：直至从传至久远的媒介中锻造出一个民族的良心；直至针砭时弊的、切肤之疼的话语在世界颠覆百度之后依然有效；在那些词语被使用了千年之后依旧能够干净地归还给一个民族的道德的学童。

一个写作的人有双重的生命和双重的死亡。因为语言，一个人能够在死后复活或开始成长。最常见的是，一个败坏了语言的人死于他自然生命结束之前。

分类学、抽象概念、意识形态，都是在对一切活跃的、流动的事物进行切割、打包、贴标签，将活跃的固定，将流动的冻结。

好了，文学、哲学、诗歌，这些都是社会分类学中一些较小的格子，它们处在自身被划定的格式里。其中也像其他大格子一样被配置了相应的权力与利益。接着，每个人自己再分类以更加细致，你属于中国文学，不是西方文学，属于中国文学的现当代，属于现当代中的一个小格子。你进入小格子间，固定在那里。凝固或冻结在那里，符合一个给定或预定的模式。你就是规范中的一个合格的物件或更轻：一个分类后归档后的数据信息。思想在分类学中消失了。思想、情感、感受的喧嚣与躁动消失在大大小小细密的格子里了。思想的巨人被分工雇佣的知识集体谋杀了。再也听不到他在创始时刻发出的认知的狂怒。

噪声是一种寄生性的"事物"，噪声意味着有某种或有许多事物正在运动或活动，噪声是一个运动着的世界的声音背景。新闻与信息就是这一噪声现象的显现。没有这一噪声背景意味着只剩下意识形态宣传机器的噪声。主旋律是一种最大的噪声。

独裁是一，民主是多；主旋律是一，噪声是多；群众是一，每个人是多；抑或相反，一是一个人，而群众是多；海洋是一，海浪是多；灯是一，火是多；燃烧是一，浓烟是多；规则是一，游戏是多；概念是一，经验是多；生命是一，死亡是多；种子是一，结果是多；上帝是一，诸神是多；父亲是一，儿子是多；灵魂是一，身体是多；爱是一，欲望是多；幸福是一，不幸是多；信仰是一，怀疑是多；安静是一，躁动是多；真理是一，谬误是多；现实是一，梦想是多；……然而某个时刻，一切又会突然倒错过来：谬误是一，真理是多；梦想是一，现实是多；……

　　——我们心里需要多少一，我们的身体需要多少多？我们需要多少真理多少谬误，多少希望多少失望，多少云雾多少晴朗，多少失眠多少梦幻，才能在一中见多，在多中见一，才能知道一切的混合就是我们自己？一个人有时小于一，有时一个人就是多余的多。

　　诗歌话语是一种保留语言的背景噪声的话语。语言和词语中充满歧义、多义、音义的游戏性、模糊不清之处、与"象"之间的原始关联等因素造成的背景噪声。日常交流中人们尽量清除言说中的多义性、歧义性与语象所产生的噪音，使之含义清晰。然而诗歌沉浸在语言的噪声背景之中，保留并利用歧义性、多义性与音义的游戏性，增添着语言中的"象"以增强语言和意义的阴影部分，强化着语言的背景噪音。诗歌语言是因背景噪声而颤抖的语言，是纷繁的歧义飒飒作响的语言，是一种尚未获得明晰话语形式的意义的原始颤动。与音乐一样，它不是寻求以纯净的旋律与节奏完全清除噪声，而是组织噪声，把噪声融进声音织体。诗歌话语确立了这样一种言与义的关系：是一种并不企图清除无意义的背景功能或语言的背景噪声的话语，就像我们虽然一直转换着我们经验中的意义，但并不彻底清除或否认生命中的无意义感。因为无意义的感受与生活中的背景噪声一样是真实世界的一部分。

书：最终不是把发生在书外的一切照搬进纸页上，这是新闻信息所做的事情，书是呈现语言自身的圣灵一般的生命力的场所。书不是死的文字构成的，是由永恒的风吹拂的，奥义在其中呼吸。书是为语言的呼吸而存在的。书是为超度个人的生命而存在的。

写作中的断句，使用短句子，跨行——表示停顿。表示，留下一小片寂静。表示，这里是安静的。有时候，停顿的地方是眼泪。有时候，停顿的地方是拧断句法结构的愤怒的碎片。但也有时候——停顿——只是为了遥远的背景音乐。表示轻轻地呼吸。一种普宁式的呼吸。你懂得语言中的音乐，像心间吹过一阵奥义的风。

更多的停顿，直到仅仅使用词语，而非句子，表示更深的断裂，意义之链的断裂。或许，停顿显示了非连续性的相关性。

一把磨掉了齿槽的钥匙能够插进所有的锁孔，却打不开任何一扇门。一种磨损了差异的话语能够在所有人面前重复回响，但不会有任何真实的交流。增加语言中的齿槽，增加那些细密的差异与刻度，寻求唯一的意义之门。

政治学让人去思考什么是自由。诗学让我获得自由的思想。面对某种现状，你被痛苦所迫去思想。从语言的可能性中，你能够自由地思想。诗学，让你去思考政治学可能不会去顾及的另一种自由。它围绕着民主政治一定会弃之不顾或会加以反对的秘密与奥义的空间。

诗学，保持着思想的自由，它既不接受专制主义的检查，也不接受纯粹的政治上正确的简化程序。诗学，它不反对社会伦理情感或道德，但也不受任何一种道德的勒索。

诗学，它比任何一种道德都多出一种道德，自由思想的道德，前思想自由感知的道德，即保持着混沌和非确定的时刻所具有的生成性力量。

阅读任何一种宗教的经书都会知道，神灵与先知精通语言的音乐。他们通过语言的音乐找到奥义并逃避粗俗的解释。

表达上令人屏息的、迫切的、生疏的修辞，它没有教义的根据，没有母语的自明真实，这些，意味着处在语言的流亡状态。它只能在自身的痛苦中扎根。从深处直接汲取含义。

后来者的命运及其自由诗学理想

江 雪

人对他自己所做的自由选择，与他所谓的命运绝对等同。

——萨特

1

在我看来，文学意识形态的激情缺失，就是一种文学的浪漫主义缺失。司汤达说，浪漫主义是现代的和有趣的，古典主义是老旧的和乏味的。歌德说浪漫主义是一种病，尼采反对歌德说浪漫主义是一种病的说法，他认为浪漫主义是一种良方，是用来治愈疾病的。瑞典批评家西斯蒙迪则说，浪漫主义是爱、宗教与骑士精神的结合。现在有人在提倡中华民族文化复兴，我认为这是好事，这是一种社会性的民族文化救赎与启蒙行为。如何启蒙，如何救赎，则不是我们能给出全部答案的。但是，一种迫切的历史召唤与民族文化愿景告诉我们：中华民族文化复兴之路，无法绕过自由浪漫主义的新启蒙进程。

以赛亚·伯林说，浪漫主义是发生在西方意识领域里最伟大的一次转折，浪漫主义的重要性在于它是近代史上规模最大的一场运动，改变了西方世界的生活和思想。不仅是思想史，就连其他有关意识、观念、行为、道德、政治、美学方面的历史，在很大程度上也是一种主导模式的历史。以赛亚·伯林在《浪漫主义的根源》一书中有段极为精彩的阐述：

> 浪漫主义是原始的、粗野的，它是青春，是自然的人对于生活丰富的感知，但它也是病弱苍白的，是热病、是疾病、是堕落，是世纪病，是美丽的无情女子，是死亡之舞，其实就是死亡本身。是雪莱描绘的彩色玻璃的圆屋顶，也是它永恒的白色光芒，是生活斑斓的丰富，是生活的丰盈，是不可穷尽的多样性，是骚动、暴力、冲突、混沌；它又是安详，是大写的"我是"的合一，是自然秩序的和谐一致，是天穹的音乐，是融入永恒的无所不包的精神。它是陌生的、异国情调的、奇异的、神秘的、超自然的；是废墟，是月光，是中魔的城堡，是狩猎的号角，是精灵，是巨人，是狮身鹫首的怪兽，是飞瀑，是弗洛斯河上古老的磨坊，是黑暗和黑暗的力量，是幽灵，是吸血鬼，是不可名状的恐惧，是非理性，是不可言说的东西。它又是令人感到亲切的，是对自己的独特传统一种熟悉的感觉，是对日常生活中愉快事物的欢悦，是习以为常的视景，是知足的、单纯的、乡村民歌的声景——是面带玫瑰红晕的田野之子的健康快乐的智慧。它是远古的、历史的，是哥特大教堂，是暮霭中的古迹，是久远的家世，是不可分析的、人们愿意信守却无法表达出来的旧秩序，是摸不到、估不出的事物。它又是求新变异，是革命性的变化，是对短暂性的关注，是对活在当下的渴望，它拒绝知识，无视过去和将来，它是快乐而天真的乡村牧歌，是对瞬间的喜悦，是对永恒的意识。它是怀旧，是幻想，是迷醉的梦，是甜美的忧郁和苦涩的忧郁，是孤

独，是放逐的苦痛，是被隔绝的感觉，是漫游于遥远的地方，特别是东方，漫游于遥远的年代，特别是中世纪。但它也是愉快的合作，一起投身于共同的创造之中，是对自己身在某个教会，某个阶级，某个党派，某个传统和某个伟大的、无所不包的、秩序井然的等级之中的意识，身在骑士、扈从、教会的等级之中，有机社会的关系之中或某个神秘组织之中的意识，正如巴雷斯所说，"大地与死者"，是身在共享一种信念，共居一片土地，共流一样血液，共有一样的祖先、同侪和后代的伟大社会之中的意识。它是司各特、骚塞、华兹华斯的保守主义，也是雪莱、毕希纳和司汤达的激进主义；是夏多布里昂美学意味的中世纪精神，也是米舍莱对中世纪的厌恶；它是卡莱尔的权威之崇拜，也是雨果对于权威的憎恨；它是极端的自然神秘主义，也是反自然主义的极端唯美主义；它是能量、力量、意志、青春，是自我的展现，它也是自虐、自残、自杀；它是原始的、单纯的，是自然的胸怀，是绿色的田野，是母牛的颈铃，是涓涓小溪，是无垠蓝天。然而，它也是花花公子，是打扮的欲望。红色的背心，绿色的假发，染成蓝色的假发，这就是内瓦尔在巴黎街头用线牵着溜达的龙虾。浪漫主义是爱出风头的，是怪癖，是为《欧那尼》一剧而战的战场，是倦怠，是生之厌倦，是萨丹纳帕路斯之死，不管是德拉克洛瓦的绘画，还是柏辽兹的音乐，还是拜伦的诗所描述的萨丹纳帕路斯之死。它是帝国、战争、屠杀、世界末日的震撼。它是浪漫主义的英雄——反叛者、厄运缠身的人、受诅咒的灵魂，是海盗、曼弗雷德们、异教徒们、拉腊们、该隐，是拜伦诗中的那些英雄。它是梅莫斯，是让·索伯格，所有的社会公敌，伊斯梅尔，所有处于 19 世纪小说中心地位的纯洁的高等妓女和心志高尚的罪犯。它以人头为酒杯醉饮，它是攀登维苏埃火山与同类灵魂对话的柏辽兹，它是撒旦的狂欢，是愤世嫉俗的讽刺，是魔鬼般的笑声，是黑色的英雄。它也是布莱克想象中的上帝和他的天使，是伟大的基督教会，永恒的秩序和"不足表达基督灵魂的无限与永恒的布满繁星的天空"。简言之，浪漫主义是统一性与多样性。它是对独特细节的逼真再现，比如那些逼真的自然绘画；也是神秘模糊、令人悸动的勾勒。它是美，也是丑；它是为艺术而艺术，也是拯救社会的工具；它是有力的，也是软弱的；它是个人的，也是集体的；它是纯洁也是堕落；是革命也是反动；是和平也是战争；是对生命的爱也是对死亡的爱。

　　我们需要重新返回中国传统诗学的领地吗？事实上，我们已经回不去了，我们这一群现代人已无法回到古代的典籍丛林。在回不去的历史现实面前，一部分既留恋传统诗学又追求自由独立精神的诗人于是选择了新古典主义，来弥补传统诗学中自由主义的缺失，寻求中国新诗现代性的多元向度。有人把追求新古典主义诗学的诗人称为"复古派诗人"，甚至带有浓郁的孤立与嘲讽意味，我认为这种诗学层面的粗略评判是没有道理的，是不公正的。新古典主义也并非什么腐朽的不可行的美学概念，18 世纪的新古典主义创立者约翰·约阿希姆·温克尔曼，就提倡"古迹的主观化"，他以原旨的浪漫主义激情来响应古希腊艺术，正因如此，他预言了浪漫主义美学必将盛行于后世的西方与东方。而在中国当代诗学领域流行的新古典主义，其实也就是一种浪漫化的古典主义。德国浪漫主义时期的歌德在理解古典主义时，仍然没有否定古典主义的历史性意义，他说古典主义也是强健的、鲜活的、愉快的、合理的，如《荷马史诗》和《尼伯龙根之歌》，正是因为这种观念使然，促使他晚年完成了诗歌巨著《浮士德》。回顾西方的近现代诗歌史，我们不难发现18世纪、19世纪的德国、法国、美国、英国、俄罗斯等，大都经历了一个漫长的浪漫主义时期。这些国家先后诞生了一批杰出的浪漫主义诗人。这些西欧国家的诗歌历史往往是与它们所经历的文化启蒙——浪漫主义启蒙运动紧密相连的，换句话说，西方诗歌与西方哲学一样在西方文化史中占据着同等重要的主导地位。当我们回顾中国的新诗史，就会发现，正是西方的浪漫主义思想影响了中国一代学人与诗人。清末至五四时期中国涌现了一批自由主义知识分子，比如严复、谭嗣同、梁启超、吴虞、胡适、吴稚晖、林语堂、殷海光、傅斯年、雷震、梁实秋等，其中浪漫主义诗人主要以苏曼殊、徐志摩、查良铮、早期的郭沫若等为代表。然而，这种西方浪漫主义文化无论是对中国思想领域的渗透，还是对文化领域的渲染，都是短暂的，并没有形成强有力的文化思潮，这种现象无疑是具有历史局限性的。

这里，我所要强调的诗歌精神并非就是一种纯粹的传统浪漫主义，停留在中西方18世纪或20世纪的抒情浪漫主义。我心中所想象的诗歌理想，必须具有"意识形态激情"，这种激情不仅仅是浪漫的、抒情的，更应该是自由的、忧患的、幽暗的。因此，我更愿意把"后天诗群"追寻的这种自由诗歌理想称为"自由浪漫主义"——一种启蒙式的现代诗歌理想。福柯说，"可以连接我们与启蒙的绳索不是忠实于某些教条，而是一种态度的永恒的复活——这种态度是一种哲学的气质，它可以被描述为对我们的历史时代的永恒的批判"。事实上，我们身处的中国社会正处于一种文化的现代性的启蒙状态，从来就没有间断过。哈贝马斯说，只有继续启蒙才能克服启蒙带来的弊病。然而，新世纪十年过去了，我仍然一片茫然，中国诗人在一些重大事件面前大面积地失语，失声，逐步间模糊和丧失了诗性正义的立场。在今天，我不禁要问，我们的自由诗歌理想在哪里？

2

20世纪20年代，美国作家、编年史家哈罗德·斯特恩斯（1891—1943）发现当时的知识分子纷纷逃往欧洲，他于是在1921年的著作《美国和青年知识分子》中提出一个十分尖锐的问题："我们的知识分子在哪里？"随后，他也像众多美国知识分子一样，成为"失落的一代"中的一员。21世纪的今天，当我们回首往事，"1989—2009"，我们的知识分子同样在这20年中成为"失落的一代"。如今，20年过去了，当年热血沸腾的充满社会正义感与人文理想的知识分子在哪里？他们在干什么？

这是一个沉重的话题。同样，当我们回首百年往事时，清醒地发现，当今之中国现状与20世纪的五四时期极为相似，马克思主义中国化、自由浪漫主义中国化与文化保守主义（文化国粹主义）东方化，是五四运动以来主导中国社会发展的三大思潮，在今天看来，依然如此。随着中国在世界格局中的"泛和平崛起"（这是我本人首次在本文中提出的概念。尽管在我看来，这种"泛和平崛起"，也许是一种当下中国特色的时代政治、经济与文化的假象混合集成的反应，以及中国政治义化策略层面的蒙蔽效应），中国未来的道路发展的方向，促使着中国新一代主流、非主流的知识分子正急切地进行着"中国向何处去"的大思考与大博弈，并且涌动出他们同台竞技或同室操戈的多元文化思潮的文化重构的激烈景象。本雅明在《打开的我的书》中说道："所有的激情都建立在混乱的基础上；收集事物者的激情建立在混乱的记忆上。"当代中国知识分子所呈现的"意识形态激情"现状，的确如此。

当代中国诗人的意识形态的激情缺失与群体性精神逃亡现象，一直没有引起文化批评界的足够重视，更没有引起诗人们深深的觉醒与反思；相反，中国诗人回归传统诗学的自恋情结却在不断上升。这种现象促使我们不得不从全球现代性诗学的角度重新反思中国传统诗学的自恋问题。1966年至20世纪末，中国又出现了一批具有自由主义倾向诗人，其中以林昭、食指、黄翔、北岛、昌耀、廖亦武、贝岭、京不特、黄梁、黄灿然、李笠、姚风等重要诗人为代表。21世纪初，新一代具有独立意识的诗人在70后诗群中产生，比如朵渔、孙磊、廖伟棠、沈浩波、陈家坪、蒋浩、赵卡、黄礼孩、杨典、杜撰、徐淳刚、吴季、方闲海、曾蒙、张杰、李建春、余丛、泉子、育邦、简单、贾冬阳、江非、霍俊明、广子、胡应鹏、花枪、阿尔、梁雪波、巫昂、吕约等，这一群不可忽视的70后诗人，正在成为当代中国自由主义诗歌的中坚力量，同样这种诗歌理想与自由精神，在60后与80后诗人中也得到了体现，只是他们的诗学理想与反抗精神没有这一群70后诗人来得如此突出，如此迅猛。为什么70后诗人中产生了如此之多的敢于担当、敢于批判现实社会的独立诗人呢？这无疑与这一批诗人成长的社会背景与文化背景有较大的关系，与70后诗人所面临的时代困境与诗歌困境有重要关系，正是这种复杂的时代背景与诗学背景，让这一批70后诗人开始觉醒，自觉地在汉诗现代性言词中背负与消解时代的诟病与顽疾。作为个体的诗歌写作者，我也受到了他们的影响与感召。

如今，当我们反观中国当下的日常社会文化与消费文化时，我们已经深深地发现，流氓文化、痞子文化、媚俗文化已经充斥着我们这个时代的每一个角落，一个精神病人或者一个变态狂可以在一夜之间成为大众娱乐的明星，比如眼神充满恐惧的犀利哥被改造成了"中国时尚先生"，相貌奇特的凤姐一夜之间变成了前后五百年无人能敌的"文化先痴"；在电视娱乐节目中走秀的马诺、闫凤娇在一夜之间变成了中国当下性文化的"肉色符号"……，正如批评家朱大可所言，我们这个时代正在上演着一场宏大的流氓盛宴。如果说，这种流氓盛宴是一种集体性的"肉体亢奋"，那么中国当下社会文化呈现出的对社会道德、文化伦理、人文思想、独立精神的漠视，则是一种集体性的"精神疲软"。作为时代境遇中的诗人，我们无法逃避这种时代消费文化的现代性的诟病，我们必须通过诗人的心声与言词，来消解与对抗这种堕落的、丧失社会进步意识的低俗文化，这种消解与对抗是否有效，我们应该将它视为诗人的一种诗歌理想，同样我愿意把这种写作上的努力姿态，视为"自由诗学理想"的一部分，现代性"诗学正义"的一部分。

3

我们必须重提中国当下诗歌的"现代性"。20世纪，本雅明在其诗性哲学研究中隐喻性地发现了诗人波德莱尔笔下的"拾垃圾者"形象，这是一个重大的文化事件，一个不朽的预言。我认为，本雅明的"拾垃圾者"形象，较生动地体现了诗人的"现代性"身份。诗歌的"现代性"既包含着浪漫主义的情怀，同时又有自由主义的表达。波德莱尔也曾在《1846年的沙龙》一书中说过，谈论浪漫主义就是谈论现代艺术。因此，我更愿意把当下诗歌的"现代性"归结为一种具有自由浪漫主义思想的诗学特征。美国学者劳伦斯·E.卡洪说，"现代性的当代困境中一个决定性因素是，现代文化中某种令人难以捉摸但十分重要的气质在逐步地自我削弱"，他认为全球文化的现代性正陷入困境，"进退维谷，逐渐枯萎，丧失了自信力，丧失了对于将来的意识，丧失了对于它自己的合法性的判别力"，他还认为当下的知识分子们不应该容忍"现代性悄无声息地死去，因为它所取得的功绩会与之偕忘，其中就有人道主义与民主"。

因此，现代性需要注入新的活力，诗歌的现代性同样如此。

一百年即将过去，一代代的诗人与思想者，一直在追寻着他们时代的"拾垃圾者"。谁是我们今天的"拾垃圾者"？在我们这个时代，一直不乏杰出的"拾垃圾者"，比如林昭、北岛、王小波、艾未未、金锋、崔卫平、徐贲、朱大可、崔健、胡杰、廖亦武、冉云飞、张元、贾樟柯、周云蓬、左小诅咒等；从某种意义上出发，我愿意把"后来者"形象，视为"拾垃圾者"形象的另一个外延式的阐释。同样，在我们这一群诗人中间，正潜行着一群"后来者"——充满"意识形态激情"的诗人，他们视"拾垃圾者"为自己精神道路上的路标，理想人生的引路人。他们正在路上，他们正在成长着。从 20 世纪 90 年代开始，我就在思考一个问题：当下中国何时会产生像策兰、米沃什、布罗茨基、帕斯捷尔纳克、曼杰什坦姆、巴列霍、金斯堡、阿多尼斯、阿赫玛托娃、茨维塔耶娃这样的充满"意识形态激情"的杰出诗人？回答这个问题并不难。在我看来，中国当下一大批知识分子正逐步丧失时代之记忆与个体之尊严，其中诗人也不例外。青年学者贺奕在《群体性精神逃亡：中国知识分子的世纪病》一文中提及"群体性"概念正是历史为中国知识分子设下的迷障——"正是这种个人向着群体，群体向着群体的群体无休止的精神逃亡过程，折现出中国知识分子人格上的先天缺陷"。

在我看来，中国当下诗歌现代性的活力，正是来源于中国当代文化的新启蒙运动，来源于这一群杰出的"拾垃圾者"的影响力。他们都葆有一颗诗人的心灵。诗人的心灵，永远是孤独的心灵、危险的心灵。当诗人堕入安逸与保守的时代境遇之中，那么诗人的社会性精神价值，荡然无存，甚至会成为太儒主义者的摆设品与附庸物。当一个时代突然出现一个被诅咒的诗人，那我们可以说，这个时代是有福的。波德莱尔对于 19 世纪的法兰西来说，不正是一个被诅咒的诗人吗？他的忧郁，感染着巴黎的忧郁；他的愤怒，激动着巴黎的愤怒。或许，21世纪的今日中国，正在诞生波德莱尔式的充满寓言意味的诗人，唯有这样的诗人才能成为我们这个时代最为杰出的心灵。海德格尔说："诗人是在世界的黑夜更深地潜入存在的命运的人，是一个更大的冒险者；他用自己的冒险探入存在的深渊，并用歌声把它敞露在灵魂世界的言谈之中。"

一百五十年过去了，波德莱尔笔下的现代性"恶之花"，再一次在中国的大地上开放，悲剧性地、寓言式地开放。如今，中国当下具有独立意识的诗人笔下，开始涌动着中国的忧郁与愤怒，以及时代之恶、社会之恶、人性之恶。尽管柏拉图试图将诗人驱逐出他的理想国，但是人类的历史却告诉我们，诗人被永久地放逐于人类的心脏，成为人类灵魂最忠诚的救赎者。事实上，诗歌正是人类自由理想与人类道德的最理想的化身，诗人正是这种精神力量的持有者，这种力量是哲学家所不可具备的。也许正是基于这种恐惧，柏拉图对诗人持有一种隐秘的偏见。诗意的力量是无穷大的，比如诗人的悲剧性、诗歌的伦理与道德、诗歌的现代性、诗歌的自由主义理想等，均有着政治、哲学、经济、艺术等领域所不可替代的文学作用。正是因为这一点，无数的哲学家、诗人、音乐家、艺术家和政治家都在漫长的一生中热爱着诗歌。正是诗人，在黑暗中，通过诗意的力量、诗性的感悟给我们带来光亮。我们现在正生活在一个无信仰的时代，社会的、政治的、经济的、人文的现代性开始走向没落，走向黑暗，诗歌的现代性同样误入歧途。现实中诗歌的写作和阅读，已陷入一阵彼此漠视、彼此尴尬、彼此争斗的多难境地，这个时代早已不需要自由正义的诗歌理想，真正的诗歌理想困顿在诗人的心中，而不是掌握在意识形态中。正是基于对当下诗歌写作精神的探求与努力，"后天"诗群更愿意成为一群安静的写作者，一群"后来者"，坚持学习与操守，坚持一种不在场的"后来写作"。

4

"后来写作"理念，最早在 2005 年由我提出。"后来写作"主要强调一种什么样的写作姿态与写作观念呢？简而言之，"后来写作"最重要的写作特征就是强调坚持诗歌的现代性与诗性正义，坚持诗人的自由意识、忧患意识与幽暗意识。

从全球视野的现代诗学角度，我们既要继承兰波、波德莱尔、金斯堡、叶芝的现代性，又要继承策兰、里尔克、米沃什、布罗茨基等杰出诗人的现代性；我们既要继承以北岛、多多、杨炼为代表的"今天派"诗人的现代性，又要继承以于坚、韩东、柏桦、欧阳江河、翟永明、张枣、吕德安、西川、黄灿然、李笠、雷平阳、陈先发、余怒、候马、沈方、哑石、余笑忠、张执浩、黄斌、罗羽等以多元诗学特征为代表的中国第三代诗人的现代性。当然，现代性也是多元的，我们应该本着批判与吸收的态度来审视他们的诗歌，从中寻找自己想要追随的时代精神与诗歌理想的参照物。正如美国学者马泰·卡林内斯库列举的现代性五副面孔，我赞成他的一种观点，他认为，现代性与历史之间存在着一种冲突，而且预示着一种精神冒险行为。这种对立的现代性诗学曾经体现在波德莱尔的现代性诗歌美学之中，如今中国当下的诗歌现代性同样遭遇了历史性的悲喜剧：毛主义、无信仰的国家叙事、"八九事件"、乌托邦、极权主义、流氓文化、新启蒙运动、新儒家文化、市场经济、后改革运动、GDP 运动、灾难中国……由于种种多元对立的现代性的相互纠合，导致中国当下的社会现状与文化现象，开始显露出西方正盛行的"后现代性"的重要特征——"反现代性""不确定性"与"不可决定性"。哈贝马斯在他的《现代性的哲学话语》一书中，把尼采作为转折性的开启后现代性的标志人物，在德里达看来，这是一个大胆而惊人的观点。哈贝马斯认为《悲剧的产生》一书具有进时代的意义，应是后现代主义的开山之作，其意义就在于尼采转向了酒神狄奥尼索斯精神。哈贝马斯认为，尼采明确地要用审美来替代哲学，世界只能被证明为审美对象。哈贝马斯的话的确让我感到，后现代性似乎增加了现代性中所匮乏的形而上诗学理想。形而上诗学理想，其实仍然是每一个现代性诗人所渴望坚守的东西：过去与未来的对抗，现实与诗意的对抗，文学与哲学的对抗。

当"先锋性"这个概念从早期的战争语言中脱胎而出，进入文学艺术的境地之后，逐步被诗人与艺术家们加以通俗化。当人们大肆谈论先锋性的时候，我更愿意把先锋性视为现代性的一个特例来认识，或者说，诗歌的先锋性让我们看到了诗歌审美的极致与积极性。我们甚至应该看到，诗歌的先锋性更容易被它的读者所接受，所认知。所以说，先锋性的命运，同现代性的命运，如出一辙，总是处于一种进行时，更容易让我们窥视到时代性的文化艺术的真相与写作者的诉求。

美国诗人惠特曼是非常强调诗性正义的诗人，诗性正义几乎贯穿了他全部的诗歌和他的一生。他用一种诗化的言辞来称颂诗人的"裁判"身份："他是各种事物的仲裁人，他是司铎，/ 他是他的时代和国家的平衡器，……/ 他以自己的坚定信念力挽狂澜，避免时代背信的趋势，/ 他不是辩士，他是裁判（大自然绝对承认他）/ 他不像法官那样裁判，而是像阳光倾注到 个无助者的周围，……/ 他看出永恒就在男人和女人身上，他不把男人和女人看虚幻或卑微。"我从策兰、米沃什、布罗茨基、巴列霍、阿多尼斯等诗人身上，同样看到了伟大的现代性的诗性正义，同样，我们也可以从屈原、杜甫、李白、苏东坡、钱谦益、龚自珍、陈寅恪等诗人的身上，看到古典性的诗性正义。而我们这个时代，有多少诗人一直在坚守着诗性正义呢？我们正期待着，我期待诗性正义正流淌在我们中间。

谈及诗人的自由意识、忧患意识与幽暗意识时，事实上已经关切到诗人的命运，"后来者"的命运与时代的命运。在我们这个时代，诗人的自由意识、忧患意识与幽暗意识相对而言是并不匮乏的，但是没有形成一个醒目的写作群体。因此，我这里想着重谈谈这三种意识，这对一个胸怀天下的诗人的写作与思考所造成的影响是十分重大的。美国总统林肯曾经说过："我们都宣称主张自由，但在使用同一个语词的时候，我们并不总是指称同一个事物。"我这里强调诗人的自由意识，仅仅是指诗人应该在时代的大潮中，敢于担当，敢于言说，像乌鸦一样地歌唱，引领黑暗时代的人们的饥渴，做"他时代"的启蒙者与先驱。那么，诗人的忧患意识又是指什么呢？这一点我想是比较好理解的。中国古代诗人中，很多都是诗歌忧患意识的杰出典范，比如诗人屈原："长太息以掩涕兮，哀民生之多艰。"李白："中夜四五叹，常为大国忧。"杜甫："穷年忧黎元，叹息肠内热。"陆游："位卑未敢忘忧国。"等等，这些诗句生动深刻地表现了诗人的忧患意识与悲悯情怀。近代诗人龚自珍有首诗的题目就叫"赋忧患"："故物人寰少，犹蒙忧患俱。春深恒作伴，宵梦亦先驱。不逐年华改，难同逝水徂。多情谁似汝？未忍托襁巫。"在《壬癸之际胎观第六》中他又说："大人之所难言者三：大忧不正言，大患不正言，大恨不正言。"这里不仅明确指出了"忧患"，而且是"大忧""大患"。真正的大诗人的心中就应该有这种"大忧"与"大患"。

　　"幽暗意识"这一概念，最早由著名学者张灏先生于1980年提出，他说："所谓幽暗意识是发自对人性中与宇宙中与始俱来的种种黑暗势力的正视和省悟；因为这些黑暗势力根深蒂固，这个世界才有缺陷，才不能圆满，而人的生命才有种种的丑恶，种种的遗憾。"在张灏先生看来，西方文化中的幽暗意识，经由入世精神的发展，对政治社会，尤其是自由主义的演进，曾有极重要的进步影响；他同时认为，东方文化中的儒家传统，同样存在着幽暗意识，并且与成德意识相为表里。说到这里，忧患意识与幽暗意识有什么区别呢？张灏先生有这样一段精彩论述：

> 忧患意识与幽暗意识有相当的契合，因为幽暗意识对人世也有同样的警觉。至于对忧患的根源的解释，忧患意识与幽暗意识则有契合，也有重要的分歧。二者都相信人世的忧患与人内在的阴暗面是分不开的。但儒家相信人性的阴暗透过个人的精神修养可以根除，而幽暗意识则认为人性中的阴暗面是无法根除，永远潜伏的。不记得谁曾经说过这样一句话："历史上人类的文明有进步，但人性却没有进步。"这个洞见就是幽暗意识的一个极好的注脚。

最近，著名学者崔卫平作了一个演讲，题目就叫"这个时代的忧患和幽暗"，我个人认为它正切中我们当下诗歌疲软的要害，我恳请大家找来看看，也许可以给我们这个黑窑时代的诗歌写作带来警示。

总而言之，"后来写作"是一种具有现代性与先锋性的未来写作范式，是一种具有双重历险的独立写作范式。这种独立写作的难度被我视为一种"双重历险"，主要体现在语言诗学层面的历险与诗歌精神层面的历险，解决了这种"双重历险"，"后来写作"将会使我们的诗歌写作进入一个新的诗学高度。

5

"我们"，像杰克·凯鲁亚克一样，尚未找到灵魂的家园，所以集体地在路上。"我们"，依然是在路上的人，在暗夜中，在生活的峡谷中，用诗歌的方式去努力触摸时代的私处，触摸到的感觉，和"他们"是大不一致的。"我们"，没有今天和明天，我们只有后天，我深信只有在"后天"才会产生"后来者"。

时间过得太快，我们的身心已无法回到 20 世纪。当我们在写作生涯中使用"回忆""纪念""缅怀""革命""先锋"等字眼时，已是一种文化精神的假象，一种不在场的历史复叙事。这个时代，我们究竟需要什么，是过去，还是未来，谁也说不清。诗人的心里都有着一本账，语言账，灵魂账，真理账，可诗人们永远成不了真正的会算账的人。一个成熟大气的诗人像是手艺精湛的会计师，谁在腐败，谁在盗窃，谁在堕落，谁在合谋，他心里最清楚。他又像是那个眺望灯塔的守夜人，时刻警醒着，在黑暗时代的浪尖……

翻　译

笔记本
[波兰] 安娜·卡米恩斯卡　李以亮　译

杰克·吉尔伯特诗选
[美] 杰克·吉尔伯特　柳向阳　译

笔记本

[波兰] 安娜·卡米恩斯卡　李以亮　译

安娜·卡米恩斯卡（Anna Kamienska，1920—1986），波兰著名女诗人、作家、翻译家。出生在波兰南部一个普通家庭，父亲过早离世，她在外祖母身边长大。14 岁时，在诗人约瑟夫·切霍维奇（Joseph Czechowicz）的举荐下发表了最早的诗作。1937 年，她到华沙就读一所师范学校。1945 年后，先后在卢布林天主教大学和洛兹大学学习古典哲学。毕业后，在文化刊物《乡村》和《新文化》做编辑。"解冻"时期开始（自 1968 年起），任《工作》月刊编辑。1986 年在华沙去世。在漫长的写作生涯里，她创作了丰富的各类文学作品，出版过 15 部诗集，以及 3 部长篇小说、大量儿童文学、诗歌批评。此外，她还是著名的翻译家，翻译过大量斯拉夫民族的诗歌以及英法国家的作品。

在一个水坑里看到的太阳——一个绝妙的隐喻。

圣特蕾莎的孩子耶稣："我选择了一切。"

我记得爆炸前巨大的光。起初它从天而降，那种美丽、刺眼、发绿的光，那么明亮，似乎要照亮地上所有的皱褶。那光照亮每个人，每个细胞、静脉、动脉，好像 X 光；一切都准备死亡。它照射并显露出隐藏最深的一切——恐惧，身体的动物般的恐惧。

在屠杀之前，那光残忍地揭去一切面具。而这就是为什么在空袭之后，站起来的人会感到羞耻：他没有死，他还活着。他被剥光了，对着死亡；那道光已经从他的身体中扯去了最后的忏悔，而他还没有明白过来，他不能死。他继续活着，人面而兽心，深怀恐惧。

我不在想写时写诗，我在不能写时写，当我的喉咙满溢而嗓音发不出来时。

诗人是一个伟大的哑巴。他喘息着他的衰弱，咕哝，口吃，摸索；他伟大的错误是人性的。

在莫斯科公墓，意外地遇到契诃夫的墓。墓上的霜闪着光，像他潮湿的夹鼻眼镜。

阿赫玛托娃。一册厚厚的诗选，好像它们是一个人写的。实际上是很多人——从青年到老年。那个优雅、精致的女人和那个因痛苦而咆哮、额头叩击在教堂地板上叫着"主啊"的老农妇。

诗人被崇拜者和势利小人包围，而那个老妇：睿智、明白，就像土地，就像一个不断摇着怀里死去的孩子的农民。

低语。
低声地说。

低语——像大海。

说说家、房子。它是许多的深坑和深渊。

在米拉什维斯基的剧本里，唐·吉诃德说，只有通过家庭才能到达另外一个世界。（塞巴斯蒂安·米拉什维斯基，波兰著名电影导演。——译者）

要是年轻、漂亮的人互相爱就更好了。

但是，那些衰老的、畸形而笨拙的身体里的爱，那些跛足、无腿、瞎眼的人身体里的欲望——那也是人性。

"快乐趋于一般化，痛苦各个不同"。（赫布尔）

在一个家的废墟上生活，很难。

身体里的快乐。

木质、纤维、土质的物体里的快乐，来自与我们类似的物质的快乐，可贵而可爱。世界的亲密关系。

瘫痪者，快乐，被基督的奇迹治愈——他是多么不愿舍弃他的拐杖。

伊曼纽尔·穆尼埃诗化地描写环境的概念。环境不是围绕我们的一切。它只是可能变成我们的经验的东西，并且拥有化身的力量。（伊曼纽尔·穆尼埃，1905—1950，法国哲学家。人格主义的代表。其人格主义思想的特点是：既以上帝为核心，又强调人格之间互相交往。他试图调和基督教与社会主义，并以其人格主义与资本主义社会相对立。在 20 世纪 30 年代信奉天主教的知识青年中有相当影响。——译者)

人是开放的！

别的一切都是封闭的，无法穿透。你不能穿过冰雹、风、木、石、暴风。所有的事物都像棺材的盖子一样紧闭。只有人是开放的，如一间大房子，所有东西、现象、事件都可以住在里面，成为他的身体。

昆虫的眼睛。它们能够感知细节却不能抓住整体。

流亡的问题。

阿那克西曼德。

流亡——从祖国、信仰、批评的权利、哀悼、反抗、痛苦。

从自我本身流亡。

心灵无家可归。

神圣的石头，

神圣的路边石，

你，已经是锤子和斧子和家。

然后是坟墓。

我祈祷：我们的父，不在天上的父……

我们被民族主义毁灭，却渴望伟大的神话、伟大的原型、伟大的梦想。

"一颗坠落的星星是神的眼睛，想要接近地球，为了看得更清。"

石头因为它们的有用性受到尊重。

那又怎么样呢？如果我们同样尊重我们的工具：钢笔、泥刀、扫帚。我写过一首诗，关于这，在《召唤神话》里。

是否大地浸泡在智者的骨灰里，就会更聪明一些？

所有关于死亡的话都是谎言，因为所有的希望都是一个谎言。话语都是徒劳的希望。

一块土，一块石头，一块热切的绿化带：它们不撒谎。

你留给我一份遗产：大地、鸟、树。但是我不知道怎样利用好它们。

下雪了。一场暴风雪。它将再次把坟墓带给我。

我梦见他试着从土里跳起来，就像从泥塘里跳起。

他从黑色和红色的黏土里浮现。我烧了水，倒进盆子里，以便他能洗去那泥土，那死亡。

W教授向我解释说，存在无重量的东西。万有引力就是一个。它不是物质，但是它存在，我们能够感到它的拉力。所以，死者同样也还可能存在。通过他们留在身后的一切，通过记忆、他们的影响，如此等等。

然而，这并不是安慰，当你哀号，渴望那熟悉的手、胸膛、亲爱的身体。

在我的房间里，站立着小小的、木头的神。

他一直在问：我真的死了吗？

我懂得科哈诺夫斯基的"第一挽歌"，连同它对赫拉克利特和西摩尼得斯的吁求。痛苦必须被转化成为艺术。习俗惯例必须形塑痛苦。没有传统就没有艺术。（扬·科哈诺夫斯基，1530—1584，波兰文艺复兴时期大诗人，对 17 世纪、18 世纪波兰诗歌具有很大影响。西摩尼得斯，公元前556—前 468，古希腊抒情诗人。——译者）

然而，那还是使人感到羞辱，你不能只是说、尖叫、哭泣。那样是不够的。

他写的：这是伟大的艺术——倒下，为了再次站起来。
你现在该怎样站起来？

这是伟大的艺术：爱而保持安静。

未被写出之诗的地狱。

我的诗仿佛给死者点的蜡烛。

那些知道天堂的花园、高山、峡谷的人，不会进入我的天堂，它在炉子和砖墙之间。在我的炉子上，有一个煮荞麦粥的罐子。在一张折叠床上，在我的天堂里，我梦见我的生活：我梦见我自己，然后是我死去的男人放在我头发上的手掌。我是一个十二岁的寡妇，急切地梦想着不可理解的苦难。在夜里祖母走动在我们的床周围，拉开一个毯子，盖好我们的额头。

我梦见我们在一起，在某个老式的房间里。我在桌边读书。在另外一侧，他躺在一个宽大的床上，在他喜欢的位置，也在读书。从他正对面的窗户，初升的太阳的光落到他的身上。我扣上一件白色浴衣似的衣服，跑过去吻他。

——我以初升太阳的光问候你！我大声说。在生活里，我们从来没有那样说过话。

在梦里，文学性的表达式，往往会冒出来。

死者似乎总是刚好在我们梦醒之前出现。这样，他们总是显得半真实。

在我的梦里，他的身体总是磷光似的蓝色。

阅读大地、黏土、石头。从黏土和黑暗里塑造出你的脸。

艺术取决于将瑕疵和缺陷也转化成为积极的审美价值。它是对愚行的奇怪的赞美诗。

对人的诅咒：他所制造的一切，都比他活得长久。

医院的床。给死亡的床。谁此刻躺在那里结束他的生命？谁站在身边？又一次，是我。我的另一个我。

音乐教会我们时间的流逝。它教会我们片刻的价值，方式就在于：通过赋予每个片刻以价值。它流逝。但是它不畏流逝。

距离上最大限度地接近。

神父随那个死去的女孩到了坟墓。他要求穿白色的十字褡，但是根据教堂的规定，白色的长袍只适合六岁以下的儿童。葬礼之中，雪突然开始落下，神父走着，全身都白了。

我要成为土。成为土。将你紧紧抱在怀里。永远。

你的恐惧栖息何处？你的饥饿是否进入你的喉咙？饥饿的勺子是否悲叹？你好笑的兔子、胆小的小鹿、安静的鸽子，它们在何处安眠？这个星球从你的手上降落。你所有的道路在一个小口袋里。

母亲，我从未亲口叫过的母亲。山里的母亲、石灰窑里的母亲。让我们定个约定。我给你死去的他。你带给我他的梦、孩子的哭、孩子的焦虑。

在某个地方，他们等待着未写出的诗，仿佛无人看见的孤独的湖泊。

我从未亲口叫过的母亲

仅通过他的脸为我所知的母亲

被作为犹太人杀害的母亲

最后的叹息的母亲

子弹穿过心脏的母亲

在诗里为儿子哭泣的母亲

通过云　草和雨水　跟儿子交谈的母亲

他的母亲在我的孩子们的血脉里

带来恩典的母亲　因为你把他给了我

在痛苦的床上他所呼唤的母亲

而我代你回答——我的儿子

他听到了我知道

他无声的嘴唇扭曲地呼唤

妈妈　妈妈　妈　啊啊

母亲你知道吗

（此处的"母亲"是作者丈夫的母亲，即她的婆婆。——译者）

我们抓住词语仿佛溺水的人抓住稻草。但我们还是溺死，溺死。

有一个孤独的神。他紧紧盖着我，仿佛空气。我盲目地以触摸研究他。只是他的身体无处不在，难以捉摸、难以触及。

萨罗米雅。诗人的母亲。她生下他。但是，更像是他创造了她。一个令人吃惊的自然的颠倒。儿子生下了母亲。

空气是多么迅速地拒死者于门外，他的身姿，他的愤怒，感觉，爱，嫌恶。空间是多么冷漠而时间是多么迅捷的一个短跑选手。

在圣诞前夕，你徒然地留下空桌子、空椅子、空盘子。只有它们完全占据了你的"不在"。

只有位置。你仍然住在我的梦里——那最后的脆弱的家，像我们隐秘的爱情草原上那些未刈除的草。

诗人尽力表现得那样雅致、挖苦、讥讽，因为在我们的诗歌沙龙里，那就是优雅的同义词。你必须反讽地谈论基督、我们不快乐的祖国，甚至你自己。只有那样，你才是时髦的。

瓦雷里："建构我的作品，我建构了自我。"

记下你的思想既有必要又有害。它导致古怪、自恋、保留本应让它们走远的东西。另外，这些笔记加剧内在生活的紧张，使它未得表达，从手指间溜走。要是我能找到一个更好的日志形式就好了，更谦卑，同时却保存同样的思想、同样的鲜活的肉体，它是值得拯救的。

而且，作家们往往以这种形式，发明他自己，仿佛一个人物。从这些日常的碎片里，从日常生活的真理里，他塑造了他自己。这也是一个不能被轻视的真理。

"孩子没私下跟物体非常亲近。成年人却已经在对象领域放弃他们的家园。他们在一个异己的世界里流浪；焦躁不安，恐惧不已，就像被恐惧俘获的动物。

孩子没感觉到这一点并开始建立与物体的友谊，比如，与一张大桌

子……"（尤格·贝赫曼，《来自一个良好家庭的年轻人的笔记》）

这个是否对于成年人，如同对于一样，具有同样的感觉和味道——入门口一只大水桶、一头悬挂着的金属长柄勺？它里面的水有股金属的气味。它跟锡铁一样冷。它反射着入口通道的黑暗。

内心从容和等待的状态。我向所有的天使传报敞开。（天使传报，《路加福音》1：26-38，天使加百列向玛利亚传报耶稣将通过玛利亚成胎而降生。——译者）

在写作的时候，必须生活和爱，并且祈祷。专注地，缓缓地，在劳作和耐心里。

我的使命是重建我的世界——在世界完结后。

摘自我的儿童诗：
"为了恨我们，救救我们。"

正如在写一首诗前那样，一个人的意识打开，诗仿佛从高处流来，如同来自恩典，我的意识，突然敞向一种与万物交融的感觉，敞向一种伟大的激情。世界仿佛在一场大雨后被洗刷一净，事物获得了新的色彩和意义，好像它们只是符号，只是某种真实事物的映像。这状态就像诗的灵感降临。

我以话语祈祷。我以诗歌祈祷。我想要学会通过呼吸、通过梦和无眠、通过爱和放弃来祈祷。

我通过落在我窗户外的雪祈祷。

我通过不会干枯的泪水祈祷。

我头脑里有那连祷的话。"渴望那永恒的山"——我将这样开始我最后一首诗。诗歌总是超越经验。我的诗知道我亲爱的人死亡的消息，在它发生之前。

这些时候我一直感到"对那永恒的山的渴望"，或者，至少是它们的诗学、美学，在诗里，我把它们归于我的母亲。而且，"对那永恒的山的渴望"忽然变成某种比诗更重要的东西，成为祈祷，成为从黑暗进入光明之路的探求。渴望——是爱。而"永恒的山"——是不死的美，是不会欺骗的"永恒"。

孤独的感觉是一个错误。我们总是行走在人群里，那个"现在是、曾经是、未来仍然是"的人群。

在那伟大的河流中。

J 神父告诉我他的理论。每当他有了内在的问题，他总会被进入房间的某个事物、被某个偶然听到的谈话，不期然地回答。

信仰的经验，就像诗的灵感，是自足的。它不需要经验本身之外的表达，它不需要词语。对词语的需要和寻求，恰恰说明我们信仰的不确定性。

这也就是为什么说诗歌总是矛盾而含糊的，差不多由"信的符号"和许多的问号组成。（扬·特瓦多夫斯基，1915—2006，波兰诗人、神

父。——译者)

帕斯卡尔的芦苇就是耶稣的芦苇，"被风抖动的芦苇"。（马太福音11:7）

基督最美好的奇迹就是倍增面包，其次是令海上的风暴平静。
奇迹里无所不在的普遍要素，就是那些相信它们的人的信念。

我喜欢西蒙娜·薇依的观念：写作实际上是将我们身负的文本翻译出来。这一见解使一项繁重的工作变得轻盈许多。
事实上，写作是一个非常辛劳的开辟道路的工作，就像在煤矿里，在完全的黑暗里，在地底下。在诗歌里，有一些启明的时刻。一束光落到黑暗的走廊地带，然后再一次在头顶猛地关上。
在散文里黑暗更重，黑云甚至更密。

所以，一眼小泉向海洋祈祷，跳动的心向世界的心祈祷，小小的词向伟大的逻各斯祈祷，尘埃向大地祈祷，大地向宇宙祈祷，一向万亿祈祷，人的爱向上帝的爱祈祷，常常向绝不祈祷，瞬刻向永恒祈祷，雪花向冬天祈祷，受惊的野兽向森林的寂静祈祷，怀疑向美祈祷。
而且，所有这些祈祷，都会被听见。

对于我，事物不再是它们曾经的那样。多么可怕的领悟！
我的诗歌不再拥有"成熟的物体，令人满足的事情，丰富的物质"。但是它们曾经拥有。是的。

为了一个我能够爱的世界的新的马赛克（镶嵌画——译者），收集鹅卵石。

诗歌——写给朋友和敌人的信，写给死者的信，也许是写给一个活人的信。

一个在轮椅里缓慢地、沉重地摇动的人。就像我在我的诗里。

死者们包围了我的梦。他们都在那儿。甚至还有密茨凯维奇——气宇轩昂，双手交叉在胸前，他的手掌黑色、柔软，摸起来并不舒服。我不喜欢男人有这样柔软的手。

祖母在那儿，妈妈，祖母在一角，我的父亲走近，当然，他不认识我，姑姑巴丝雅，她叫我斯安蒂雅。还有亚内克总是在我身边。他说："——我们今天就不去了吧！此后，让我们好好休息休息。"（在生命之后？在永别之后？）

我的梦总在围着我。我走在一群看不见的人群中。

我的房子很久以来就位于碎石中间。我不停地重建它，而现实在不停地摧毁它。也许，与废墟和解更好？

我感动于一切破碎和残缺的东西。因为我们实际上就是那样的。

普鲁塔克："人们从人们学会说话，从神——学会沉默。"

一个裹在记忆的纯布里的身体。

我的诗更多的是我的沉默，而非言语。正如音乐是一种寂静。声音是需要的，只是为了揭示出沉默的不同层次。

我寻找一个亡者，结果我找到了神。

公墓是往昔的风景。

西蒙娜·薇依：身体的工作是"浸透身体的时间"。这也适用于想象性或智力性的劳动。时间进入我们并且改变我们。

在我们不工作时，时间从我们身边流过，我们并没有通过自身将它吸收。

甚至休息也可以是创造性的，那样，时间并不流过我们身边，而是穿过我们。这是艺术。

在我记录这些思想的过程里，我也有吸收时间的感觉，它在我里面持续的过程。即便我不回到这些可怜的笔记——在我里面，它们也是被吸收的时间的物质。在这个意义上，它们是我真正的生活，比任何可能出现在白天的东西都真实。

放弃的伦理学，太难以理解。但是，说到底，在艺术里，我们总是在为我们自己创造困难，被抑制的喉咙。只有这与困难一起到来的东西，才是好的。甚至简单也一定要是困难的。在艺术和内在生活之间的模拟。创造一个人的自我。

我认为最肯定的，却在我里面摇晃。这就是怀疑本身。

但是，这是轻率的：在怀疑上建立一个世界。

劳作和灵感——在艺术里。

工作和恩典——在精神生活里。

这个类比告诉每个经历过等待"灵感"的折磨的人：当思想奇妙地打开，和想象到来时的感觉一样，就好像有个人在替我们写作。这种状态不能伪装，也不能模仿。是就是，不是就不是。

诗歌是预先尝到的真理。它是信念的前厅。是当代诗人将它变成了烟雾和镜子。

沉默的领域。孤独的领域。爱的领域。对于我，那是唯一的领域。

因我所有的内心的挣扎，我知道，作为一个作家，我结束于 1967 年 12 月 22 日。

现在只是痉挛。

心——一个被轻蔑的词，诗人的耻辱。

我们以时间的碎片创造了永恒。

圣保罗在给罗马人的信中写道："人呀！你是谁，竟敢向天主抗辩？制造品岂能对制造者说：'你为什么这样制造了我？'"（"O man, who art thou that repliest against God? Shall the thing formed say to him that formed it, Why hast thou made me thus?"）圣经里"陶艺"的主题。

早年在罗马。我仿佛是以全新的眼睛在看罗马。在罗马，我感动于年老的神父，他在圣彼得教堂的波兰忏悔室跪拜。他有一节拐杖，仿佛朝圣的手杖。他让我想起密茨凯维奇。然后，第一次，我听到了召唤，吸引我，学习他的样子，弯下膝盖。我在罗马的每个教堂里跪拜，但只对着雕塑、绘画和镶嵌画祈祷。

一开始我就有种强烈的渴望改变语言，比如，用"恩典"这个词代替别的什么东西。我恼怒于"谦卑"以及其他许多词语，这些词我已经很久不用了。对于我，似乎"信仰"也不是字典的事。当然，语言有一套隐喻体系，它包含种种农业社区、移民民族、各种社会秩序、君主政体、奴隶制、农奴制的整个经验。我们逐渐习惯了很多词语，却忘记了它们只是隐语，尽管在它们各自的时代，它们是积极性的隐语化语言，是新发现。我想，即使是在信仰的领域，不断的词汇发明也是需要的。思想家必须是诗人。

我慢慢地在放弃我在语言问题上的主张，虽然我谦逊地回到信念和谦卑里，因为有些词语的容器充满了多少时代的思想内容和用法，放弃它们很可能是一种鲁莽的暴发户之举。

我们得到的总是多于我们想要的。我们得到我们寻求的，而有时候，我们得到一种不同的货币，这种货币在日后往往具有更多价值。

贝尔纳诺斯："我们的空手的奇迹。"（乔治·贝尔纳诺斯，1888—

1948，法国天主教作家。代表作为 1936 年出版的《一个乡村牧师的日记》。——译者)

焦虑是创造性的。

混乱不是创造性的。

在每个陌生的人可能成为手握武器的敌人时，适时在心里涌起一个美丽的问候"和平与你同在"。

和平与你同在！沉默与你同在！

我终日都在我里面寻找，那能够开始与神对话的沉默。

我们的家满是废物、报纸和各种小东西。架子上堆满了死者的衣物，以及天天在长大的孩子们的衣服。这些东西也是死的。

装满纪念品和褪色信件的桌子。活在这样一个家里的墓地中。我就是这样活着。

时间飞逝，而睡眠，在时间里打开更大的裂口。时间成了第二个墓地，意识深处的一个墓地。

将这一切扔出去，意味着死亡。所以，第三个墓地，它在等待。

我活在三座公墓里。

Z 讲的关于乡村的鹅秋天迁徙的故事。它们遵循某种返祖的本能，蹒跚地走下山腰，落下山脚，试图模仿野鹅飞起来，它们的叫声，回荡在天空。

我打开衣柜和满是死者信件的桌子抽屉，它们与死去的词语一起膨胀了。你是不是认为一切都漏出去、分散和弄脏了？毒药渗进了你的梦，以一种表面上的懒惰使你感到了麻痹无力？事实上，你是病了，直到死亡。你的房子的死。

这其中最坏的，是你不想治愈，你不相信治疗。你只能提高自我诊断。

你也许会重生——重生于一个新家，一次新的爱……从现在起，一个新的墓地。它要花费你这样漫长、艰苦的工作，这样的承诺，来重建这一个墓地。

只有我的房子，整个是这样一个杂物密集的垃圾堆和各种文化。如何逃避？逃进死亡？但死亡也有其可怕与懦弱的美学——它以鲜花和一个雅致的墓碑威胁我们。

对于绝对纯粹的危险的激情。与原子一起蒸发。醒醒吧！

我能给你的是"无"
但是"给"本身带来安慰
因为它是一个爱的表示
接受它吧
在接受礼物的表示里
也存在着爱

"片刻的圣餐"——莫里亚克

大教堂入口基督的脚。因为被众人亲吻，显出浅红的木头。

以所有的河水和海水净化我们吧。

杰克·吉尔伯特诗选

[美] 杰克·吉尔伯特　柳向阳　译

　　杰克·吉尔伯特（Jack Gilbert），美国当代诗人。1925 年出生于匹兹堡，幼年丧父，挣钱养家，高中辍学，开始谋生；后来阴差阳错上了匹兹堡大学，开始写诗。曾在世界各地漫游和隐居，曾经历多次爱情，又曾在多所大学任教。著有《大火》《拒绝天堂》《无与伦比的舞蹈》等五部单行本诗集。2012 年 3 月《诗全集》出版。2012 年 11 月去世。

所有地方，永永远远

让他满意的是别墅就在被大太阳
剥落得光秃秃的山顶上。周围
是一千堵坍塌的石头墙。他高兴地得知
这房子是国王的电报员建造的。
"在远方写作。"他把门一直关着
用一大坨搭扣和铰链。里面的杂草
有齐胸高，环绕着茂盛的玫瑰丛
和两棵李子树。走过去，宽楼梯

向上通到漂亮的露台和带高窗的
精致的房子。他清理了后面庭院里
大部分地方。他们就在那里
度过了他们的完美时光，在一棚
患病的葡萄藤和盛开的茉莉花下。有
微弱的水声从上面的水池传来，池边
是一棵石榴树，挂着夸张的果实。
十二年的空置让水槽里积满了树叶，
如今已不再堵塞。
他在合适的时间来到了合适的地方。
蓝色爱琴海在下面远处，轮船在更远处
缓缓驶出。鸽群在头顶上空翱翔，没有含义。
他和他的日本太太从后门出来，沿溪而上，
石头挨石头，两边的灌木
飞蛾累累。他们出现在巨大的悬铃木下。
那儿有一条泥泞小路，通向一座女修道院。
她说再见，他开始往下走，去山脚下
那个村庄，在那儿弄到他们一星期的食物。
头顶上大空寥廓。他们两人都不知道
她即将离世。他想起他们在一起的十一年，
意识到他们用尽了那段特别的时间
在宇宙中所有地方，永永远远。

疏忽了孩子

他奇怪自己为什么不记得花开。
他能品尝酸樱桃树的亮，
但不能品尝喧闹的白。他七岁
上一年级。他记得两年后
他们单独的那些珍贵日子。他和妹妹
在他们假扮的幼儿园里。
他们每天在高耸的石板屋顶上
玩耍。光脚。那些好日子里
没人看他们。他还记得那种恐惧
当他们飞跑过那根贯穿房屋的
铜皮管道。那种恐惧
和喜悦，没有受伤。高高地缠在
公寓楼那棵结着美味果实的
黑樱桃树上。还记得
繁花奢靡。记得他们建造的洞穴
在地下室里，在一团团衣物和布帘里。
通往对方王国的隧道缀着他们失窃的
珠宝和披肩。一直是夏天，如果不是
有一天晚上他父亲突然出现。冲进来
带了几箱橘子或鸡蛋，大笑着，
那样子让他们激动。雪夜在他身后。
这个不曾带回过两磅东西的人。男孩还记得
那醉态，但不记得自己当时的感觉，

除了那个圣诞节当他父亲到家时试图
去抱那棵树的情景。数千的灯,
无穷无尽的金箔和饰物。这件事
他一点儿都想不起了,除了父亲摔倒时
"哐"的声音。有些事永远结束了。

芭蕾舞会上的幻想

实际上,女神在床上极其糟糕。
她们愿做任何事,这是真的。
皮肤也保养得非常漂亮。
但她们对那种事没有感觉。她们
全是手法和令人惊愕的技巧。
跟她们躺在一起,我想着你的
笨拙和过火,你的气喘吁吁
和大汗淋漓,和你后来的眼神。

爱过之后

他凝神于音乐,眼睛闭着。
倾听钢琴像一个人穿行
在林间,思想依随于感觉。
乐队在树林上方,而心在树下,
一级接一级。音乐有时变得急促,
但总是归于平静,像那个人

回忆着，期待着。这是我们自身之一物，
却常常被忽略。莫名地，有一种快乐
在丧失中。在渴望中。痛苦
正这样或那样地离去。永不再来。
永不再次凝聚成形。又一次永不。
缓慢。并非不充分。几乎离去。
寂静里一种蜂鸣之美。
那曾经存在的。曾经拥有的。还有那个人
他知道他的一切都即将结束。

等待与发现

他上幼儿园时，每次轮到玩咚咚鼓，
大家都想玩。你必须跑过去
才能先到那儿，可他不愿意那样。
所以他总是拿三角铁。他不记得
他们怎样玩咚咚鼓，但他看得清楚
它们的中国式样。红色，前后是龙，
周围是金色的饰钉，把鼓皮压得紧紧的。
如果你拿三角铁，你不算真正弄音乐。
你大多时候要等着，而铃鼓和咚咚鼓
持续很长时间。直到有一个信号，要所有
拿三角铁的人按那种方式敲打。通常一次。
然后又是咚咚鼓，再等着。但他
记得的是三角铁的声音。一种完美的，

微微闪亮的声音，持续了他漫长的一生。

渐渐变弱，片刻后再次到来。迷惘，

等待着它再次到来。等待意味着

没有东西。意味着爱有时渐渐消逝。

有时被剥夺。意味着他经常沉默地

居住在世界的音乐里。等待着

最好的再次到来。在等待时他开始

听见寂静。开始喜欢或许太多的寂静。

同　时

它等待着。当我走过沿河的松林

它正在等待。它已经等了很长时间。

在法国南部，在比利时，甚至阿拉巴马。

如今它在新英格兰等待，当我饭前祷告

几乎为万物：为一只死在某人草坪上的负鼠，

为北安普顿安睡时堤坝上仅有的灯光，

还有，为希腊村庄里房屋之间的巷子

恰好是一头驴子两边都驮着大麦

那么宽。孤独是母亲的美国奶水。

心是一个异国，它的语言

我们没有人擅长。冬天流连林中，

但看起来它已被抛弃，当鸟儿返回

不经意地歌唱；仿佛从没有过十二月的

极度严寒。九年里它在我心里等待。

我生活愉快，一如既往。我的身体蒙神保佑，
我的精神澄澈。但那等待并不稍减。

在瓜达拉哈拉一家舞厅寻找它

你从一条破败的后街进来。
进入一座空荡荡的单间水泥建筑，
里面，整洁而颇年轻的女人坐在一排
直背椅上。女人们穿着
连衣裙——是两代以前富裕的
得克萨斯女人们扔掉的。男人们
是农民，笨拙地在对面一排椅子上。
没有什么色情。有许多礼仪。
没有擦到任何人。根本就没有
接触。当音乐开始，男人们
生硬地向女人们走过去。不清楚
他们是否讲了什么。那舞蹈
是缓慢而严肃的狐步。停下时，
他们仍然站着，男人们
找出一枚硬币。女人们收妥，
所有人都回到椅子边等待
音乐和另一个舞伴。这
不是为了爱。男人们可以得到爱
在下一段路的棚屋里，花两个硬币。
他们都知道那事。所以他们

永远不结婚，因为不可能

拥有哪怕一小块土地。他们正

摸索另外的东西，但不知道是什么。

感 染

我和那声音一起生活，它是我的身体，

和泥土一起，它是我的女儿。

和干净的分离一起，它是我的妻子。

没有一个人能控制我们

因为我们秘密生活在每天的

海洋之下。除了音乐。

回忆起雨天的下午

在旧金山，我喜欢演奏

莫扎特钢琴协奏曲中

所有舒缓的乐章。和那个

意大利老农民的声音，他偶然

从山上下来，演奏

一种原始、粗糙的风笛，

有时用他的破嗓子歌唱

在狭窄的巷子里，歌唱月亮

和爱人的悲伤。那尖厉的声音

刺入我。像那个日本和尚

他喜欢在夜里穿过墓地

用两根棍子相互敲着。

我忘不了我曾听过的纯净声音
当附近一根小提琴的弦啪地断裂
在三点钟的完美寂静里。
但我告诉自己我是安全的。我不禁想起
那个男孩，他发现了钢琴里的排列
便跑上楼去告诉他的小妹妹
说他们再也不用害怕了。

了解那些无形的

美国人想方设法要看到
巴西丛林深处那些无形的
印第安人。最后他们在空地上放了东西
然后等待。他们等了数月，
也许数年。直到一把刀和一只壶
不见了。他们又放了其他东西
而其中有些消失了。后来有一天早晨
有一件丛林赠品摆在地上。
根据丛林的选择，他们渐渐开始了解
那些无形者。甚至在没有东西
替换礼物时，那也算是一种看见。
就像那个女人，你在她的五重门外宿营。
照看从这些设施一直通向她的首都的
那些管道。经过身体
和它的风雨，到达头脑和心脏，到达

精神之外。到达神秘。渐渐到达
来来去去的鬼魂。到达这只夜莺
和那只日本夜莺之间的区别，
而后者不是夜莺。迷失在语言的
背叛里，被跳着孔雀舞的雨水拦截
在冬日午后带伤痕的光亮里。
靠近那肉体，微亮而透明，在她沉默的
开阔地里。爱作为两个灵魂忽隐忽现
在相见的边缘处。没有电梯的
一间三楼公寓，白墙壁而且几乎
没有家具。透过松树看见水。
爱像罗勒草的芳香。丰饶，超过了
每个人应对的能力。五十以后爱的方式。

无意之赤裸

她脱下自己的衣物，并无兴奋。
她的眼睛不知如何是好。有沉默
在她身体的国土里，翁布里亚的山城
在那些小肋骨下面，异国的嗓音歌唱着
在她后背的远方。她是无形的
在她裸体的光芒之下。某个地方
有她将要归去的餐桌和椅子。
这些男人将永不知道收音机已经锁定
哪个电台。她会很快离开，发现

自己走在街上，和为数不多的

仍然醒着的人。她将进入

她的房间，困倦，有些困惑于那个夜晚。

困惑于他们完全看到她，看到

一切，只除了她的那个简单事实。明天

她将在超市里买马铃薯和牛奶，

多半是连衣裙里面什么也不穿，也许

不同。城里四处的陌生人将会知道

她乳头的娇嫩颜色。一些人将记起

她长长的脚。她会感到特别吗

像她此刻设定闹钟？她会感到有一种

什么重要的事都没发生的危险吗？

回　答

清晰、简单，是一次到达

或清空吗？如果心在等待中

坚持，是否它就开始变小？

如果我们一直善良，上帝是否会失去

和我们的联系？当我夜里醒来，有

某种重要的东西在那儿。像巨大涡轮的

嗡嗡声，在贫民区天花板很高的

车站里。有一种沉默在我心里，

自足而令人烦忧。我心头萦绕着

那一天，我穿过那个希腊村庄，

那里的每个人都睡了，有人开始
在一座简朴的白石房子的楼上
演奏肖邦，声音舒缓，缥缈。

珍惜那些不是的

啊，你们，我这漫长一生爱过的
三个女人，连同其他几个。
第四个我也许爱过，或者很快
熄灭了爱。如今我徘徊林中
制作你们的歌。几首悔恨，几首
思念，和一首死亡的悲哀。
我带着你们身体和心的隐秘
在我心中。可羞的激情
和无羞的亲昵，谜一般的
种种幸福和尘封的童年。
我在冬天空阔的林中高声地
歌唱你们，在夏天安静而欣喜。
二十个女人，如果你计算
大大小小的爱情，短暂的真爱，
和持续的爱。温柔的爱和某些
几乎像是野兽和它的猎物。
留下的都活在我心里。你们的美
之凋零及其残留。
你们像是列国，我的爱在其中

发生。像一只钟在林中

在每一阵风里发出你的音乐。

一种音乐包含了那些你已经忘记的。

它们将随着我的死亡而终结。

明智之害

我们学会不带激情地活着。

活得理性。我们在世界

这个巨大的粮仓里

挨饿。我们储藏丰富

为我们年老无力之时。

是我们的力量使我们被剥夺。

就像济慈听从医生的话

说对于结核病人

最好的食物是每天

只吃一片面包

和一块鱼肉。济慈

最终把自己饿死,因为他

如此绝望地渴盼着

尽情享受范妮·布劳恩。

爱默生和妻子决定

减少做爱的次数,让他

积累激情。我们被教导

要节制。要活得聪明。

作　者

朵渔，1973 年出生于山东乡下。1994 年毕业于北京师范大学中文系。著有《史间道》《追蝴蝶》《最后的黑暗》《意义把我们弄烦了》《原乡的诗神》《我的呼愁》《生活在细节中》《说多了就是传奇》等诗集、评论集和文史随笔集多部。现居天津，独立写作。

陈崇正，笔名且东，广东潮州人，出版有小说集《宿命飘摇的裙摆》《此外无他》，诗集《只能如此》。现供职于《花城》编辑部。

魏思孝，1986 年出生于山东淄博，写小说。著有《不明物》，短篇小说集《黥然头落》。小说见《芙蓉》《百花洲》《长江文艺》《今天》《青春》《一个》等刊物。

马拉，1978 年生，诗人，小说家，毕业于华中科技大学新闻学院。著有长篇小说《死于河畔》《未完成的肖像》《果儿》《亡灵之叹》，诗集《安静的先生》。

于坚，1954 年生。著有诗集《诗六十首》《于坚的诗》《彼何人斯》等，长篇散文《众神之河——从澜沧到湄公》等，诗文合集《于坚集》5 卷、《于坚随笔集》4 卷。

育邦，1976 年生。从事诗歌、小说、文论写作，著有小说集《再见，甲壳虫》，诗集《体内的战争》《忆故人》，随笔集《潜行者》《附庸风雅》。现居南京。

刘波，1978 年生，毕业于南开大学中文系，文学博士，现任职于三峡大学文学与传媒学院。出版有专著《"第三代"诗歌研究》《当代诗坛"刀锋"透视》等。

余丛，1972 年出生于江苏灌南。著有诗集《诗歌练习册》《被比喻的花朵》，随笔集《疑心录》。主编有《见字如面：70 后诗人手稿》、《见字如晤：当代诗人手稿》、"还乡文丛"系列文集。现居中山，自由写作。

王家新，1957 年出生于湖北，"文革"结束后考入武汉大学中文系，现任教于中国人民大学文学院。著有《王家新的诗》《未完成的诗》《夜莺在它自己的时代》《取道斯德哥尔摩》《在一颗名叫哈姆莱特的星下》等诗集、评论集和随笔集多部。

沈浩波，1976年生，江苏泰兴人。1999年毕业于北京师范大学中文系。著有诗集《心藏大恶》《蝴蝶》《命令我歌唱》。现居北京。

余怒，1966年生，祖籍安徽桐城，著有诗集《守夜人》《余怒诗选集》《余怒短诗选》《枝叶》《饥饿之年》《个人史》《主与客》和长篇小说《恍惚公园》等。

孙磊，70后代表诗人，艺术家。出版《演奏——孙磊诗集》《孙磊画集》《独立与寂静的话语》《处境：孙磊诗歌》《无生之力》《孙磊诗文集》等。主编民刊《谁》。

宇向，生于山东，70后重要诗人。著有诗集《哈气》《宇向诗选》《低调》《我几乎看到滚滚尘埃》等，作品被译成英文、法文、西班牙文、葡萄牙文等。

周公度，《佛学月刊》杂志主编。1977年出生于山东金乡。著有诗集《夏日杂志》，随笔集《机器猫史话》，诗论《银杏种植——中国新诗二十四论》等。

黑光，又名黑光无色，1971年生，安徽怀宁人。"不解诗群"诗人。中国主题公园景观资深设计师。现隐居深圳梧桐山。1995年开始诗歌写作。著有诗集《有情众生》。

唐不遇，1980年出生于广东揭西，2002年毕业于中央民族大学。著有诗集《魔鬼的美德》《世界的右边》，2010年参加诗刊社第26届青春诗会。

吕布布，1982年生，陕西商州人。著有诗集《等云到》。现居深圳。

耿占春，海南大学人文传播学院教授。20世纪80年代以来主要从事诗学、叙事理论研究和文学批评。主要著作有《隐喻》《观察者的幻象》《叙事美学——探索一种百科全书式的小说》《失去象征的世界》等。

江雪，1970年生，湖北蕲春人。诗人，批评家，自由艺术家。主编民刊《后天》，2005年创立"中国·后天双年度文化艺术奖"。

李以亮，1966年出生于湖北农村，1987年大学毕业从事外语教师职业。1986年开始发表诗歌作品，结集出版《逆行》。兼事欧美诗歌翻译和批评。现居武汉。

柳向阳，河南上蔡人，毕业于上海财经大学国际贸易专业。有诗歌、散文作品以及诗歌翻译、研究论文等见于各类文学（学术）期刊。